데미안

휴머니스트 세계문학 017

데미안

DEMIAN

헤르만 헤세 | 이노은 옮김

차례

일러두기

1. 번역 대본으로는 Hermann Hesse, *Demian: Die Geschichte von Emil Sinclairs Jugend*(Suhrkamp Verlag, 2001)를 사용했다.
2. 주석은 모두 옮긴이 주다.
3. 본문 중 굵은 글씨는 원서에서 이탤릭체로 강조한 부분이다.

나는 나의 내면에서 뿜어져 나오려는 것을
실현하며 살고 싶었을 뿐이다.
그것이 왜 그토록 어려웠을까?

내 이야기를 하려면 먼 과거에서 시작해야만 한다. 할 수 있다면 내가 아주 어린 아이였던 시절까지, 아니 그보다 훨씬 더 멀리 나의 근원까지 거슬러 올라가야 할 것이다.

작가들은 소설을 쓸 때 마치 자신이 신이라도 되는 것처럼 군다. 한 인간의 이야기를 완벽하게 파악해 이해할 수 있고, 흡사 신이 스스로에게 들려주는 것처럼 아주 명쾌하게, 본질적인 부분들만 설명할 수 있다는 듯이 굴곤 한다. 내게는 그런 능력이 없다. 다른 작가들도 별반 다르지 않듯이 말이다. 하지만 나에게 내 이야기는 다른 작가에게 그의 이야기가 의미하는 것보다 더 큰 의미가 있다. 왜냐하면 내 이야기는 나 자신에 관한 이야기이기 때문이다. 또한 허구의 인간, 있을 법한 인간, 이상적인 인간 혹은 가상의 인간이 아니라 실재하고, 유일무이하며 살아 있는 인간의 이야기이기 때문이다. 하지만 실제로 살아 있는 인간이 무엇을 의미하는지 오늘날의 사람들은 그 어느 때보다도 잘 알지 못한다. 그리하여 자연이 하나하나 귀중하고 유일한 존재로 만들어낸 인간에게도 총질을 해서 수많은 사람을 한꺼번에 죽이기까지 한다. 만약 우리가 각자 유일무이한 존재라는 의미만 지니고 있다면, 우리 한 사람 한 사람을 총으로 쏴서 이 세상에서 완전히 제거하는 게 가능하다면, 우리가 이야기를 하는 게 더는 의미가 없을 것이다. 하지만 모든 인간은 자기 자신인 것에 그치지 않는다. 세상의 온갖 현상들이 아주 고유한 방식으로 교차하는 유일하면서도 완전히 특별한, 무조건 중요하고 독특한 지점이기도 하다. 그러므로 모든 인간의 이야기는 중요하고 영원하며 신성하다. 모든 인간은 어떤 방식으로든 살아가면서 자연의 뜻을 이뤄가는 한 경이로운 존재이며 세상의 주목을 받을 만한 가치가 있다. 각각의 인간 안에서 정신이 형상을 얻었고, 각각의 인간 안에서 피조물이 고통당하며, 각각의 인간 안에서 구세주가 십자가에 못 박힌다.

오늘날 인간이 어떤 존재인지에 대해 아는 사람은 얼마 없다. 그것을 느끼는 사람은 꽤 많은데, 그래서 그들은 비교적 가벼운 마음으로 죽음을 맞는다. 나 역시 이 이야기를 다 마치고 나면 좀 더 가벼운 마음으로 죽을 수 있을 것이다.

내가 지식을 소유한 자라고 할 수는 없다. 나는 항상 찾아 헤매는 자였고, 지금도 마찬가지다. 하지만 이제 더는 별점을 치거나 책을 읽어서 지식을 찾으려 하지 않는다. 나는 내 안의 피가 쇄쇄거리며 들려주는 가르침을 듣기 시작한다. 내 이야기는 듣기에 불편하며, 지어낸 이야기들처럼 달콤하거나 조화롭지도 않다. 더는 스스로를 기만하고 싶지 않은 모든 사람의 삶처럼 내 이야기는 불합리와 혼란스러운 느낌, 광기와 환상의 느낌이 난다.

모든 인간의 삶은 자기 자신에게로 향하는 길이다. 길을 걷고자 하는 시도이며, 좁은 길에 대한 암시다. 어떤 인간도 완벽하게 자기 자신이었던 적은 없다. 그런데도 모두가 자기 자신이 되려고 노력한다. 어떤 이는 둔감하게, 어떤 이는 좀 더 민첩하게, 각자 자신이 할 수 있는 방식대로. 모든 인간은 태어날 때의 남은 잉여물들, 근원 세계에서 온 점액과 알껍데기를 죽을 때까지 지니고 다닌다. 어떤 이들은 결코 인간이 되지 못하고 개구리에 머물고, 도마뱀에 머물고, 개미에 머문다. 어떤 이들은 상체는 인간인데 하체는 물고기다. 하지만 그 모두가 자연이 인간을 만들기 위해 던진 결과물이다. 우리 모두의 근원은 같다. 같은 어머니다. 우리는 모두 같은 구덩이에서 온다. 하지만 제각각 심연에서 만들어지고 던져진 우리는 자신만의 목표를 향해 열심히 나아간다. 우리는 서로를 이해할 수 있긴 하지만, 해석할 수 있는 것은 자기 자신뿐이다.

제1장 두 세계

내가 열 살이고, 내 고향 소도시에서 라틴어 학교를 다니던 시기에 겪었던 일로 이야기를 시작하려 한다.

그 시절의 온갖 향기가 풍겨오고 내 마음속에서 씁쓸함과 기분 좋은 전율이 뒤섞이며 뭉클한 감동을 자아낸다. 어두운 골목길과 환한 집들과 높이 솟은 탑들, 시계 종소리와 사람들의 얼굴, 쾌적함과 따뜻한 편안함이 풍성히 깃든 방들, 비밀과 유령에 대한 끔찍한 공포로 가득 찬 방들이 떠오른다. 따뜻하고 비좁은 공간의 냄새, 집토끼와 하녀들의 냄새, 가정상비약과 말린 과일의 냄새가 풍겨온다. 그곳에는 두 세계가 뒤섞여 있었다. 양쪽 끄트머리에서 낮과 밤이 왔다.

그중 하나의 세계는 부모님과 함께 사는 우리 집이었다. 하지만 그 세계는 훨씬 더 좁아서 사실상 나의 부모님만 속해 있었다. 나는 이 세계의 대부분을 잘 알았다. 이 세계의 명칭은 어머니와 아버지였고, 사랑과 엄격함이었고, 모범과 교육이었다. 이 세계에 속한 것은 은은한 광채와 투명함과 청결함이었다. 이곳엔 부드럽고 친근한 대화, 깨끗하게 씻은 손, 청결한 옷차림, 반듯한 예의범절이 존재했다. 이곳에서 우리는 아침 찬송가를 불렀고, 크리스마스 축하 행사를 치렀다. 이 세계에는 미래로 이끌어주는 반듯한 노선과 길이 있었다. 또한 의무와 책임, 양심의 가책과 고백, 용서와 선한 결단, 사랑과 존경, 성경 말씀과 지혜가 존재했다. 삶을 투명하고 깨끗하게, 아름답고 반듯하게 살아가기를 원한다면 이 세계에 머물러야만 했다.

또 다른 세계는 바로 우리 집 한가운데서 시작되었는데, 완전히 다른 세계였다. 냄새도, 언어도, 약속하는 것도, 요구하는 것도 달랐다. 이 두 번째 세계에는 하녀들과 기능공들, 귀신 이야기와 온갖 추문이 존재했다. 각양각색의 터무니없고, 유혹적이고, 무시무시하고, 수수께끼 같은 일들이 흘러넘쳤다. 이 세계에는 도살장과 감옥, 주정뱅이와 악다구니하는 아내들, 출산 중인 소들, 넘어진 말들이 있었고, 절도와 살인과 자살에 관한 이야기들이 있었다. 이 모든 멋지고도 끔찍한, 거칠고 잔인한 일은 도처에 널려서 바로 옆 골목이나 이웃집에서도 볼 수 있었다. 경찰관들과 부랑자들이 돌아다녔고, 주정뱅이들은 아내를 때렸다. 저녁이면 소녀의 무리가 공장에서 쏟아져 나왔고, 늙은 여인들은 누군가에게 주술을 걸어 병들게 할 수 있었다. 강도들은 숲속에 살았으며, 지방경찰관들은 방화범들을 잡아들였다. 이 격렬한 두 번째 세계는 어디서나 흘러나오며 냄새를 풍겼다. 다만 어머니와 아버지가 있는 우리 집 방 안만은 예외였다. 그것은 굉장히 흡족한 일이었다. 우리 집에 평화와 질서와 고요가 존재한다는 것, 의무와 양심, 용서와 사랑이 깃들어 있다는 것은 멋진 일이었다. 또한 완전히 다른 것들도 존재한다는 것, 온갖 시끄럽고 야단스럽고 음침하고 폭력적인 것들 또한 존재하고, 그런데도 거기서 한 걸음만 뛰면 어머니에게로 도망칠 수 있다는 것은 멋진 일이었다.

정말 기이한 것은 이 두 세계가 바로 맞닿아 있고, 너무나 가깝게 공존한다는 사실이었다! 예를 들어 거실에서 저녁 예배를 드릴 때 우리 집 하녀 리나는 문가에 앉아 깨끗이 씻은 두 손을 반듯하게 주름을 편 앞치마 위에 얹고 맑은 목소리로 우리와 함께 찬송가를 부른다. 그럴 때면 그녀는 완전히 아버지와 어머니의 세계, 우리의 세계, 밝고 올바른 세계에 속했다. 하지만 바로 다음 순간 그녀가 부엌이나 목재 창고에서 나에게 머리가 없는 난쟁이 이야기를 들려준다거나 작은 고깃간에서 이웃집 여자들과 싸움을 벌일 때면 그녀는 다른 사람이 되었고, 다른 세계에 속했으며 비밀에 둘러싸인 존재가 되었다. 모든 것이 그랬고, 가장 심한 것은 나 자신이었다. 물론 나는 밝고 올바른 세계에 속했고, 내 부모님의 자녀였다. 하지만 나의 눈과 귀를 어디로 향하든 그곳에는 다른 세계가 존재했고, 나는 거기서도 살았다. 내게는 낯설고 끔찍하게 여겨질 때가 많았는데도, 그곳에서 계속해서 양심의 가책과 두려움을 느낄 수밖에 없었는데도 그랬다. 심지어 어떨 때는 금지된 세계에 사는 것이 제일 좋기까지 했다. 그래서 밝은 세계로 돌아가는 것이 너무도 당연하고 올바른 일이었지만, 마치 더 좋지 않은 곳으로, 더 지루하고 황량한 곳으로 돌아가는 일처럼 생각될 때도 종종 있었다. 나는 내 삶의 목표가 나의 아버지와 어머니처럼 되는 것, 그렇게 밝고 깨끗하게 살며, 뛰어나고 정돈된 삶을 사는 것이라는 걸 잘 알았다. 하지만 거기까지 가는 길은 멀었다. 학교생활을 견뎌내고 대학에 가야 하며, 여러 가지 실습과 시험을 마쳐야만 했다. 또한 거기까지 가는 동안 언제나 더 어두운 다른 세계를 지나가게 되고, 그 한가운데를 통과해야 했다. 그러다보면 그 세계에 머물러 있다가 그 속에 가라앉아버리는 일이 생기지 않으리라는 법도 없다. 나는 그런 일을 겪은 탕자들 이야기를 탐독했다. 그런 이야기에서는 언제나 아버지의 선한 세계로 돌아오는 것이 구원을 약속하는 위대한 행동으로 그려졌다. 나는 그것만이 유일하게 올바르고 선하고 바람직한 일이라는 데 전적으로 공감했다. 그런데도 그런 이야기들 속에서 사악하고 방탕한 사람들이 나오는 부분이 훨씬 더 흥미진진했다. 솔직하게 말해도 된다면, 사실 내게는 탕자가 회개하고 되돌아오는 것이 거의 아쉽게까지 느껴질 때도 있었다. 하지만 그것을 입 밖에 내어 말한 적은 없고 그런 생각을 하지도 않았다. 그것은 그저 어떤 예감과 가능성으로서 감정의 밑바닥에 존재할 뿐이었다. 악마의 모습을 상상해볼 때면, 그것이 변장하거나 본래의 모습 그대로 저 아래 거리에 서 있거나 장터나 술집에 있는 모습을 아주 쉽게 떠올릴 수 있었다. 하지만 우리 집 안에 있는 모습은 전혀 상상되지 않았다.

나의 누이들 역시 밝은 세계에 속했다. 나는 누이들이 천성적으로 아버지와 어머니의 세계에 더 가깝다는 느낌을 자주 받곤 했다. 그들은 나보다 더 착하고 예의 바르고 실수도 덜 저질렀다. 그들도 단점이 있고, 잘못된 행동을 할 때도 있었지만, 내가 보기엔 그 정도가 그리 심하지 않았다. 나는 악한 것들과의 접촉이 너무 심각하고 위험한 수준일 때가 많았고, 어두운 세계에 훨씬 더 가까이 있었지만 누이들은 그렇지 않았다. 누이들은 부모님과 마찬가지로 보호하고 존중해야 할 대상이었다. 누이들과 다툼을 벌인 뒤, 나의 양심에 비추어 생각해보면 잘못을 저지른 사람, 갈등 유발자, 용서를 구해야 할 사람은 언제나 나였다. 왜냐하면 누이들을 모욕한다는 것은 부모님을 모욕하는 것과 같았고, 선함과 권위를 모독하는 일이었기 때문이다. 어떤 비밀들은 누이들과 공유하기보다는 저질스러운 부랑아들과 공유하는 것이 훨씬 더 편했다. 날이 환하고 양심에 거리낄 것이 없는 좋은 날이면 누이들과 어울려 놀았다. 함께 착하고 얌전하게 지내면서 반듯하고 고상한 외양의 나 자신을 보는 것이 종종 근사하게 느껴지기도 했다. 천사라면 그렇게 지내야 했다! 그것이 우리가 아는 한 가장 훌륭한 삶이었다. 우리는 크리스마스나 행복할 때 그렇듯이 환한 소리와 향기에 감싸여 천사로 사는 것이 얼마나 행복하고 멋진 일인지 생각했다. 아, 그런 시간과 나날은 얼마나 드물게 찾아왔던가! 종종 나는 누이들과 놀다가, 그것도 재미있고 유익하고 건전한 놀이를 하다가도 지나치게 몰입하고 거칠게 굴어서 누이들이 감당하기 어렵게 했고, 결국엔 다툼을 벌여 난장판을 만들었다. 그러다가 화가 치밀면 나는 아주 못되게 굴고 함부로 행동하고 말했다. 그러는 동안에 벌써 나는 그게 형편없는 짓이라는 걸 가슴이 저리도록 깊이 느꼈다. 후회와 자책의 불쾌하고 음울한 시간이 찾아왔고, 용서를 구하는 고통스러운 순간이 이어졌다. 그제야 다시금 환한 빛줄기가 비쳤다. 불화가 사라진 고요하고 감사한 행복의 시간이었는데, 몇 시간 지속될 때도 있었고 잠깐에 그치기도 했다.

나는 라틴어 학교를 다녔다. 같은 반에는 시장의 아들과 산림 감독관의 아들이 있었다. 그 애들은 가끔 우리 집에 놀러 왔는데, 거친 아이들이긴 했지만 선한 세계, 허용된 세계에 속해 있었다. 그런데도 나는 이웃집 아이들, 대개는 우리가 무시하던 공립학교 학생들과 가깝게 지냈다. 그 아이 중 한 명으로 나의 이야기를 시작해야 한다.

수업이 없는 어느 오후였다. 열 살이 갓 넘은 나는 이웃집 아이 둘과 함께 어슬렁거리고 있었다. 그때 우리보다 키가 큰 아이가 우리를 향해 다가왔다. 열세 살쯤 되는 체격 좋고 거칠게 생긴 그 아이는 공립학교를 다녔고, 재단사의 아들이었다. 그의 아버지는 술꾼이었는데, 가족 모두가 평판이 좋지 않았다. 나는 프란츠 크로머에 대해 익히 알고 있었다. 나는 그를 무서워했기에 그가 우리와 합류하자 기분이 좋지 않았다. 그는 벌써 성인 남자 같은 행동거지를 했고, 젊은 공장 노동자들의 걸음걸이와 말투를 흉내 냈다. 우리는 그가 시키는 대로 다리 옆을 통해 강가로 내려갔고, 첫 번째 다리 아치 아래로 들어가 세상에서 우리의 모습을 숨겼다. 아치형의 다리 벽면과 느릿느릿 흘러가는 강물 사이의 좁은 물가는 완전히 폐물로 가득했다. 그곳은 유리 조각과 온갖 잡동사니, 엉망으로 뒤엉킨 녹슨 철사 다발과 여러 가지 쓰레기로 뒤덮여 있었다. 거기서 때때로 쓸만한 물건이 발견되기도 했다. 우리는 프란츠 크로머의 지시에 따라 그 구간을 샅샅이 뒤지고 우리가 찾아낸 것을 그에게 보여줘야 했다. 그러면 그는 그것을 자기가 챙기거나 물속으로 멀리 던져버렸다. 그는 우리더러 그중에 납이나 구리, 주석으로 된 물건이 있는지 잘 살펴보라고 했다. 그리고 그런 물건들은 모두 자기가 가졌는데, 그중엔 뿔로 만든 낡은 빗도 있었다. 그 애와 함께 있는 게 굉장히 불안했다. 아버지가 이 사실을 알게 되면 그 애와 어울리는 게 금지되리라는 걸 알아서가 아니었다. 그냥 프란츠 자체에 대한 두려움 때문이었다. 나는 그가 나를 끼워주고 다른 애들과 똑같이 대하는 게 기분 좋았다. 그는 명령을 내렸고, 우리는 복종했다. 내가 그 애와 어울린 것은 그날이 처음이었지만, 마치 오랫동안 해오던 관습처럼 느껴졌다.

마침내 우리는 바닥에 자리를 잡고 앉았고, 프란츠는 강물을 향해 침을 뱉었다. 그 모습이 마치 어른처럼 보였다. 그는 이 사이로 침을 뱉어서 원하는 것들을 맞혔다. 아이들은 학교에서 있었던 온갖 소소한 무용담과 악의적인 장난질을 늘어놓으며 자랑하고 뻐겨댔다. 나는 아무 말도 하지 않았는데, 바로 그 침묵 때문에 눈에 띄어 크로머가 내게 화를 내지는 않을까 겁먹고 있었다. 나의 이웃집 친구들은 처음부터 나한테서 거리를 두고 떨어져 있었고, 완전히 프란츠의 편이었다. 나는 그들 사이에서 이질적인 존재였다. 그들이 내 옷차림이나 행동 방식을 아니꼬워한다고 느꼈다. 프란츠는 라틴어 학교 학생이자 양갓집 자제인 나를 좋아할 리 없었고, 다른 두 친구는 만일 문제가 생긴다면 즉시 나를 외면하고 도와주지 않을 것임을 충분히 짐작할 수 있었다.

순전히 두려움 때문에 마침내 나도 이야기를 시작했다. 나는 나를 주인공으로 삼아 거창한 도둑질 이야기를 지어냈다. 내가 친구 한 명과 함께 야밤에 모퉁이 물레방앗간 옆 과수원에서 사과를 한 자루 가득 채워서 훔쳤다고, 그것도 보통 사과도 아니고, 최고의 품종인 레네테와 골트파르메네만 훔쳤다고 얘기했다. 순간의 위험에서 벗어나려고 나는 이 이야기 속으로 도망쳤다. 나는 이야기를 지어내서 들려주는 데 능숙했다. 금세 또다시 이야기를 멈춰 침묵하다가 혹시라도 더 나쁜 상황으로 휩쓸려 들어가는 일이 없도록 나는 최선을 다해 나의 재주를 뽐냈다. 나는 우리 중의 한 사람이 나무 위로 올라가 사과를 아래로 던지는 동안 또 다른 사람은 계속 망을 봐야만 했다고 이야기했다. 그리고 자루가 너무나 무거운 나머지 나중엔 자루를 다시 열어서 사과의 절반은 그 자리에 버려둬야 했지만, 삼십 분 후에는 다시 가서 남은 절반도 가지고 왔다고 했다.

이야기를 다 마쳤을 때 나는 약간의 박수를 기대했다. 마지막에 이르러 나는 열기에 휩싸였고, 이야기를 지어내는 데 도취한 참이었다. 두 친구는 주저하며 아무 말도 하지 않았다. 하지만 프란츠 크로머는 가늘게 뜬 눈으로 나를 쏘아보며 위협적인 목소리로 물었다. "그거 진짜야?"

"그럼." 내가 말했다.

"그러니까 정말로 진짜라는 거지?"

"그래, 정말로 진짜야." 속으로는 두려워서 숨이 막힐 것 같았지만, 나는 고집스럽게 주장했다.

"너 맹세할 수 있어?"

나는 굉장히 놀랐다. 하지만 곧장 그렇다고 말했다.

"그럼 하느님과 구원을 걸고 맹세한다고 말해!"

나는 말했다. "하느님과 구원을 걸고 맹세해."

"알겠어." 그는 그렇게 말하고는 몸을 돌렸다.

나는 그렇게 다 해결되었다고 생각했다. 그래서 그가 곧바로 몸을 일으켜 귀갓길에 오르자 기뻤다. 우리가 다리 위로 올라왔을 때 나는 이제 집에 가야 한다고 소심하게 말했다.

"그렇게 서두를 필요 없어." 프란츠가 웃었다. "우린 어차피 가는 길이 같거든."

그는 계속해서 어슬렁거리며 느릿느릿 걸었고, 나는 감히 뿌리치고 벗어날 엄두가 나지 않았다. 그런데 그는 정말로 우리 집 쪽을 향해 걸었다. 집 앞에 도착했을 때 우리 집 현관문이 보이고, 두툼한 놋쇠 손잡이, 어머니의 방 유리창과 커튼에 내리쬐이는 햇살이 보이자 나는 안도의 한숨을 크게 내쉬었다. 오, 집에 왔다! 오, 집으로, 밝은 세계로, 평화 속으로 돌아오다니 이렇게 기쁘고 행복할 수가!

재빨리 문을 연 나는 미끄러지듯 안으로 들어가 등 뒤로 문을 닫으려고 했는데, 그 순간 프란츠 크로머가 함께 밀고 들어왔다. 타일이 깔린 복도는 마당 쪽에서만 빛이 들어와 서늘하고 어둑했다. 그곳에서 그가 내 옆에 서서는 나의 팔을 붙잡고 조용히 말했다. "야, 그렇게 서둘지 말라니까!"

나는 깜짝 놀라서 그를 바라보았다. 내 팔을 붙든 그의 손길은 쇠처럼 단단했다. 나는 그가 무엇을 하려는 건지, 혹시 나를 때리려는 것은 아닌지 생각해봤다. 지금 내가 소리를 지른다면, 크게 있는 힘껏 소리를 지른다면, 그러면 저 위층에서 누군가가 나를 구하러 재빠르게 와줄 수도 있지 않을까 하는 생각이 들었다. 하지만 나는 그 생각을 포기했다.

"왜 그래?" 내가 물었다. "뭘 하려는 거야?"

"별일 아냐. 난 그저 너한테 물어봐야 할 게 좀 있거든. 다른 애들은 들을 필요가 없는 얘기니까."

"그래? 그런데 내가 너한테 뭘 더 얘기해야 하는 거야? 난 올라가봐야 해. 너도 알잖아."

프란츠가 나지막이 말했다. "모퉁이 물레방앗간 옆 과수원 주인이 누구인지는 잘 알고 있겠지?"

"아니, 난 몰라. 아마 물레방앗간 주인이겠지."

프란츠가 내 몸에 팔을 두르더니 자신에게 바짝 끌어당기는 바람에 나는 밀착한 상태로 그의 얼굴을 바라보아야만 했다. 그의 두 눈은 사악했고, 미소는 비열했으며, 얼굴엔 무자비함과 위세가 가득했다.

"그래, 꼬마야, 난 너에게 과수원의 주인이 누구인지 말해 줄 수 있단다. 난 누군가가 사과를 훔쳐 갔다는 걸 이미 오래전부터 알고 있었어. 그리고 그 주인이 과일을 누가 훔쳐 갔는지 알려주는 사람에게는 2마르크를 주겠다고 말했다는 것도 알고 있지."

"맙소사!" 내가 외쳤다. "그래도 그 주인에겐 아무 말도 안

할 거지?"

그의 명예심에 호소해봐야 아무 소용 없는 일이라는 걸 나는 느꼈다. 그는 다른 세계의 사람이었다. 그에게 배신은 범죄가 아니었다. 나는 그것을 정확하게 느꼈다. 이런 문제에 있어서 '다른' 세계의 사람들은 우리와 같지 않았다.

"아무 말도 안 해?" 크로머가 웃었다. "이봐, 너는 내가 화폐위조범이라도 돼서 2마르크 동전을 직접 만들 수 있다고 생각하는 거냐? 나는 가난해. 너처럼 부자 아버지도 없어. 그러니 2마르크를 벌 수 있다면 반드시 벌어야 해. 어쩌면 주인이 그보다 더 줄 수도 있어."

그는 붙들고 있던 나를 갑자기 놔버렸다. 우리 집 현관에서는 평화와 안전의 향기가 더는 나지 않았다. 나를 둘러싸고 있던 세계는 무너져버렸다. 그는 나를 신고할 것이다. 나는 범죄자였다. 그 일이 아버지에게도 알려질 것이다. 어쩌면 경찰까지 오게 될지도 모른다. 모든 것이 뒤죽박죽된 상태에서 나는 엄청난 두려움에 휩싸였다. 온갖 끔찍하고 무서운 것이 나를 향해 덤벼들었다. 내가 도둑질을 한 적이 없다는 사실은 전혀 중요하지 않았다. 게다가 나는 맹세까지 하지 않았던가. 세상에나, 맙소사!

눈물이 솟구쳤다. 나는 대가를 치르고서라도 이 상황에서 빠져나와야만 한다는 생각에 절망적인 손길로 모든 주머니를 뒤졌다. 사과 한 개도, 주머니칼도 없었다. 주머니 속에는 아무것도 없었다. 그때 나의 시계가 생각났다. 오래된 은시계였는데, 작동은 하지 않았다. 나는 그 시계를 '그냥' 차고 다녔다. 할머니한테서 물려받은 시계였다. 급히 시계를 풀었다.

"크로머." 내가 말했다. "내 말 좀 들어봐. 네가 날 꼭 일러바쳐야만 하는 건 아니잖아. 그건 옳지 않은 일일 거야. 자, 봐, 너한테 내 시계를 줄게. 미안하지만 이것 말고는 아무것도 없어. 이 시계는 네가 가져도 돼. 은으로 된 거야. 시계 부품은 좋은 건데, 조금 고장이 나 있어서 고쳐야 해."

크로머는 씩 웃더니 큼직한 손으로 시계를 움켜쥐었다. 나는 그 손을 바라보았다. 그 손이 내게는 굉장히 거칠고 아주 적대적으로 보였고, 나의 삶과 평화를 부여잡으려는 것처럼 느껴졌다.

"그건 은으로 만든 거야……." 주눅 든 채로 내가 말했다.

"난 은도 관심 없고, 네 고물 시계도 관심 없어!" 그는 깊은 경멸을 담아 말했다. "너나 고쳐서 쓰든가!"

"아니, 프란츠." 나는 그가 가버릴지도 모른다는 두려움에 떨면서 큰 소리로 말했다. "잠깐만 기다려봐! 그 시계는 네가 가져! 그건 정말로 은시계야, 정말로 진짜야. 그리고 난 그것밖엔 가진 게 없어."

그는 나를 냉정하게, 무시하듯이 바라봤다.

"자, 그러면 이제 내가 누구에게 갈 건지 잘 알고 있겠지. 아니면 난 경찰서로 갈 수도 있어. 경찰관을 잘 알거든."

그는 몸을 돌렸다. 나는 그의 소매를 붙잡았다. 그건 안 될 일이었다. 만약 그가 그렇게 가버린 다음에 일어날 일들을 다 감당하느니 그냥 죽는 게 훨씬 나을 것 같았다.

"프란츠." 나는 흥분해서 쉰 목소리로 애원했다. "제발 그런 바보 같은 짓은 하지 마! 이봐, 그냥 장난하는 거지?"

"그래, 장난이지. 하지만 네게는 비싼 장난이 될 수도 있을걸."

"제발 내가 뭘 해야 하는지 말해줘! 뭐든지 다 할게!"

그는 눈을 가느다랗게 뜨고 나를 찬찬히 살피더니 다시 웃음을 터뜨렸다.

"바보같이 굴지 마!" 그가 가식적인 친절을 보이며 말했다. "너도 나만큼 이 상황을 잘 이해하고 있을 텐데. 나는 2마르크를 벌 수 있어. 그리고 난 부자가 아니기 때문에 그 돈을 내팽개칠 수 없다는 걸 너도 알잖아. 하지만 넌 부자야. 시계까지 갖고 있지. 그러니 넌 내게 2마르크를 주기만 하면 되는 거야. 그러면 모든 것이 다 해결되는 거라고."

나는 그 논리를 이해했다. 하지만 2마르크라니! 내게 2마르크는 10마르크, 100마르크, 1000마르크만큼이나 큰 액수여서 내가 마련할 수도 없었다. 나는 돈이 없었다. 삼촌들이 방문했다거나 그런 일이 있을 때 받은 10페니히와 5페니히 동전이 어머니 방의 작은 저금통에 들어 있을 뿐이었다. 그것 말고는 아무것도 없었다. 그 나이엔 아직 용돈도 받지 않았다.

"하나도 없어." 내가 풀이 죽은 목소리로 말했다. "돈은 한 푼도 없어. 하지만 돈만 아니라면 뭐든지 다 너에게 줄게. 인디언 이야기책이나 장난감 병정들, 나침반이 있어. 가서 가져다줄게."

크로머는 그저 뻔뻔하고 심술궂은 입을 실룩이더니 바닥에 침을 뱉을 뿐이었다.

"쓸데없는 소리 하지 마!" 그가 명령조로 말했다. "그런 쓰레기 같은 물건들은 너나 가지면 되겠네. 나침반이라니! 잘 들어. 이제 날 더 화나게 하지 말고 돈을 내놔!"

"하지만 내겐 돈이 없어. 난 돈을 받아본 적이 없거든. 내가 어떻게 할 수가 없어!"

"그럼 내일 2마르크를 가지고 와. 학교가 끝난 후 저 아래 시장에서 기다릴게. 다른 말은 필요 없어. 만약 돈을 안 가져오면, 어떻게 될지는 두고 봐!"

"알았어. 하지만 대체 그 돈을 어디서 가져오라는 거야? 말도 안 돼. 돈이 하나도 없는데……."

"너희 집엔 돈이 많잖아. 네가 해결할 문제야. 그러니까 내일 학교 끝난 후야. 다시 한번 말하는데, 만약 돈을 안 가져오기만 해봐……." 그는 매서운 눈길로 나를 쏘아보고, 다시 한번 침을 뱉더니 마치 그림자처럼 사라져버렸다.

나는 위층으로 올라갈 수가 없었다. 나의 인생은 산산조각이 났다. 그 자리에서 도망쳐서 다시는 돌아오지 않거나 물에 빠져 죽어버릴 생각까지 했다. 하지만 명확한 그림이 그려지지는 않았다. 나는 어둠 속에서 우리 집 계단 맨 아래 칸에 앉아 한껏 웅크린 채 불행에 나를 내맡겼다. 그때 리나가 땔감을 가지러 바구니를 든 채 내려오다가 울고 있는 나를 발견했다.

나는 리나에게 가족들에게는 아무 말도 하지 말아달라고 부탁하고는 위층으로 올라갔다. 유리문 옆의 옷걸이엔 아버지의 모자와 어머니의 양산이 걸려 있었다. 이 모든 물건에서 풍기는 친숙함과 다정함이 나를 향해 몰려왔다. 마치 탕자가 옛 고향 집의 방들을 보고 그 향기를 맡았을 때처럼 나의 심장은 그 물건들을 향해 간절하고도 고마워하는 마음으로 반갑게 인사했다. 하지만 이제 더는 나의 것이 아니었다. 그 모든 것은 아버지와 어머니의 밝은 세계에 속했다. 나는 죄를 짓고 낯선 물결 속에 깊이 가라앉았고 모험과 죄에 휘말렸으며, 적에게 위협받고 위험과 두려움과 불명예에 맞닥뜨렸다. 모자와 양산, 질 좋은 오래된 사암 바닥, 현관 장식장 위의 커다란 그림, 집 안 거실 쪽에서 들려오는 누나의 목소리, 그 모든 것이 어느 때보다 더 사랑스럽고, 다정하고, 값지게 느껴졌다. 하지만 그것들은 이제 위로가 아니었고 확실한 소유물도 아니었다. 그저 비난이었다. 더는 나의 소유가 아니었으며, 나는 그 유쾌함과 고요함에 동참할 수 없었다. 나는 매트에 털어낼 수 없는 더러움을 두 발에 묻혀 왔으며, 고향의 세계는 상상도 못 할 그림자를 데리고 왔다. 그동안 많은 비밀을 가졌었고, 두려움을 느낀 적도 많았지만, 오늘 내가 이 공간에 이끌고 들어온 것에 비하면 그저 장난이고 재미였다. 운명이 나를 뒤쫓으며 나를 향해 두 손을 내뻗었다. 나의 어머니도 그 손으로부터 나를 구할 수는 없었고, 어머니가 그 손에 대해 알아서도 안 됐다. 이제는 나의 범죄가 도둑질인지, 아니면 거짓말인지(나는 하느님과 구원을 걸고 거짓 맹세를 하지 않았던가?)는 중요하지 않았다. 나의 죄는 그 둘 중의 하나가 아니었다. 악마에게 손을 내밀었다는 것이 나의 죄였다. 나는 왜 그들을 따라갔던가? 왜 크로머가 시키는 대로 했던가. 아버지에게도 그렇게 고분고분했던 적이 없는데? 왜 그 도둑질 이야기를 거짓으로 지어냈던가? 도둑질이 영웅적인 행위라도 된다는 듯 자랑까지 하면서? 이제 악마가 내 손을 잡았고, 이제 적은 나를 뒤쫓고 있었다.

한순간 내일 일어날 일에 대한 두려움은 느껴지지 않고, 무엇보다도 이제부터는 나의 길이 점점 더 내리막길로, 점점 더 어둠 속으로 향하게 될 거라는 끔찍한 확신이 들었다. 나의 범죄로부터 새로운 범죄가 따를 수밖에 없고, 내가 누이들 곁에 나타난다거나 부모님께 인사하고 키스하는 것들이 이제는 거짓임을, 또한 내가 내 안에 운명과 비밀을 숨긴 채 다니게 되었음을 분명하게 느꼈다.

아버지의 모자를 바라보자 한순간 내 안에서 신뢰와 희망이 피어올랐다. 아버지에게 모든 것을 고백하고, 아버지가 어떤 판결과 벌을 내리든 다 받아들이리라. 그렇게 하면 아버지는 나의 비밀을 알게 되고 나를 구원할 수 있으리라. 과거에도 여러 번 그랬던 것처럼 한 번만 참회하면 될 것이다. 힘겹고 쓰라린 시간을 한 번만 넘기면, 간절하고도 후회 가득한 마음으로 용서를 구하면 될 것이다.

그러한 생각은 얼마나 달콤했던가! 그렇게 하고 싶다는 유혹이 얼마나 강력했던가! 하지만 쓸데없는 생각이었다. 나는 내가 그렇게 하지 않으리라는 것을 알았다. 이제 내가 비밀을 갖게 되었다는 것을, 나 혼자서 직접 해결해야만 하는 잘못이라는 것도 알았다. 어쩌면 바로 이 순간 나는 갈림길에 서 있는 것인지도 몰랐다. 어쩌면 이 시간 이후로 영원히 나쁜 쪽에 속하고, 악한 사람들과 비밀을 공유하고, 그들에게 지배당하며 복종하고, 그들과 같은 사람이 되어야만 하는 것인지도 몰랐다. 어른 행세, 영웅 행세를 한번 해보았던 것인데, 이제는 그 뒷감당을 해야 하는 신세가 되었다.

안으로 들어가자 아버지는 내 신발이 젖었다고 나무랐는데, 내게는 다행이었다. 그것이 주의를 돌리는 바람에 아버지는 더 심각한 문제를 알아채지 못했다. 나는 아버지의 꾸중을 나의 다른 잘못에 대한 것으로 몰래 연결하면서 묵묵히 참아낼 수 있었다. 그때 내 마음속에서 기이하게 새로운 감정이 번뜩였다. 그것은 날카로운 갈고리들이 뒤엉킨 듯 사악하고 예리한 감정이었다. 내가 아버지보다 우월하다고 느꼈던 것이다! 한순간 아버지의 무지에 대해 일종의 경멸을 느꼈다. 장화가 젖었다고 혼내는 것이 내게는 하찮게 여겨졌다. '잘 알지도 못하면서!' 하는 생각이 들었고, 마치 살인 사건을 고백해야 할 상황인데 빵 하나를 훔쳤다고 심문을 받는 범죄자 같은 느낌이 들었다. 이는 흉측하고 구역질 나는 감정이었지만, 아주 강력했고 깊은 매력이 있었다. 그 감정은 나의 비밀과 나의 잘못에 대한 어떠한 생각보다도 더 단단하게 나를 사로잡았다. 어쩌면 크로머는 지금쯤 이미 경찰서에 가서 나를 신고했을지도 모른다는 생각이 들었다. 폭풍우가 내 머리 위로 몰려들고 있는데, 여기서는 날 어린아이 보듯 하고 있다니!

여태까지 이야기한 모든 체험 중에서는 바로 이 순간이 중요했고, 기억에도 계속 남았다. 그때 아버지의 신성함에 첫 번째 균열이 생겼다. 나의 어린 시절을 떠받치던 기둥들에 첫 번째 금이 간 것이다. 모든 인간은 자기 자신이 되려면 먼저 그 기둥들을 부숴버려야만 한다. 우리 운명의 내적이고 본질적인 윤곽은 다른 사람이 보지 못하는 이런 체험들로 이루어져 있다. 그렇게 생겨난 금과 균열은 다시 채워진다. 그리고 아물고 잊힌다. 하지만 깊이 감춰진 방 안에서 그 금과 균열은 계속해서 존재하며 피를 흘린다.

당시의 나는 그런 새로운 감정을 느끼자마자 두려워졌다. 그에 대해 아버지께 용서를 빌기 위해 그의 발에 입맞춤하고 싶었다. 하지만 인간은 본질적인 문제에 대해서는 용서를 빌 수 없는 법이다. 어린아이라도 그런 건 여느 현자 못지않게 아주 깊이 느끼며 잘 알고 있다.

나는 내 문제를 깊이 생각해보고, 내일 어떻게 할지도 고민해야 했다. 하지만 그럴 수 없었다. 그날 저녁 내내 그저 우리 집 거실의 달라진 공기에 익숙해지려고 애써야만 했다. 벽시계와 탁자, 성경책과 거울, 책꽂이와 벽 위에 걸린 그림들이 흡사 나에게 작별을 고하는 것 같았다. 나는 심장이 얼어붙은 채 나의 세계, 나의 선하고 행복했던 삶이 과거가 되고, 나에게서 떠나가는 것을 지켜보아야만 했다. 또한 내가 저 바깥의 어둡고 낯선 땅에 새롭고 힘 좋은 뿌리를 내리고, 그곳에 고정되고 단단히 자리 잡게 되었음을 느낄 수밖에 없었다. 나는 처음으로 죽음을 맛봤다. 죽음의 맛은 쓰디쓰다. 왜냐하면 죽음은 탄생이기 때문이다. 죽음은 무지막지한 혁신에 대한 두려움과 불안이기 때문이다.

마침내 내 방으로 돌아와 침대에 누웠을 때 나는 기뻤다! 그 전에 마지막 정죄의 불길 같은 저녁 예배를 견뎌야 했다. 예배 때 우리는 찬송가를 한 곡 불렀다. 내가 굉장히 좋아하는 곡이었는데, 아, 나는 함께 부를 수 없었다. 한 음 한 음이 내게는 쓸개즙이고 독약이었다. 나는 아버지가 축복기도를 할 때 함께 기도하지 않았고, 아버지가 "저희 모두와 함께하여주시옵소서!" 하고 기도를 마칠 때 어떤 경련과도 같은 것이 나를 이 모임에서 떼어냈다. 하느님의 은총은 그들 모두와 함께 있었지만, 나와는 그 이상 함께 있지 않았던 것이다. 차갑게 식고 몹시 지친 채로 나는 그 자리를 떠났다.

한동안 침대에 누워 있으니 온기와 아늑함이 나를 부드럽게 감쌌다. 그러자 내 심장은 또다시 불안감 속에서 헤맸고 지난 사건으로 인해 불안하게 요동쳤다. 어머니는 늘 그렇듯이 잘 자라는 인사를 해주고 나갔는데, 방에서는 어머니의 발걸음 소리를 여전히 들을 수 있었고, 어머니가 들고 있는 촛불의 빛이 문틈을 통해 아직 비치고 있었다. 나는 생각했다. 이제 어머니가 다시 돌아올 것이다. 어머니는 뭔가 문제가 있음을 느끼고 내게 키스해주며 물을 것이다. 온화하게, 희망을 주는 어조로. 그러면 나는 울 수 있다. 내 목에 걸려 있던 돌덩이는 녹을 테고 나는 어머니를 껴안고 사실을 말할 것이다. 그러면 해결될 수 있다. 나는 해방될 것이다! 문틈의 빛이 사라져 어두워진 후에도 난 한참을 더 귀 기울이며 생각했다. 반드시, 반드시 그렇게 될 거라고.

그다음에 난 내 문제로 돌아와 적의 눈을 바라보았다. 나는 적의 모습을 뚜렷하게 볼 수 있었다. 그는 한쪽 눈을 가느다랗게 떴고, 입은 야비하게 웃었다. 내가 그를 바라보며 피할 수 없는 그 문제를 속으로 삭이는 동안 그는 점점 더 커지고 더 흉측해졌다. 그의 사악한 눈은 악마처럼 번득였다. 그는 내가 잠들 때까지 내 옆에 바짝 붙어 있었다. 하지만 그러고 나서 난 그에 대한 꿈을 꾸지도, 오늘 있었던 일에 대한 꿈을 꾸지도 않았다. 꿈속에서 우리는, 그러니까 부모님과 누이들과 나는 같은 보트를 타고 있었고, 온전히 휴일의 평화와 광채만이 우리를 둘러싸고 있었다. 한밤중에 깨어난 나는 그 행복의 여운을 여전히 느꼈고, 누이들이 입은 하얀색 여름옷이 햇빛 속에서 환하게 빛나는 장면을 여전히 바라보았다. 그리고 그 모든 천국에서 다시 굴러떨어져 현실로 되돌아왔고, 사악한 눈빛을 한 적과 다시 마주 섰다.

아침이 되어 어머니가 급히 와서는 벌써 늦었는데 왜 아직도 침대에 누워 있냐고 소리쳤을 때 나는 상태가 좋지 않았다. 어머니가 내게 어디 안 좋은 거냐고 묻는 순간, 나는 구토를 했다.

그렇게 해서 조금 유리한 상황이 되었다. 나는 몸이 약간 아픈 상태로 아침나절 동안 캐모마일 차를 마시며 침대에 누워 있었다. 나는 어머니가 옆방에서 청소하는 소리, 리나가 바깥 현관에서 정육업자를 맞이하는 소리를 듣는 것을 굉장히 좋아했다. 학교에 가지 않아도 되는 오전은 뭔가 매혹적이었고 동화처럼 신비로웠다. 그럴 때면 햇빛은 유희하듯 방 안으로 쏟아져 들어왔고, 그때의 햇빛은 학교에서 녹색 커튼을 내려서 막아야 하는 햇빛과는 달랐다. 하지만 오늘은 그마저도 즐겁지 않았고 마음이 불편할 따름이었다.

정말이지 그냥 죽어버리면 좋으련만! 하지만 나는 이전에도 자주 그랬던 것처럼 그저 몸이 조금 안 좋을 뿐이었고, 그것만으로는 아무것도 해결되지 않았다. 학교에 가는 것은 피할 수 있었지만, 그것이 11시에 시장에서 나를 기다리는 크로머에게서 나를 보호해주지는 않았다. 지금은 어머니의 다정함도 위로가 되지 않았다. 그저 귀찮고 고통스러웠다. 나는 곧 다시 자는 척하면서 곰곰이 생각해봤다. 다 소용없었다. 무조건 11시에 시장에 가 있어야만 했다. 나는 10시에 조용히 일어나서 몸 상태가 다시 좋아졌다고 말했다. 그럴 때면 언제나 그랬듯이 다시 침대로 가서 눕든지 아니면 오후에 학교에 가라는 말을 들었다. 나는 학교에 가고 싶다고 말했다. 계획을 하나 세워두었던 것이다.

돈 없이는 크로머에게 갈 수 없었다. 나의 작은 저금통을 어떻게든 가져와야 했다. 그 안에 들어 있는 돈이 충분하지 않다는 것은 알았다. 한참이나 부족한 액수였다. 그래도 어쨌든 약간의 돈이 있긴 했다. 직감적으로 나는 아무것도 없는 것보다는 약간의 돈이라도 가져가는 게 낫다는 것을, 크로머를 달래야만 한다는 것을 알고 있었다.

양말 바람으로 어머니의 방에 몰래 들어가 책상 위의 내 저금통을 들고나올 때는 기분이 나빴지만, 그래도 어제만큼은 아니었다. 심장이 두근거려 숨이 막힐 것만 같았다. 계단을 내려와 일단 저금통을 살펴보고, 그것이 잠겨 있음을 알게 되었을 때까지도 진정이 되지 않았다. 저금통을 뜯는 것은 굉장히 쉬웠다. 격자 모양의 얇은 양철판을 찢기만 하면 됐다. 하지만 갈라진 틈을 보니 가슴이 아팠다. 이제야 정말로 내가 도둑질을 한 것이다. 그때까지는 고작 설탕 조각과 과일을 훔쳐 먹는 정도였다. 비록 내 돈이긴 했지만, 도둑질이었다. 내가 크로머와 그의 세계에 다시 한 걸음 더 가까워졌으며, 그렇게 한 걸음 한 걸음씩 제대로 타락하고 있음을 느꼈다. 나는 그런 생각에 저항했다. 지옥에 간다고 한들 이제는 돌이킬 수 없었다. 두려움에 떨며 돈을 세어봤다. 저금통은 꽉 찬 것처럼 들렸는데, 막상 손에 쥔 돈의 액수는 한심할 정도로 적었다. 65페니히였다. 저금통을 아래층 복도에 숨겨놓고 돈을 움켜쥔 채 집 밖으로 나섰다. 이제껏 이 문을 드나들었지만 이런 상태인 적은 없었다. 위쪽에서 누군가가 나를 부르는 것 같았다. 나는 재빨리 그 자리를 떠났다.

아직 시간이 많이 남아 있었다. 나는 멀리 돌아서 갔다. 달라져버린 도시의 골목들 사이로 숨어들어 한 번도 본 적 없는 구름 아래를 지나고, 나를 바라보는 집들과 나를 의심하는 사람들 곁을 스쳐 걸어갔다. 길을 걷는 도중에 언젠가 학교 친구 한 명이 가축 시장에서 1탈러•를 주웠던 일이 생각났다. 하느님이 기적을 베푸셔서 나도 그런 돈을 발견하게 해달라고 기도하고 싶었다. 하지만 난 이제 기도할 자격이 없었

• 과거 유럽에서 사용했던 은화. 오늘날 '달러'의 어원이다.

다. 그리고 만약 그런 일이 일어난다고 해도 저금통이 다시 온전해지지는 않을 것이었다.

프란츠 크로머는 멀리서 나를 보았다. 하지만 그는 아주 천천히 내 쪽으로 다가왔고 내게는 별로 주의를 기울이지 않는 것 같았다. 가까이 오더니 자신을 따라오라고 눈짓으로 명령하고는 주위를 전혀 돌아보지도 않고 무심한 듯 계속 걸었다. 슈트로 거리를 따라 내려가서 좁은 판자 다리를 건너 도시가 끝나가는 곳의 어느 신축 공사장 앞에 멈춰 섰다. 작업은 중단된 상태였고, 벽들은 문과 창문 없이 황량하게 서 있었다. 크로머는 주위를 살피고는 문 안으로 들어갔고, 나는 그의 뒤를 따랐다. 그는 벽 뒤로 가더니 자신에게 오라고 손짓하고는 손을 내밀었다.

"갖고 왔냐?" 그가 차갑게 물었다.

나는 주머니에서 움켜쥔 손을 꺼내어 그가 펼친 손바닥 위에 돈을 쏟았다. 마지막 5페니히 동전이 떨어지는 소리가 채 가시기도 전에 그는 이미 셈을 끝냈다.

"65페니히잖아." 그렇게 말하고는 나를 바라보았다.

"응." 나는 기가 죽은 채로 말했다. "그게 내가 가진 전부야. 너무 적다는 건 나도 잘 알아. 하지만 그게 전부인걸. 더는 없어."

"난 네가 좀 더 똑똑한 줄 알았는데 말이야." 그는 거의 부드러움에 가까운 어조로 나를 나무랐다. "신사들끼리는 규칙을 지켜야 하는 법이지. 내가 정당하지 않은 걸 네게서 뺏을 생각이 전혀 없다는 건 너도 잘 알 거야. 자, 이 동전들은 다시 가져가! 다른 분이라면 말이야. 그게 누군지는 너도 알 테지만, 그분이라면 흥정해서 액수를 깎으려는 시도 같은 건 하지 않을 거야. 그분은 돈을 다 주실걸."

"하지만 난 정말로 더는 가진 게 없단 말이야! 그게 내가 저축한 돈 전부야!"

"그건 네가 알아서 할 문제야. 하지만 난 널 불행하게 만들 생각은 없어. 넌 내게 아직 1마르크 35페니히를 빚졌어. 그건 언제 줄 거야?"

"오, 그 돈은 반드시 줄게, 크로머! 지금은 나도 정확히 모르겠어. 어쩌면 내일이나 모레, 곧 돈이 더 생길지도 몰라. 내가 이 일을 아버지에게 말할 수 없다는 건 너도 알잖아."

"그건 나하고는 아무 상관 없는 일이야. 내가 널 힘들게 만들려는 건 아냐. 너도 알다시피 난 정오가 되기 전에 내 돈을 받을 수도 있어. 그리고 난 가난해. 넌 멋진 옷을 입었고, 점심 식사로 나보다 더 좋은 음식을 먹잖아. 하지만 난 아무 말도 하지 않을 거야. 내가 좀 더 기다려줄 수는 있어. 모레 오후에 내가 휘파람으로 신호를 할 거야. 그러면 넌 나머지 돈을 가지고 오는 거지. 내 휘파람 소리 알지?"

그는 내 앞에서 휘파람을 불어 보였다. 이전에 자주 들었던 소리였다.

"응." 내가 말했다. "알고 있어."

그는 마치 내가 자신과는 아무 상관이 없다는 듯이 가버렸다. 우리 사이엔 거래가 있을 뿐 그 이상은 없었다.

크로머의 휘파람 소리를 또다시 갑자기 듣는다면, 나는 지금도 깜짝 놀랄 거라고 생각한다. 그때부터 나는 그 휘파람 소리를 자주 들었고, 그 소리가 계속해서 들리는 것 같았다. 이 휘파람 소리는 내가 어느 곳에 가든, 어떤 놀이를 하든, 어떤 일을 하고 어떤 생각을 하든 상관없이 밀고 들어왔다. 이 휘파람 소리는 나를 종속시켰고, 이제 나의 운명이 되었다. 날씨가 온화하고 단풍으로 화사한 가을 오후가 되면 나는 내가 너무나 좋아하는 우리 집 작은 화원에 자주 머물렀다. 그럴 때면 기이한 충동에 사로잡혀 조금 더 어릴 때 하고 놀았던 아이들 놀이를 다시 하게 되었다. 나는 약간은 실제의 나보다 더 어린아이처럼 굴며 놀았다. 아직 선량하고 자유로웠던, 죄 없고 안전했던 어린아이 말이다. 하지만 그렇게 한참 노는 도중에 어딘가에서 크로머의 휘파람 소리가 들려왔다. 항상 예상하고 있었는데도 나는 크게 놀라며 소스라쳤다. 그 소리는 맥을 끊었고, 상상력을 파괴했다. 그러면 나는 가야 했다. 나를 괴롭히는 자를 따라 음침하고 흉측한 장소로 가서 그에게 이런저런 변명을 해야 했고 돈 때문에 경고를 받아야만 했다. 이 모든 일이 아마 몇 주 동안 지속되었을 것이다. 하지만 내게는 그것이 마치 몇 년처럼, 영원처럼 느껴졌다. 내게 돈이 있는 날은 드물었다. 리나가 시장바구니를 부엌 요리대 위에 올려놓았을 때 훔친 5페니히나 10페니히 동전 하나뿐이었다. 그때마다 나는 크로머에게 욕을 먹었고 한없이 무시당했다. 내가 그를 속이고, 마땅히 받아야 할 몫을 주지 않으려 하고, 그의 것을 훔치고, 그를 불행하게 만든 자라는 것이었다! 내 인생에서 그토록 절실하게 위기감을 느꼈던 적은 많지 않다. 그때보다 더 절망감을 느꼈던 적도 없고, 더 강력하게 종속되었던 적도 없다.

나는 저금통을 장난감 동전으로 채워서 다시 원래의 자리에 가져다놓았고, 아무도 그것에 대해 묻지 않았다. 하지만 그 문제 또한 언제든지 갑작스럽게 내게 들이닥칠 수 있었다. 어머니가 조용히 내게로 올 때면 저금통에 관해 물어보려고 오는 건 아닐까 싶어서 크로머의 거친 휘파람 소리가 들릴 때보다 더 큰 두려움을 느꼈다.

내가 여러 차례 돈을 마련하지 못한 채로 나의 악마에게 갔기 때문에 그는 나를 다른 방식으로 괴롭히고 이용하기 시작했다. 나는 그를 위해 일해야만 했다. 그는 자신의 아버지를 도와 물건들을 날랐는데, 내가 그를 대신해서 그 일을 해야만 했다. 아니면 그는 내게 뭔가 어려운 일을 시켰다. 십 분 동안 한 발로 뛰뛰기를 하거나 지나가는 사람의 웃옷에 종이쪽지를 붙이게 했다. 수많은 밤 꿈속에서 나는 이 고생을 계속해야 했으며 가위에 눌려 땀에 흠뻑 젖곤 했다.

한동안 나는 몸이 아팠다. 자주 구토했고 쉽게 오한이 들었고, 그러다가도 밤이 되면 땀을 흘리고 열이 올랐다. 어머니는 뭔가 문제가 있음을 느끼고 내게 많은 관심을 기울였는데, 그 때문에 나는 괴로웠다. 왜냐하면 어머니의 관심에 신뢰로 부응할 수 없었기 때문이다.

한번은 내가 자려고 이미 누웠는데, 어머니가 초콜릿 한 조각을 가져다줬다. 예전에 내가 착하게 구는 날이면 잠자리에 들 때 그런 위로의 간식거리를 종종 받곤 했었다. 어머니가 지금 거기 서서 내게 작은 초콜릿을 내밀자 그 시절이 떠올랐다. 나는 마음이 너무 아파서 그저 고개를 가로저을 수밖에 없었다. 어머니는 어디가 아프냐고 물으며 내 머리를 쓰다듬었다. 나는 그저 격하게 외칠 수밖에 없었다. "싫어요! 싫어요! 아무것도 안 먹을래요." 어머니는 초콜릿을 침대 옆 탁자에 내려놓고 나갔다. 다음 날 어머니가 내게 그 일에 대해 자세히 물어보려고 했을 때 난 아무것도 모르는 척했다. 한번은 어머니가 의사를 불렀다. 의사는 나를 진찰하고는 아침마다 찬물로 목욕하라는 처방을 내렸다.

당시 나의 상태는 일종의 정신착란이었다. 우리 집의 잘 정돈된 평화 한가운데에서 나는 겁에 질린 채 고통받으며 마치 유령처럼 살았다. 다른 가족의 삶에는 관여하지 않았고, 단 한 시간도 나 자신을 잊은 적이 거의 없었다. 자주 화내며 추궁하는 아버지에게 나는 마음을 닫고 차갑게 굴었다.

제2장 카인

나는 전혀 예상치 못했던 방식으로 고통에서 구원받았다. 동시에 무언가 새로운 것이 내 삶에 들어왔고, 그것은 지금까지도 계속해서 영향을 미치고 있다.

얼마 전 우리 라틴어 학교에 새로운 학생이 들어왔다. 그는 우리 도시로 이사 온 어느 부유한 과부의 아들이었는데, 옷소매에 검은 상장을 두르고 있었다. 그는 나보다 상급반에 다녔고 나이가 몇 살 더 많았지만, 곧 나도 그의 존재를 의식하게 되었다. 그는 모든 사람의 눈에 띄는 학생이었다. 이 특이한 학생은 외모보다 훨씬 더 나이가 많아 보였다. 그는 누구에게도 소년 같은 느낌을 주지 않았다. 어린애 같은 우리 소년들 사이에서 그는 성인 남자 같은, 아니 그보다는 신사 같은 모습으로 낯설고 성숙하게 행동했다. 그는 인기가 있지는 않았다. 그는 놀이에 끼지 않았고, 싸움에는 더더욱 관여하지 않았다. 다만 그가 선생님들을 대할 때의 자신감에 찬 단호한 어조만은 다른 학생들이 좋아했다. 그의 이름은 막스 데미안이었다.

어느 날 무슨 이유에서인지 굉장히 넓은 우리 반 교실로 또 다른 반이 배정되어 들어왔는데, 그것은 우리 학교에서 가끔 있는 일이었다. 그 반은 데미안의 반이었다. 우리 하급반은 성경 이야기 시간이었고, 상급반 학생들은 작문을 했다. 우리에게 카인과 아벨의 이야기가 주입식으로 전달되는 동안 나는 자꾸 데미안 쪽을 건너다봤다. 그의 얼굴은 이상하게도 나를 사로잡았다. 나는 이 영리하고 밝고 굉장히 야무진 얼굴이 집중력과 명민함을 드러내며 자신의 과제 위로 숙어져 있는 모습을 보았다. 그는 전혀 과제를 하는 학생처럼 보이지 않았고, 자신의 문제에 몰두하는 연구자처럼 보였다. 사실 그에게 호감을 느끼지는 않았다. 오히려 나는 그에게 일종의 반감이 있었다. 내가 볼 때 그는 너무 우월했고 차가웠으며, 기분 나쁠 정도로 스스로에 대한 자신감에 차 있었다. 또한 그의 두 눈은 아이들이 절대 좋아하지 않는 어른들 같은 표현을 담고 있었는데, 약간 슬픈 듯하면서 그 안에서 조롱기가 번득였다. 하지만 그가 내 마음에 들든 들지 않든 나는 그를 계속 바라보지 않을 수 없었다. 그러다가 그가 한 번 내 쪽을 바라본 순간, 나는 깜짝 놀라 시선을 거두었다. 그가 당시에 학생으로서 어떤 모습이었는지를 지금 생각해보면, 그는 모든 면에서 다른 학생들과 달랐다. 그는 굉장히 고유하고 개성적인 특징을 지녔었고, 바로 그 때문에 눈에 띄었다. 하지만 그와 동시에 그는 눈에 띄지 않으려고 온갖 노력을 기울였다. 마치 농부의 아이들 사이에 있으면서 그들과 비슷해 보이려고 무척 애를 쓰는 변장한 왕자처럼 차려입고 행동했다.

학교에서 집으로 가는 길에 그는 나의 뒤쪽에서 걸어오고 있었다. 다른 아이들이 모두 흩어지자 그는 나를 따라잡더니 내게 인사했다. 그가 우리 어린 학생들의 어조를 흉내 냈는데도 그 인사조차 굉장히 어른스럽고 정중했다.

"우리 조금 함께 걸을까?" 그가 친근하게 물었다. 나는 기분이 좋아져서 고개를 끄덕였다. 그러고는 그에게 내가 어디 사는지 설명했다.

"아, 거기?" 그가 미소 지으며 말했다. "그 집이라면 벌써 알고 있지. 너희 집 현관문 위에 특이하게 생긴 게 달려 있잖아. 그걸 보자마자 관심이 생겼지."

처음에 난 그가 무엇을 말하는지 전혀 알지 못했고, 그가 우리 집에 대해 나보다 더 잘 아는 것 같아서 놀랐다. 아마도 아치형 현관문 꼭대기의 종석에 일종의 문장이 새겨져 있는 것을 말하는 듯했다. 하지만 그것은 세월이 흐르면서 닳았고, 여러 차례 색을 덧입힌 상태였다. 그리고 내가 아는 한 우리 집이나 우리 가족과는 아무런 상관이 없었다.

"난 그것에 대해 아는 게 전혀 없어." 내가 소심하게 말했다.

"그건 한 마리의 새거나 뭐 그런 걸 거야. 굉장히 오래된 게 분명해. 우리 집이 옛날에 수도원의 일부였던 적이 있었대."

"그럴 수도 있겠다." 그가 고개를 끄덕였다. "자세히 한번 살펴봐! 그런 것들은 굉장히 재미있을 때가 많거든. 아마 매일 거야."

우리는 계속 걸었는데, 나는 굉장히 쭈뼛거렸다. 데미안은 갑자기 뭔가 재미있는 일이 떠올랐다는 듯 웃음을 터뜨렸다.

"아, 내가 오늘 너희들 수업 들을 때 같이 있었잖아." 그가 활기차게 말했다. "이마에 표식을 지닌 카인의 이야기, 맞지? 그 이야기 맘에 들어?"

그럴 리가. 우리가 반드시 배워야 하는 것 중에서 마음에 드는 것은 거의 없었다. 하지만 그렇게 말하기에는 망설여졌다. 마치 어른과 이야기하는 것 같았기 때문이다. 나는 그 이야기가 아주 마음에 든다고 말했다.

데미안은 나의 어깨를 툭툭 쳤다.

"친구, 나한테는 꾸며대지 않아도 돼. 하지만 실제로 그 이야기는 굉장히 특이해. 내가 보기엔 수업 시간에 다루는 대부분의 다른 이야기보다 그 이야기가 훨씬 더 특이한 것 같아. 물론 선생님은 그에 대해 많은 얘기를 하지는 않았지. 그냥 하느님과 죄, 뭐 그런 것들에 대한 일반적인 얘기만 했어. 하지만 내 생각엔 말이야……." 그는 말을 멈추더니 미소를 지으며 물었다. "그런데 너 이런 얘기에 관심 있어?"

데미안은 계속해서 말을 이어갔다. "그래, 그러니까 내 생각엔 말이야. 이 카인 이야기를 완전히 다르게 해석할 수도 있다는 거지. 우리가 배우는 것들 대부분은 분명 완전한 진실이고 사실이야. 하지만 모든 것을 선생님들의 시각과 다르게 바라볼 수도 있어. 그러면 대체로 훨씬 더 나은 의미를 갖게 되거든. 예를 들어 이마 위에 표식을 가진 카인의 경우 사람들이 설명해주는 걸로는 완전히 만족할 수가 없잖아. 너도 그렇게 생각하지 않아? 어떤 사람이 자기 형제와 싸우다가 그를 때려죽이는 일은 물론 일어날 수 있지. 그리고 그 사람이 뒤늦게 겁을 먹고 순종적으로 변하는 일 역시 가능해. 하지만 그 사람이 자신의 비겁함의 대가로 특별히 훈장을 받고, 그것이 그를 보호해주고 다른 모든 사람들이 두려움을 느끼도록 한다는 건 아주 기이한 일이야."

"맞아." 내가 흥미를 느끼며 말했다. 그 문제가 나를 사로잡기 시작했던 것이다. "하지만 그 이야기를 어떻게 다른 방식으로 설명해야 하지?"

그는 나의 어깨를 두드렸다.

"아주 간단해! 실제로 존재했던 것, 그리고 이 이야기의 출발점이 된 것은 표식이야. 어떤 남자가 있었어. 그런데 그는 얼굴에 다른 사람들을 두렵게 하는 무언가를 가지고 있었던 거야. 사람들은 감히 그를 건드리지 못했고, 그와 그의 자손들은 보통 사람들을 압도하는 존재였어. 우체국 소인처럼 진짜 이마 위에 찍는 표식은 아니었을 거야. 아니, 그건 분명해. 실제 삶에서 그렇게 뻔한 상황은 드물거든. 아마도 그것은 금세 알아채기 어려운 어떤 섬뜩함 같은 것, 시선에 담긴 약간 이례적인 총명함과 대담성 같은 것이었을 가능성이 훨씬 커. 이 남자는 힘이 있었고, 사람들은 이 남자를 두려워했지. 그는 '표식'을 가지고 있었던 거야. 사람들은 자기들 마음대로 그것을 설명할 수 있었어. 그런데 '사람들'은 으레 자신에게 편하고 자신을 정당화할 수 있는 것을 원하는 법이야. 사람들은 '표식'을 가진 카인의 자손들도 두려워했어. 그래서 그 표식을 실제대로 명예로운 훈장이라고 설명하지 않고, 그 반대라고 설명한 거야. 사람들은 이 표식을 지닌 사내들이 섬뜩하다고 말했어. 실제로 그들이 섬뜩하기도 했어. 용기와 개성을 갖춘 사람들은 다른 사람들 눈에는 언제나 굉장히 섬뜩하게 보이는 법이거든. 이렇게 겁이 없고 섬뜩한 종족이 돌아다닌다는 건 사람들에게 굉장히 불쾌한 일이었어. 그래서 이제 사람들은 이들에게 복수하려고, 자신들이 내내 견뎌낸 두려움을 약간이나마 보상받으려고 이 종족에게 별명을 붙이고 그들에 관한 이야기를 꾸며낸 거지. 이해할 수 있겠어?"

"응, 그러니까 그 말은 카인이 전혀 나쁜 사람이 아니었다는 거지? 그리고 성경 속의 그 이야기가 실제로는 전혀 사실이 아니라는 거고?"

"그렇기도 하고, 그렇지 않기도 해. 그렇게 아주아주 오래된 이야기들은 언제나 진실이야. 하지만 그 이야기들이 언제나 사실 그대로 기록되고 올바르게 설명되는 것은 아니야. 간단히 말하자면 카인은 멋진 사내였고, 단지 사람들이 그를 두려워해서 그에 대해 이런 이야기를 만들어냈다는 게 내 생각이야. 그 이야기는 그저 소문이었던 거지. 사람들이 사방에서 떠들어대는 그런 종류의 얘기 말이야. 그런데 카인과 그의 자손들이 실제로 일종의 '표식'을 지니고 있었고, 그들이 사람들 대부분과 달랐다는 점에 있어서는 완전히 진실인 거지."

나는 어안이 벙벙해졌다.

"그렇다면 넌 살인 사건도 전혀 진실이 아니라고 믿는 거야?" 나는 충격을 받아 물었다.

"오, 아냐! 그건 분명히 진실이야. 강한 남자가 약한 남자를 때려죽였어. 그게 정말 그의 형제였는지는 의심의 여지가 있어. 하지만 그건 중요하지 않아. 결국 모든 인간은 형제니까 말이야. 그러니까 강한 남자가 약한 남자를 때려죽였다는 거지. 그것은 영웅적인 행동이었을 수도 있고, 그렇지 않았을 수도 있어. 하지만 어쨌든 다른 약한 사람들은 이제 완전히 겁에 질려서 불평을 늘어놓았지. 그리고 사람들이 '그럼 그 사람 역시 그냥 때려죽이면 될 텐데 왜 그러지 않는 거지?' 하고 물으면, 그들은 '우리가 겁쟁이들이기 때문이지'라고 대답하지 않고 이렇게 말했지. '그럴 수가 없어. 그는 표식을 가졌거든. 하느님이 그에게 표를 새겨주셨어!' 대략 그런 식으로 거짓말이 만들어진 게 분명해. 이런, 내가 너를 못 가게 붙잡아두고 있구나. 그럼 안녕!"

그는 알트 거리로 접어들었고 나만 홀로 남았다. 그 어느 때보다도 혼란스러웠다. 그가 사라지자마자 그가 얘기해준 모든 것이 완전히 말도 안 되는 것처럼 여겨졌다! 카인이 고귀한 인간이고 아벨이 겁쟁이라니! 카인의 표식이 훈장이라니! 그것은 허무맹랑했고 신성모독이었으며 사악한 이야기였다. 그렇다면 사랑의 하느님은 어디에 계셨단 말인가? 하느님이 아벨의 제물을 받지 않으셨던가. 그가 아벨을 사랑하지 않으셨던가? 아니, 그건 말도 안 되는 얘기였다! 나는 데미안이 나를 놀리고 속여먹으려는 거라고 생각했다. 그는 무지하게 똑똑하고 말도 아주 잘하니까 말이다. 그래도 그건 아닐 것이다.

어쨌든 나는 이제까지 성경에 나오는 이야기나 다른 이야기를 그렇게 깊이 생각해본 적이 없었다. 그리고 프란츠 크로머를 저녁 내내 몇 시간 동안이나 그렇게 새까맣게 잊은 것도 정말 오랜만이었다. 나는 집에 와서 그 이야기가 성경에 어떻게 나와 있는지 다시 한번 처음부터 끝까지 읽어보았다. 그 이야기는 짧고 명확했다. 거기서 어떤 특별하고 비밀스러운 해석을 찾는 것은 완전히 정신 나간 짓이었다. 그렇게 해석한다면 모든 살인자가 자신이 하느님의 총애를 받는 자라고 주장할 수 있을 터였다! 아니, 그것은 터무니없는 얘기였다. 다만 데미안이 그런 문제를 얘기하는 방식은 마음에 들었다. 마치 모든 것이 당연하다는 듯이 아주 쉽고 편안하게, 게다가 그런 눈을 하고 말이다!

사실 나도 아주 정상적인 상태는 아니었다. 심지어 엉망진창이라고도 할 수 있었다. 나는 밝고 깨끗한 세계 속에서 살아왔고, 나 자신은 아벨과 같은 사람이었다. 그런데 이제 나는 '다른 것'에 너무 깊이 처박혔고, 심각하게 타락하고 몰락했다. 그런데도 근본적으로 어찌해볼 도리가 별로 없었다! 이제 나는 어떻게 될 것인가? 그렇다. 바로 그 순간 갑작스럽게 기억이 하나 떠올랐고, 나는 한순간 거의 숨이 멎을 뻔했다. 나의 불행이 시작되었던 저 고약한 저녁에 아버지와 그 일이 있었다. 그때 나는 잠시나마 아버지와 아버지의 밝은 세계와 지혜를 갑자기 꿰뚫어 보고 무시했었다! 그렇다. 그 순간 카인이자 표식을 지닌 자였던 나는 스스로 이 표식은 수치스러운 것이 아니라 훈장이라고 여겼다. 나의 악함과 불행을 통해 내가 아버지보다 더 우월하다고, 선량하고 경건한 사람들보다 내가 더 우월하다고 믿었다.

그때의 경험이 이런 식으로 뚜렷하게 정리되었던 것은 아니다. 하지만 이런 생각들 모두가 그 안에 담겨 있었다. 그때 나는 그저 감정이 불타오르고 기이한 흥분으로 달아오를 뿐이었다. 그로 인해 고통스럽기도 했지만 자부심으로 충만해지기도 했다.

잘 생각해보면 데미안은 두려움이 없는 사람들과 비겁한 사람들에 대해 얼마나 기이한 방식으로 얘기했던가! 그가 카인의 이마 위에 새겨진 표식을 해석한 방식은 얼마나 독특했던가! 그의 눈, 어른의 눈과도 같은 그의 진기한 눈은 그 이야기를 할 때 얼마나 기이하게 빛났던가! 그러자 희미하게 내 머릿속을 스치는 생각이 있었다. 그 자신, 바로 이 데미안이 카인과 같은 사람이 아닐까? 자신이 카인과 비슷하다고 느끼는 게 아니라면 왜 그를 변호하겠는가? 그는 왜 이러한 힘에 주목할까? 그는 왜 '다른 사람들'을 그토록 경멸조로 이야기할까? 사실 그들은 경건하고 하느님의 마음에 드는 사람들인데?

이러한 생각들이 꼬리에 꼬리를 물고 이어졌다. 우물에 돌이 하나 던져졌다. 그 우물은 나의 젊은 영혼이었다. 그 이후 오랫동안, 아주 오랫동안 이 카인과 살인과 표식의 문제는 인식과 의심, 비판을 향한 내 모든 시도의 출발점이었다.

나는 다른 학생들 역시 데미안에게 관심이 많다는 것을 알아챘다. 나는 카인에 관한 이야기를 누구에게도 하지 않았다. 하지만 그는 다른 학생들에게도 흥미로운 존재인 듯했다. 적어도 '새로 온 애'에 대한 여러 가지 소문이 떠돌았다. 내가 만약 그 소문들을 지금도 모두 기억하고 있다면, 그 소문 하나하나가 그를 파악하는 데 도움이 될 테고, 그 소문을 전부 해석해볼 수도 있을 것이다. 하지만 맨 처음에 데미안의 어머니가 굉장한 부자라고 소문이 났다는 것만 기억이 난다. 그리고 그녀는 절대 교회에 나가지 않는다고도 했고, 아들 역시 마찬가지라고 했다. 누군가는 그들이 유대인이라고 주장했다. 그런가 하면 그들이 은밀한 이슬람교도일지도 모른다는 소문이 돌기도 했다. 그에 더해 막스 데미안의 체력에 대한 과장된 소문들이 나돌았다. 확실한 사실은 데미안의 반에서 제일 힘센 아이가 그에게 싸움을 걸었고 데미안이 거절하자 그를 겁쟁이라고 불렀다가 엄청난 굴욕을 당했다는 것이었다. 현장에 있었던 아이들의 말에 의하면, 데미안은 그저 한 손으로 그 애의 목덜미를 잡아 세게 눌렀을 뿐인데 그 아이는 창백해졌다고 했다. 그 후에 그 애는 슬금슬금 도망쳤고, 며칠 동안 팔을 사용하지 못했다고 했다. 하루 저녁 동안은 그 애가 죽었다는 소문까지 돌았다. 한동안 온갖 이야기가 사실처럼 떠돌았고, 사람들은 모든 이야기를 믿었다. 모두가 흥미진진하고 신기한 이야기들이었다. 그러고 나서 한동안은 별 얘기가 없었다. 하지만 얼마 지나지 않아 학생들 사이에 새로운 소문이 돌았는데, 데미안이 여자애들이랑 깊은 관계를 맺고 있으며 '알 건 다 안다'는 거였다.

그동안 프란츠 크로머와의 관계는 피할 길 없이 계속되었다. 나는 그에게서 벗어날 수 없었다. 그가 가끔 며칠씩 나를 내버려둘 때조차도 난 그에게 매여 있었기 때문이다. 나의 꿈속에서 그는 마치 그림자처럼 나와 함께 살았다. 나의 환상은 그가 현실에서 내게 하지 않았던 짓까지 꿈속에서 하게 했고, 그 꿈속에서 나는 완전히 그의 노예였다. 나는 언제나 꿈을 많이 꾸는 편이었기에 현실에서보다 이러한 꿈속에서 더 많이 살았다. 나는 이 그림자에 힘과 활기를 빼앗겼다. 특히 크로머가 나를 학대하고, 내게 침을 뱉고, 나를 무릎으로 찍어 누르는 꿈을 자주 꾸었다. 그보다 더 심각한 것은 꿈에서 내게 중한 범죄를 저지르라고 유혹한다는 것이었다. 아니, 유혹한다기보다는 그냥 자신의 막강한 영향력으로 강요했다. 그 중 가장 끔찍했던 것은 내가 아버지를 살해하려고 공격하는 꿈이었는데, 나는 반쯤 미친 상태로 그 꿈에서 깨어났다. 꿈속에서 크로머는 칼을 갈아서 그것을 내 손에 쥐여주었다. 우리는 어느 가로수길의 나무 뒤에 숨어서 누군가를 기다렸고, 나는 그게 누구인지 알지 못했다. 하지만 누군가가 다가오고 크로머가 내 팔을 꽉 잡으며 저 사람이 내가 찔러 죽여야 하는 사람이라고 알려주었는데, 그는 나의 아버지였다. 그 순간 나는 잠에서 깼다.

이런 일들을 통해 나는 카인과 아벨에 대해 계속 생각하게 됐지만, 데미안에 대해서는 그 이상 생각하지 않았다. 그가 나와 다시 가까워진 것 역시 기이하게도 꿈속에서였다. 그러니까 나는 또다시 학대와 폭행으로 고통받는 꿈을 꾸었는데, 이번에 나를 무릎으로 찍어 누르는 사람은 크로머가 아니라 데미안이었다. 크로머에게 이 모든 일을 당할 때는 고통과 혐오감을 느꼈는데 데미안에게 당할 때는 기꺼운 마음이었고, 기쁨과 두려움이 공존했다. 그런 사실이 내게 아주 신선하고 강렬한 인상을 주었다. 나는 이 꿈을 두 번 꾸었고, 그다음엔 크로머가 다시 그 자리에 등장했다.

나는 이미 오래전부터 이런 꿈속에서 체험한 것과 실제 현실에서 경험한 것을 정확하게 구분할 수 없게 되었다. 하지만 어쨌든 크로머와의 고약한 관계는 계속되었다. 내가 그 아이에게 빚졌던 총액을 순전히 소소한 도둑질을 통해 마침내 다 지급하고 난 후에도 그 관계는 끝나지 않았다. 이제 그 애는 이 도둑질들에 대해서 알고 있었다. 그는 매번 돈이 어디서 났는지 물어봤던 것이다. 나는 그 어느 때보다도 그의 손아귀에 붙들려 있었다. 그는 나의 아버지에게 모든 것을 일러바치겠다고 자주 협박하곤 했다. 그럴 때면 나는 두렵기도 했지만, 처음부터 아버지에게 직접 이야기하지 않았던 것을 훨씬 더 후회했다. 그러나 내 상황이 그토록 비참했는데도 모든 것을 후회하지는 않았다. 적어도 항상 후회하고 있지는 않았다. 그리고 때때로 모든 것이 그렇게 될 수밖에 없었다는 느낌이 들기도 했다. 숙명이 나를 덮쳤고, 거기서 벗어나려는 것은 소용없는 일이었다

짐작건대 부모님도 이러한 상황 속에서 적잖이 고통받았을 것이다. 이상한 영에 사로잡힌 나는 그토록 친밀했던 우리의 공동체에 더는 어울리지 않았다. 나는 잃어버린 낙원을 그리

워하듯 그 공동체에 대한 미칠 듯한 그리움으로 괴로울 때가 많았다. 다른 사람들, 특히 어머니는 나를 악인이 아닌 환자처럼 대했다. 하지만 실제 상황이 어떤지는 두 누이의 태도를 보면 가장 잘 알 수 있었다. 굉장히 조심스럽게 대하는데도 나를 한없이 비참하게 했던 누이들의 태도 속에서 명백하게 알 수 있었던 건, 내가 일종의 귀신 들린 자로서 내 상태로 인해 비난받아야 한다기보다는 애처로움의 대상이라는 사실이었다. 그래도 어쨌든 그 안에 이미 악이 자리 잡은 존재라는 사실이었다. 나는 사람들이 나를 위해 평소와는 다른 방식으로 기도하고 있음을 느꼈다. 또한 이 기도가 헛수고임을 느꼈다. 나는 자주 마음의 짐을 덜고 싶다는 갈망과 함께 진심으로 참회하고 싶다는 욕구를 강렬하게 느꼈지만, 내가 결코 아버지나 어머니, 그리고 그 누구에게도 모든 것을 사실대로 말하고 해명할 수 없으리라는 것 역시 이미 느끼고 있었다. 나는 사람들이 나의 고백을 따뜻하게 받아주고, 나를 굉장히 조심스럽게 대하고, 심지어 불쌍하게 여기기까지 하겠지만 완벽히 이해하지는 못할 거라는 걸 알았다. 그들은 그 모든 일이 일종의 탈선이라고 여겼을 것이다. 그것은 사실 운명이었는데 말이다.

열한 살도 채 안 된 아이가 그런 것까지 느낄 수 있다는 걸 믿지 않으려는 사람들도 종종 있음을 안다. 그런 사람들에게는 나의 일을 이야기하고 싶지 않다. 나는 인간을 더 잘 이해하는 사람들을 향해 내 이야기를 하고 있다. 자신의 감정 일부를 생각으로 바꾸는 법을 배운 성인은, 그런 식으로 생각하는 건 어린아이가 할 수 없기 때문에 그런 체험도 하지 않을 거라고 믿는다. 하지만 나는 살면서 그때만큼 그렇게 깊은 체험을 하고 괴로워한 적이 없었다.

어느 비 오는 날 나는 나의 박해자인 그 애로부터 부르크 광장으로 나오라는 부름을 받고 그곳에 서서 기다렸다. 나는 빗방울로 흠뻑 젖은 검은빛 나무들에서 계속해서 떨어져 내리는 축축한 밤나무 잎들을 두 발로 헤집고 있었다. 내게 돈은 없었다. 하지만 크로머에게 뭐라도 줘야 해서 케이크 두 조각을 몰래 빼돌려서 가지고 왔다. 나는 그렇게 구석진 곳에 서서 그를 기다리는 일에 진즉 익숙해졌다. 아주 오래 기다릴 때도 많았다. 인간이 바꿀 수 없는 일을 받아들이듯이 나는 그러한 상황을 받아들였다.

마침내 크로머가 왔다. 오늘은 오래 있지 않았다. 나의 갈비뼈를 몇 번 툭툭 치고 웃더니 내 케이크를 받았다. 심지어 내게 눅눅한 담배를 권하기까지 했지만, 나는 받지 않았다. 그는 평소보다 친근하게 굴었다.

자리를 뜨면서 그가 말했다. "맞다. 까먹을 뻔했네. 다음번에는 네 누나를 데려와도 좋을 것 같아. 그런데 그 애 이름이 뭐더라?"

나는 무슨 말인지 이해를 못 해서 대답도 하지 않았다. 어안이 벙벙해서 그를 바라볼 뿐이었다.

"못 알아듣겠어? 네 누나를 데려오란 얘기야."

"알겠는데, 크로머. 하지만 그건 안 돼. 난 그렇게 할 수 없어. 그리고 누나도 절대 같이 오려고 하지 않을 거야."

나는 이것이 또 한 번의 트집이고 핑곗거리일 거라고 짐작했다. 그는 자주 뭔가 아주 불가능한 것을 요구해서 나를 놀라게 하고, 내게 굴욕감을 준 뒤 슬슬 자신과 협상하게 했다. 그러면 나는 약간의 돈이나 다른 물건을 바치고 나서야 그 일에서 해방될 수 있었다.

이번에 그는 완전히 달랐다. 그는 내가 거부했는데도 거의 화를 내지 않았다.

"글쎄." 그가 건성으로 말했다. "잘 생각해봐. 난 너의 누나와 알고 지내고 싶어. 어떻게든 가능할 거야. 넌 그냥 산책길에 누나를 데리고 나오기만 하면 돼. 그러면 내가 합류하는 거지. 내일 내가 휘파람으로 신호할게. 그때 한 번 더 얘기해보자."

그가 떠나고 나자 그가 지금 간절히 원하는 것이 무엇인지 갑작스럽게 이해하게 되었다. 나는 아직 아주 어렸지만, 그래도 소년과 소녀가 조금 더 나이를 먹고 나면 서로 어울려 무언가 비밀스럽고, 상스럽고, 금지된 짓을 할 수 있다는 것을 소문을 들어 알고 있었다. 그러니까 지금 나한테 시킨 일, 그것이 얼마나 터무니없는 일인지가 아주 갑자기 분명해졌다! 곧바로 나는 절대 그 일을 하지 않겠다고 확고하게 결심했다. 하지만 그다음엔 무슨 일이 일어날지, 크로머가 내게 어떻게 복수할지, 이런 일들에 대해서는 차마 생각할 엄두가 나지 않았다. 나에게 새로운 고문이 시작되었다. 아직도 충분치 않았던 것이다.

나는 절망적인 기분으로 두 손을 주머니에 찔러 넣은 채 텅 빈 광장을 걸었다. 새로운 고통, 새로운 노예 생활이라니!

그때 활기차고 굵은 목소리가 나를 불렀다. 나는 놀라서 달리기 시작했다. 누군가가 나를 따라 달려왔고, 뒤에서 손을 내밀어 나를 가볍게 붙들었다. 막스 데미안이었다.

나는 그대로 붙잡혀 있었다.

"너구나?" 내가 불안한 목소리로 말했다. "너 때문에 너무 놀랐잖아!"

데미안은 나를 바라보았다. 그의 시선은 과거 그 어느 때보다도 더 어른 같았다. 우월하고 꿰뚫어 보는 사람의 시선이었다. 우리가 서로 이야기를 나눈 지도 꽤 오랜 시간이 흘렀다.

"미안해." 그는 친절하면서도 굉장히 단호한 어조로 말했다. "하지만 이것 봐, 그렇게까지 놀랄 필요는 없잖아."

"글쎄, 뭐 그럴 수도 있지."

"그렇긴 해. 하지만 잘 들어봐. 네가 너에게 아무 짓도 안 한 사람 앞에서 그렇게까지 놀라면, 그 사람은 곰곰이 생각하기 시작하지. 그 상황에 대해 이상한 생각이 들고 궁금해지거든. 그 사람은 네가 기이할 정도로 잘 놀란다고 생각할 거야. 그리고 대개 사람은 두려울 때 그런 모습을 보인다고 생각을 이어갈 거야. 겁쟁이들은 항상 두려워하거든. 하지만 내가 보기에 너는 사실 겁쟁이는 아니야. 안 그래? 아, 물론 영웅도 아니지. 뭔가 네가 두려워하는 게 있는 거야. 네가 두려워하는 사람들도 있고. 그런데 그런 두려움을 절대 가져서는 안 돼. 절대로 사람에 대해 두려움을 가져서는 안 된다고. 설마 나를 두려워하는 건 아니지? 혹시 그런 거야?"

"오, 아냐, 전혀 두렵지 않아."

"그렇지. 아닐 거야. 하지만 네가 두려워하는 사람들이 있는 거지?"

"나도 몰라……. 그만해. 나한테 원하는 게 뭐야?"

그는 나와 보조를 맞춰 걸었다. 나는 도망치려는 생각으로 좀 더 빠르게 걸었는데, 옆에서 그의 시선이 느껴졌다.

"이렇게 한번 생각해봐." 그가 다시 말하기 시작했다. "내가 너에게 호의를 가지고 있다고 말이야. 적어도 네가 날 두려워할 필요는 없어. 난 너와 함께 실험을 하나 해보고 싶어. 재미있는 실험이야. 게다가 거기서 넌 굉장히 유용한 걸 배울 수 있을 거야. 잘 들어봐! 그러니까 나는 사람들이 독심술이라고 부르는 기술을 가끔 시도해보곤 해. 거기에 어떤 마술 같은 게 있는 건 아니야. 하지만 어떤 식으로 작동하는지 모르면 아주 이상하게 보일 거야. 이걸로 사람들을 매우 놀래줄 수도 있어. 자, 한번 시도해보자. 나는 너를 좋아해. 아니면 너한테 관심이 있다고 할 수도 있어. 그래서 이제 너의 내면이 어떤 모습인지를 알아내고 싶어. 그걸 위해서 난 벌써 첫 번째 단계를 실행했어. 내가 널 깜짝 놀라게 했잖아. 그러니까 넌 잘 놀라는 사람이야. 그렇다면 네가 두려워하는 일과 사람이 있다는 거지. 어떻게 해서 그렇게 될 수 있을까? 사람은 누구에 대해서도 두려워할 필요가 없어. 사람이 누군가를 두려워한다면, 그건 그가 상대방이 자신을 마음대로 좌지우지하도록 허용했기 때문이야. 예를 들어 어떤 사람이 뭔가 나쁜 짓을 저질렀어. 그런데 다른 사람이 그것을 알고 있는 거야. 그렇게 되면 그는 너를 마음대로 다룰 수 있게 되지. 이해돼? 이야기가 아주 분명하지 않아?"

나는 어찌할 바를 모르고 그의 얼굴을 바라보았다. 그의 얼굴은 여느 때와 마찬가지로 진지하고 영리해 보였다. 선량해 보이기도 했다. 하지만 그 안에 다정함은 전혀 보이지 않았고 오히려 엄격해 보였다. 정의 혹은 그와 비슷한 무언가가 그 얼굴에 담겨 있었다. 어떻게 해서 그렇게 되었는지는 모르겠지만, 그는 마치 마법사처럼 내 앞에 서 있었다.

"무슨 말인지 이해했어?" 그는 다시 한번 물었다.

나는 고개를 끄덕였다. 말은 한마디도 할 수 없었다.

"내가 말했잖아. 그 독심술이라는 게 이상하게 보일 거라고.

하지만 그건 아주 자연스러운 일이야. 예를 들어 나는 언젠가 내가 너에게 카인과 아벨의 이야기를 들려주었을 때, 네가 나에 대해 어떤 생각을 했는지도 상당히 자세하게 얘기할 수 있을 거야. 그렇지만 그건 이번 일과는 상관이 없어. 네가 언젠가 나에 대한 꿈을 꾸었을 수도 있다고 생각해. 하지만 그 이야기는 더는 하지 말자! 너는 영리한 아이야. 아이들은 대부분 너무나 어리석지! 나는 내가 신뢰하는 영리한 아이와 가끔 얘기 나누는 걸 아주 좋아해. 너도 괜찮은 거지?"

"물론이야. 다만 무슨 말인지 전혀 이해를 못 할 뿐이지."

"일단 재미있는 실험 이야기를 계속해보자! 그러니까 우리는 소년 S가 잘 놀란다는 사실을 알게 되었어. 그는 누군가를 두려워해. 아마도 그는 이 사람과 어떤 비밀을 공유하고 있는데, 그게 그에게는 굉장히 불편한 비밀이야. 이 얘기가 대략 맞아?"

꿈속에서 그랬던 것처럼 나는 그의 목소리에 지배되고, 그의 영향력에 굴복했다. 나는 그저 고개만 끄덕였다. 지금 말하고 있는 저 목소리는 오직 나의 내면에서만 나올 수 있는 목소리가 아니었던가? 모든 것을 다 알고 있는 목소리가 아니었던가? 나 자신보다 모든 것을 더 잘 알고, 더 분명하게 아는 목소리가 아니었던가? 데미안이 나의 어깨를 힘차게 두드렸다.

"그러니까 그것이 사실이구나. 그러리라고 생각했지. 그렇다면 이제 질문 하나만 더 할게. 아까 저기서 사라진 아이의 이름이 뭔지 아니?"

나는 몹시 놀랐다. 슬쩍 건드려진 나의 비밀은 내 안에서 고통스럽게 몸부림치며 숨어들었다. 그것은 밖으로 나오려고 하지 않았다.

"어떤 아이 말이야? 아까 다른 아이는 없었어. 나 말고는."

그가 웃었다. "그냥 말해!" 그가 웃으며 말했다. "그 애 이름이 뭐야?"

나는 속삭이듯 말했다. "프란츠 크로머를 말하는 거야?"

그는 만족해서 내게 고개를 끄덕였다.

"잘했어! 넌 영민한 아이야. 우린 친구가 될 수 있겠는걸. 하지만 지금 너에게 꼭 할 얘기가 있어. 이 크로머인지 뭔지 하는 애는 나쁜 놈이라는 거야. 그 애 얼굴을 보면 그 애가 비열한 악당이란 걸 알 수 있어! 넌 어떻게 생각해?"

"오, 맞아." 나는 한숨을 내쉬었다. "그 애는 나쁜 애야. 그 애는 사탄이야! 하지만 절대 그 애가 알아서는 안 돼! 맙소사, 절대 그 애가 알아서는 안 된다고! 너 그 애 알아? 그 애가 널 알아?"

"진정해! 그 애는 갔어. 그리고 그 애는 날 몰라. 아직은 모르지. 하지만 그 애를 꼭 만나보고 싶은걸. 그 애는 공립학교에 다니지?"

"응."

"몇 학년이야?"

"5학년이야. 하지만 그 애에게 아무 말도 하지 마! 부탁이야. 제발 그 애에게 아무 말도 하지 말아줘!"

"진정해. 너한테는 아무 일도 없을 거야. 혹시 내게 크로머라는 애에 대해 조금 더 이야기해줄 생각은 없는 거야?"

"난 못 해! 안 돼. 그만해!" 그는 잠시 침묵했다.

그러더니 그가 말했다. "아쉽다. 우리가 그 실험을 조금 더 진행할 수도 있었을 텐데. 하지만 널 괴롭히고 싶지는 않아. 그래도 말이야. 네가 그 애를 두려워하는 게 옳지 않다는 것은 너도 알겠지? 그런 식의 두려움은 우리를 완전히 망가뜨려. 그러니 거기서 벗어나야 해. 네가 제대로 된 인간이 되고 싶다면 그런 두려움에서 벗어나야만 해. 이해할 수 있겠어?"

"그래, 네 말이 전적으로 옳아……. 하지만 그렇게 할 수가 없어. 넌 잘 모르잖아……."

"내가 꽤 많이 알고 있다는 걸, 네가 생각했던 것보다 더 많이 안다는 걸 너도 봤잖아. 혹시 그 애한테 갚을 돈이라도 있는 거야?"

"응, 그 문제도 있어. 하지만 그게 중요한 문제는 아냐. 난 말할 수 없어. 말할 수 없다고!"

"그러니까 네가 그 애한테 빚진 돈을 내가 너에게 준다고 해도 하나도 도움이 안 된다는 거구나? 내가 충분히 줄 수도 있는데."

"아냐, 아냐, 그게 문제가 아냐. 제발 부탁이야. 아무한테도 얘기하지 마! 한마디도 하지 마! 나를 불행에 빠뜨리게 될 거야!"

"날 믿어, 싱클레어. 너희 비밀에 대해서는 나중에 언젠가 얘기할 수도 있겠지."

"아니야, 절대 안 해!" 나는 다급하게 외쳤다.

"네가 하고 싶은 대로 해. 내 말은 그저 어쩌면 네가 나중에 이야기를 조금 더 들려주게 될지도 모른다는 거야. 물론 네 마음이 내킬 때 말이야! 설마 내가 크로머처럼 행동하리라고 생각하는 것은 아니겠지?"

"오, 아냐. 하지만 넌 이 일에 대해서 아무것도 모르잖아!"

"아무것도 모르지. 나는 그 일에 대해 생각해볼 뿐이야. 그리고 난 절대 크로머처럼 굴지는 않을 거야. 믿어도 돼. 그리고 네가 나한테 갚아야 할 돈이 있는 것도 아니잖아."

우리는 한참 동안 아무 말도 하지 않았다. 나는 좀 더 차분해졌다. 하지만 데미안이 어떻게 이 사실들을 알게 된 건지는 점점 더 알 수가 없었다.

"이제 난 집으로 가야겠다." 그는 이렇게 말하고는 빗속에서 로덴 외투를 단단하게 여몄다. "우리가 이미 서로 많은 이야기를 나눴으니 이 말만은 한 번 더 해주고 싶어. 그 녀석에게서 벗어나도록 해! 다른 방법이 없거든 그 애를 때려죽여! 만약 네가 그렇게 한다면 난 감동하고 기뻐할 거야. 내가 널 도와줄 수도 있어."

나는 또다시 두려워졌다. 갑자기 카인의 이야기가 다시 떠올랐다. 섬뜩한 느낌이 들어서 나는 조용히 울기 시작했다. 내 주위에 섬뜩한 일이 너무 많았다.

"괜찮아." 막스 데미안이 미소 지으며 말했다. "이제 집으로 가! 우리가 그 일을 해결할 수 있을 거야. 사실 때려죽이는 게 제일 간단한 방법이긴 하지만 말이야. 그런 일엔 가장 간단한 게 언제나 가장 좋은 거야. 크로머 같은 애랑 어울리는 건 좋을 게 없어."

나는 집으로 돌아왔다. 1년은 집을 떠나 있었던 것 같았다. 모든 것이 달라 보였다. 나와 크로머 사이에 뭔가 미래 같은 것, 희망 같은 것이 자리 잡았다. 나는 이제 혼자가 아니었다! 내가 지난 몇 주 동안 나의 비밀과 함께 얼마나 끔찍할 정도로 혼자였는지를 이제야 깨달았다. 곧이어 내가 이미 여러 차례 깊이 생각해봤던 내용이 떠올랐다. 부모님께 고백한다면 나의 마음은 가벼워질 수 있겠지만, 내가 완전히 구원받을 수는 없으리라는 것이었다. 그런데 이제 나는 다른 사람, 낯선 사람에게 거의 고백을 한 것이나 마찬가지였다. 그리고 구원의 예감이 마치 강렬한 향기처럼 내게로 불어왔다!

그런데도 나의 두려움은 전혀 극복되지 않았다. 나는 여전히 나의 적과 길고도 끔찍한 대결을 이어갈 마음의 각오를 다지고 있었다. 그래서 모든 것이 너무나 잠잠하게, 완전히 비밀스럽고 조용하게 흘러가는 것이 더더욱 이상하게 느껴졌다.

우리 집 앞에서 들려오던 크로머의 휘파람 소리가 잠잠해졌고, 그 상태가 하루, 이틀, 사흘, 일주일 동안 지속되었다. 나는 그 사실을 믿을 엄두가 나지 않았다. 그래서 그가 전혀 예상하지 못한 순간에 갑자기 다시 나타나지 않을까 마음을 졸이며 기다렸다. 하지만 그는 사라진 채로 나타나지 않았다! 나는 내게 새롭게 주어진 자유를 의심하며 이를 믿지 못하고 있었다. 그러다가 마침내 프란츠 크로머와 갑자기 마주치게 되었다. 그는 자일러 거리를 따라 내려오고 있었는데, 내가 있는 쪽을 향하는 중이었다. 그는 나를 보자 움찔하더니 험상궂게 얼굴을 찌푸리고는 나와 마주치지 않기 위해서 즉시 되돌아갔다.

내가 상상도 못 했던 순간이었다! 나의 적이 나를 보고 도망치다니! 나의 사탄이 나를 두려워하다니! 기쁨과 놀라움이 온몸을 휩쓸었다.

이 시기에 데미안이 다시 한번 나타났다. 그는 학교 앞에서 나를 기다리고 있었다.

"안녕." 내가 말했다.

"안녕, 싱클레어. 네가 어떻게 지내는지만 그냥 한번 듣고 싶었어. 이제 크로머가 널 괴롭히지는 않지?"

"네가 그런 거야? 하지만 어떻게 했어? 대체 어떻게? 난 정말 모르겠어. 그 애는 한 번도 나타나지 않았어."

"잘됐어. 만약에 그 애가 다시 나타나거든 말이야. 그러진 않으리라고 생각하지만, 그 애는 워낙 뻔뻔한 녀석이니까 그땐 그 애한테 데미안 생각을 해보라고만 말해."

"하지만 그게 무슨 상관이 있지? 그 애랑 싸움을 벌여서 짓패기라도 한 거야?"

"아냐, 나는 그런 거 별로 좋아하지 않아. 전에 너랑 얘기 나눴던 것처럼 그 녀석하고도 그냥 얘기를 나눴을 뿐이야. 그러면서 너를 귀찮게 안 하는 게 그에게도 좋을 거라는 걸 분명하게 가르쳐줬지."

"오, 설마 그 애한테 돈을 준 건 아니겠지?"

"아니야, 친구야. 그 방법은 네가 이미 시도해봤잖아."

내가 그에게 이것저것 캐물었지만 그는 그 자리를 떠나버렸고, 나는 혼자 남은 채 데미안에게 이전부터 가졌던 불안한 감정을 느꼈다. 그것은 감사한 마음과 꺼리는 마음, 감탄과 두려움, 호감과 내적인 반감이 기이하게 뒤섞인 감정이었다.

나는 곧 그를 다시 만나기로 마음먹었다. 그리고 그 모든 일에 대해 그와 더 이야기를 나눌 생각이었다. 카인 문제에 대해서도 더 얘기하고 싶었다.

하지만 그렇게 하지 못했다.

나는 감사라는 미덕을 전혀 신뢰하지 않는다. 그리고 내 생각에 그런 것을 어린아이에게 요구하는 건 잘못된 일인 것 같다. 그래서 나는 내가 막스 데미안에게 보였던 완전히 배은망덕한 태도에 대해 그다지 이상하게 생각하지 않는다. 만약 그가 나를 크로머의 마수에서 구출해주지 않았더라면 나는 평생 병들고 망가졌을 것이라는 걸 지금의 나는 확신한다. 그때도 나는 이 구원이 길지 않은 내 인생 최고의 경험임을 느끼고 있었다. 하지만 정작 구원자가 기적을 완수하자마자 나는 그를 외면해버렸다.

이미 말했듯이 나는 배은망덕한 태도가 이상하다고 생각하지 않는다. 내가 정말 기이하게 생각하는 것은 당시 내가 호기심을 보이지 않았다는 사실이다. 그때 데미안을 통해 다가가게 되었던 비밀들을 계속 파헤치지 않은 채로 어떻게 단 하루라도 편안하게 지낼 수 있었던 걸까? 카인에 대해, 크로머에 대해, 독심술에 대해 더 듣고 싶다는 욕망을 어떻게 억누를 수 있었을까?

이해하기는 어렵지만 실제로 그랬다. 나는 내가 악마의 그물에서 풀려났다는 것을 깨달았고, 세상이 다시금 밝고 기쁨에 넘쳐 내 앞에 펼쳐져 있는 것을 보았다. 더는 두려움의 발작을 겪지도 않았고 질식할 것만 같은 심장의 두근거림도 사라졌다. 주술은 풀렸고, 이제 나는 저주받아 괴롭힘을 당하는 자가 아니었다. 다시 평범한 학생이 되었다. 나의 본성은 되도록 빨리 균형과 안정을 찾고자 했다. 그래서 여러 가지 흉측하고 위협적인 것을 떨쳐내고 잊어버리기 위해 특히 애를 썼다. 나의 죄와 두려움에 대한 그 모든 이야기는 놀라울 정도로 빠르게 나의 기억에서 사라졌고, 겉보기엔 어떤 흉터나 흔적도 남기지 않은 듯했다.

그런데 내가 나의 조력자이자 구원자 역시 그렇게 빨리 잊으려고 애썼던 것이 지금은 이해가 된다. 나는 나의 상처받은 영혼에 남아 있는 모든 충동과 힘을 끌어모아 저주받은 눈물의 골짜기에서, 크로머 밑에서 당했던 끔찍한 노예 생활에서 도망쳤던 것이다. 과거에 내가 행복해하고 만족해하며 머물렀던 곳으로. 그곳은 잃어버렸다가 지금 다시 열린 낙원이었고, 아버지와 어머니의 밝은 세계였다. 누이들과 순결의 향기가 있고, 아벨의 삶처럼 하느님의 뜻에 합당한 삶이 있는 곳이었다.

데미안과의 짧은 대화를 통해 내가 다시 자유를 찾았다는 것을 마침내 확신하고, 그런 일이 또다시 일어날지도 모른다는 두려움에서 벗어나게 된 바로 그날, 나는 내가 그토록 자주 간절하게 원했던 일을 했다. 고백을 한 것이다. 어머니에게 자물쇠가 망가지고 진짜 돈 대신 장난감 화폐로 채워진 저금통을 보여줬다. 그러고는 내가 스스로의 잘못으로 인해 어느 사악한 가해자에게 얼마나 오랫동안 붙들려 있었는지 이야기했다. 어머니는 모든 것을 이해하지는 못했지만, 저금통을 보고 나의 달라진 시선을 보고 나의 달라진 목소리를 듣고는 내가 회복되었음을, 내가 자신에게로 다시 돌아왔음을 느꼈다.

이제 나는 환희에 차서 내가 다시 받아들여진 것을, 탕자의 귀환을 축하하는 의식을 즐겼다. 어머니는 나를 아버지에게 데려갔고, 내 이야기는 반복해서 들려졌다. 여러 질문과 놀라움의 탄성이 쏟아졌고, 부모님은 나의 머리를 쓰다듬으며 오랜 중압감을 떨치고 안도의 한숨을 쉬었다. 모든 것이 훌륭했고, 모든 것이 소설 속 이야기 같았으며, 모든 것이 멋진 조화를 이루며 해결되었다.

나는 정말 열정적으로 이 조화 속으로 도망쳤다. 나의 평화를 되찾고 부모님의 신뢰를 회복한 건 아무리 누려도 질리지 않을 정도로 좋았다. 나는 집안의 모범 소년이 되었고, 과거 어느 때보다도 더 많이 누이들과 함께 놀았으며, 예배를 드릴 때는 구원받고 회개한 자의 심정으로 좋아하는 옛 찬송가를 함께 불렀다. 이 모든 일이 진심에서 이루어졌으며, 거기에 거짓은 없었다.

그렇다고 모든 문제가 다 해결된 것은 절대 아니었다! 그리고 바로 이 지점부터 내가 데미안을 쉽게 잊은 데 대한 진정한 해명이 가능해진다. 나는 데미안에게 고백해야 했다! 그 고백은 덜 화려하고, 덜 감동적이었겠지만, 나를 위해서는 더 유익한 결과를 맺었을 것이다. 그런데 나는 모든 뿌리를 동원해 과거의 낙원과도 같은 세계에 달라붙었다. 나는 집으로 돌아갔고 자비롭게 받아들여졌다. 하지만 데미안은 이 세계에 속한 자가 절대 아니었고, 이 세계에 어울리지 않았다. 크로머와는 다른 방식이지만, 어쨌든 그 역시 유혹자였다. 그도 나를 두 번째 세계, 위험하고 사악한 세계와 연결했다. 그런데 이제 나는 영원히 그런 세계에 대해서는 아무것도 알고 싶지 않았다. 나 자신이 다시 아벨이 된 지금 나는 아벨을 희생시키고 카인을 칭송하는 일을 도울 수도 없었고 돕고 싶지도 않았다.

외적인 전후 사정은 그러했다. 하지만 내면의 상황은 다음과 같았다. 나는 크로머와 악마의 손길에서 벗어났다. 하지만 그것은 내 힘과 능력을 통해서가 아니었다. 나는 세상의 좁은 길을 걸어보려고 시도했지만, 내게는 그 길들이 너무 미끄러웠다. 그런데 어느 친절한 손길이 나를 구해주자 나는 옆으로 눈길 한 번 주지 않고 곧장 어머니의 품으로, 온전하게 사랑받으며 경건했던 어린 시절의 아늑함으로 달려갔던 것이다. 나는 실제보다 더 어리고, 더 의존적이고, 더 천진난만하게 굴었다. 크로머에 대한 의존을 다른 것에 대한 의존으로 대체해야만 했다. 왜냐하면 나는 혼자서 걸어갈 수 없었기 때문이다. 그래서 나는 맹목적인 심정으로 아버지와 어머니에게, 예전의 사랑스러운 '밝은 세계'에 의존하는 것을 선택했다. 하지만 나는 이미 그 세계가 유일하지 않다는 것도 알았다. 만일 내가 그런 선택을 하지 않았더라면 나는 데미안과 같은 편이 되고 그에게 모든 것을 털어놓아야만 했을 것이다. 당시 나는 내가 그렇게 하지 않은 것이 그의 기이한 사상에 대한 불신 때문이기에 정당하다고 생각했다. 하지만 사실은 두려웠을 뿐이다. 왜냐하면 데미안은 내게 부모님보다 더 많은 것을, 훨씬 더 많은 것을 요구했을 것이기 때문이었다. 그였다면 내게 자극을 주고 경고하고, 나를 조롱하고 비꼬아서 나를 더 독립적으로 만들려고 했을 것이기 때문이었다. 아, 이제 나는 알고 있다. 이 세상에서 자기 자신에게로 이끄는 길을 가는 것보다 인간에게 더 하기 싫은 일은 없다는 것을!

그런데도 약 6개월쯤 지났을 때, 나는 유혹을 이기지 못하고 산책길에서 아버지에게 어떤 사람들은 카인이 아벨보다 더 나은 자라고 설명하는데 그에 대해 어떻게 생각하는지 물었다.

아버지는 굉장히 놀라더니 그것은 전혀 새롭지 않은 하나의 해석이라고 설명해주었다. 그러한 해석은 심지어 초기 기독교 시대에 이미 등장했었고 이단 종파에서 가르쳤는데, 그런 종파 중의 하나는 자신들을 '카인파'라고 칭했다고 했다. 하지만 이런 막돼먹은 교리는 우리의 믿음을 망가뜨리려는 사탄의 시험일 뿐이라고 덧붙였다. 왜냐하면 만약 사람들이 카인이 옳고 아벨이 옳지 않다고 믿게 된다면, 하느님이 오류를 범했다는, 그러니까 성경 속의 하느님이 옳고 유일한 신이 아니라 거짓된 신이라는 결론이 나오기 때문이라고 했다. 실제로 카인파 사람들도 그와 비슷한 내용을 가르치고 설교했었지만, 이러한 이단은 오래전에 인류에게서 사라져버렸다고 했다. 그래서 나의 학교 친구가 그 얘기를 들을 수 있었다는 게 놀라울 따름이라는 것이었다. 어쨌든 아버지는 나에게 이런 생각들을 그만두라고 단호하게 경고했다.

제3장 십자가에 매달린 강도

나의 어린 시절에 대해, 아버지와 어머니 곁에서 보호받던 시절에 대해, 부모님을 향한 사랑에 대해, 부드럽고 사랑스럽고 밝은 주위 환경 속에서 만족하며 재미있게 지냈던 삶에 대해서라면 아름답고 다정하고 사랑스러운 이야기를 들려줄 수 있을 것이다. 하지만 지금 내가 관심을 기울이는 것은 나 자신에 다다르기 위해 나의 삶 속에서 내디뎠던 걸음들뿐이다. 아름답고 평화로웠던 시간들, 행복했던 순간들과 낙원에 있는 듯했던 경험들, 그 모든 것의 매력을 나도 잘 알고 있지만, 나는 그것들이 멀리서 빛나도록 내버려두고자 한다. 그곳에 다시 들어가고 싶은 마음은 없다.

그러므로 나의 이야기가 아직 소년 시절에 머무는 동안 나에게 어떤 새로운 일이 일어났는지, 무엇이 나를 앞으로 나아가게 내몰고 갑작스럽게 결별하게 했는지만 이야기하고자 한다.

이러한 자극들은 항상 '다른 세계'에서 왔으며, 항상 두려움과 강요, 양심의 가책을 함께 몰고 왔다. 그것들은 항상 혁명적이었으며 내가 그 안에 계속 머물고 싶었던 평화를 위협했다.

허용된 밝은 세계에서는 감추고 숨겨야만 하는 원초적 욕구가 내 안에 살고 있다는 사실을 새롭게 발견해야만 했던 시기가 닥쳤다. 누구나 그렇듯이 서서히 눈뜨게 되는 성적인 감정이 나의 적과 파괴자가 되어 나를 덮쳤다. 그것은 금지된 것이고 유혹이며 죄였다. 나의 호기심이 찾아 헤매던 것, 내가 꿈을 꾸게 하고 쾌감과 두려움을 느끼게 하던 것, 사춘기의 커다란 비밀은 어린 시절의 평화 속에서 느끼는 안전한 행복과는 전혀 어울리지 않았다. 나는 다른 이들처럼 행동했다. 이제 더는 아이가 아닌 아이로서의 이중생활을 했던 것이다. 나의 의식은 익숙하고 허용된 것들 속에서 살았고 희미하게 솟아오르는 새로운 세계를 거부했다. 하지만 동시에 나는 꿈, 충동, 은밀한 욕구 속에서 살았다. 나의 의식이 그 위에 놓은 다리는 점점 더 불안해졌다. 왜냐하면 내 안에서 아이의 세계가 무너져버렸기 때문이다. 거의 모든 부모가 그렇듯 나의 부모님도 내가 눈뜨는 생의 본능에 도움을 주지 않았다. 그것에 대해서는 언급도 하지 않았다. 부모님은 내가 현실을 부정하고, 점점 더 비현실적이고 기만적이 되어 가는 아이의 세계 속에 계속 머물러보려고 가망 없는 시도를 하고 있을 때, 그저 한없는 정성으로 그것을 도와줄 뿐이었다. 이런 경우에 부모가 달리 할 수 있는 일이 많은 것 같지는 않다. 그러니 난 부모님을 비난하지는 않겠다. 나의 문제를 해결하고 나의 길을 찾는 것은 내가 해내야 할 일이었다. 난 곱게 자란 아이들이 대부분 그렇듯이 나의 일을 제대로 처리하지 못했다.

모든 사람이 이러한 어려움을 겪는다. 평범한 사람들에게 이 시기는 자기 삶의 요구가 주변 세계와 가장 격렬한 갈등 상태에 빠지는 순간이며, 앞으로 나아가는 길을 찾기 위해 가장 처절하게 싸워야만 하는 순간이다. 어린 시절이 썩어가고 서서히 무너지는 것을 보면서 많은 사람이 우리의 운명이기도 한 죽음과 새로운 탄생을 일생에 단 한 번 경험하게 된다. 그때는 익숙해진 모든 것이 우리를 떠나려고 하고, 우리는 갑자기 외로움, 치명적으로 차가운 우주 공간이 우리를 둘러싸고 있음을 느끼게 된다. 그리고 아주 많은 사람이 영원히 이 낭떠러지에 매달린 채 회복할 길 없는 과거에, 모든 꿈 중에서 가장 심각하고 가장 흉악한 꿈인 잃어버린 낙원에 대한 꿈에 평생 집착한다.

우리의 이야기로 돌아가자. 내게 어린 시절의 종말을 알렸던 느낌들과 꿈의 이미지들은 여기서 이야기할 만큼 중요하지 않다. 중요한 사실은 '어두운 세계', '다른 세계'가 다시 돌아왔다는 것이다. 과거에 프란츠 크로머였던 것이 이제는 내 안에 들어와 있었다. 그와 함께 바깥에서도 '다른 세계'가 다시 나를 지배했다.

크로머와의 일이 있은 지 여러 해가 지나갔다. 내 삶에서 긴장감 넘치고 죄 많았던 그 시기는 이제 내게서 굉장히 멀리 떨어져 있었고, 마치 잠깐의 악몽처럼 흔적 없이 지나가 버린 듯했다. 프란츠 크로머는 오래전에 내 삶에서 사라졌다. 이제는 그와 우연히 마주친다고 해도 거의 의식조차 못 할 것이었다. 하지만 내 비극의 또 다른 중요 인물인 막스 데미안은 여전히 나의 주변에서 완전히 사라지지 않았다. 그렇지만 그는 오랫동안 멀리 떨어진 가장자리에 서 있어서 눈에 보이기는 했지만 어떤 영향을 미치지는 않았다. 그러다가 점차 그가 다시 내게 가까이 다가왔고, 힘과 영향력을 발휘하기 시작했다.

내가 그 시기의 데미안에 대해 무엇을 알고 있는지 떠올려 본다. 나는 1년 혹은 그 이상을 그와 단 한마디의 말도 나누지 않았던 것 같다. 나는 그를 피했고, 그는 전혀 귀찮게 하지 않았다. 언젠가 우연히 마주쳤을 때 그는 내게 고개를 가볍게 끄덕였다. 때때로 그의 친절함 속에 경멸이나 묘한 비난의 느낌이 미세하게 섞여 있다는 생각이 들곤 했다. 하지만 그것은 그저 나의 상상이었을 수도 있다. 내가 그와 함께 겪었던 일과 당시 그가 내게 끼쳤던 기이한 영향력은 그도, 나도 잊은 것 같았다.

그의 모습을 떠올려본다. 이제 그의 모습을 기억하고 보니 그가 사실 그곳에 있었고, 내가 그를 의식하고 있었다는 것을 알겠다. 나는 그가 혼자서 혹은 고학년 학생 몇 명과 어울려 학교에 가는 것을 본다. 그가 낯설고 외롭고 조용하게, 자신만의 공기에 휩싸여, 자신만의 법칙에 따라 살면서 그들 사이를 마치 별처럼 거니는 것을 본다. 아무도 그를 사랑하지 않았고 그의 어머니를 제외하고는 아무도 그와 친하게 지내지 않았다. 하지만 그는 자신의 어머니에게도 아이처럼 굴지 않고 마치 성인처럼 어울리는 것 같았다. 선생님들은 가능한 한 그가 하는 대로 내버려두었다. 그는 좋은 학생이었지만 누구에게도 잘 보이려는 노력 같은 건 하지 않았다. 때때로 그가 어느 선생님에게 내뱉었다는 단어, 혹평 혹은 반론이 우리 사이에 소문으로 떠돌기도 했다. 그런 말들 속에 담긴 냉정한 도발 혹은 비꼼의 정도는 빈틈없이 완벽했다.

나는 눈을 감은 채 기억을 되살리고 있다. 그의 모습이 떠오르는 게 보인다. 그곳이 어디였지? 그렇다. 이제 그의 모습이 다시 보인다. 그곳은 우리 집 앞의 골목이었다. 어느 날 나는 그가 손에 수첩을 든 채 그곳에 서서 무언가를 그리는 모습을 보았다. 우리 집 현관문 위의 오래된 새 문장을 그리고 있었다. 나는 창가에 서서 커튼 뒤에 몸을 숨기고 그를 바라보았다. 그리고 그가 차갑고 환한 얼굴로 문장을 바라보며 집중하는 모습에 깊이 경탄했다. 그것은 성인 남자, 연구자 혹은 예술가의 얼굴이었다. 우월함과 의지가 가득했고, 기이할 정도로 환하고 차가웠으며, 무언가를 아는 듯한 눈빛이었다.

또다시 그의 모습이 보인다. 그로부터 얼마 후 거리에서였다. 학교에서 돌아오는 길이었던 우리는 쓰러진 말 한 마리를 에워싸고 서 있었다. 농가용 수레 앞에 쓰러져 있는 그 말은 아직도 수레 손잡이에 매인 채 콧구멍을 벌렁거리며 도움을 구하듯 가련하게 허공을 향해 헐떡거렸다. 어딘지 모를 상처에서 피가 흘러 말의 옆구리 쪽 길바닥의 하얀 먼지가 서서히 어두운 빛깔로 물들었다. 메스꺼웠던 나는 급히 시선을 돌렸는데, 그 순간 데미안의 얼굴을 보았다. 그는 앞쪽으로 밀고 나오지 않고, 맨 뒤에서 항상 그렇듯이 편안하고 상당히 우아한 모습으로 서 있었다. 그의 시선은 말의 머리 쪽을 향하고 있는 듯했다. 또다시 그 깊고, 고요하고, 거의 광적이면서도 냉정한 집중력을 띠고 있었다. 나는 그를 오랫동안 바라볼 수밖에 없었다. 당시 나는 명확히 의식한 것은 아니었지만, 무언가 굉장히 독특함을 느꼈다. 나는 데미안의 얼굴을 보았다. 내가 본 것은 그가 소년의 얼굴이 아니라 성인 남자의 얼굴을 하고 있다는 사실만이 아니었다. 나는 그보다 더 많은 것을 보았다. 나는 그의 얼굴이 성인 남자의 얼굴도 아니고, 뭔가 다른 것임을 알아보았다고, 혹은 느꼈다고 생각했다. 그의 얼굴은 여성의 얼굴 같은 면도 약간은 담긴 것처럼 보였다. 무엇보다도 이 얼굴은 어느 순간에는 성인 남자나 아이 같지도 않고, 늙거나 젊어 보이지도 않았다. 왠지 천년의 나이를 먹은 것처럼, 시대를 초월한 듯이 보였다. 마치 우리가 살아가는 것과는 다른 시간대의 낙인이 찍힌 듯했다. 동물들이나 나무들 혹은 별들이 그렇게 보일 법했지만 당시의 나는 그것을 알지 못했다. 나는 성인이 된 내가 지금 이야기하는 것을 그대로 느끼지 못했다. 하지만 그와 비슷한 것을 느꼈다. 어쩌면 그가 아름답다고 생각했을 것이다. 그의 모습이 내 마음에 들었을 수도 있다. 어쩌면 그의 모습을 불쾌하게 여겼을 수도 있다. 그것 또한 분명하지 않았다. 내가 보았던 것은 그가 우리와 다르다는 사실뿐이었다. 그는 동물 같기도 하고 정령 같기도 했다. 혹은 어떤 형상 같기도 했다. 그가 실제로 무엇이었는지 나는 모르겠다. 하지만 그는 달랐다. 상상할 수 없을 정도로 우리 모두와는 달랐다.

더는 기억이 나지 않는다. 어쩌면 이것조차도 일부는 훗날의 인상에서 빚어진 것일 수도 있다.

나는 몇 살 더 나이를 먹고서야 마침내 데미안과 다시 좀 더 가깝게 지내게 되었다. 데미안은 관습대로라면 자신의 동급생들과 함께 교회에서 치렀어야 할 입교식을 치르지 않았다. 당장 그 일과 관련해서도 다시 소문들이 불거졌다. 학교에는 또다시 그가 사실은 유대인이라고, 혹은 그게 아니고 이교도라는 소문이 돌았다. 다른 이들은 그와 그의 어머니가 아무 종교도 갖고 있지 않다고, 혹은 이상하고 질이 좋지 않은 이단 종파에 속해 있다고 주장했다. 그런 소문들과 연관해서 그가 자신의 어머니와 마치 연인처럼 살고 있다는 의혹에 대해서도 들었던 것 같다. 아마도 실상은 이랬을 것이다. 그가 지금까지는 종교 없이 키워졌는데, 이제는 그 사실로 인해 그의 미래에 어떤 불이익을 당할지 모른다는 우려가 생겼던 듯하다. 어쨌든 그의 어머니는 그와 동갑인 학생들보다 2년 늦은 지금에서야 그를 입교식에 참여시키기로 결심했다. 그리하여 그는 몇 달 동안 나와 함께 입교식을 위한 교리 교육을 받게 되었다.

한동안 나는 철저하게 그와 거리를 뒀다. 그와 엮이고 싶지 않았다. 내가 볼 때 그는 너무 많은 소문과 비밀에 둘러싸여 있었다. 하지만 무엇보다도 나를 괴롭혔던 것은 크로머 사건 이후로 내 안에 남아 있던 의무감이었다. 그리고 하필 그 시기에 나는 나 자신의 비밀만으로도 몹시 벅찼다. 입교식 수업은 내가 성적인 문제에 관해 결정적으로 눈을 떠가던 시기와 겹쳤던 것이다. 그 때문에 열심히 하겠다는 의지를 갖고 있었는데도 경건한 가르침에 관심을 기울이기가 무척 어려웠다. 목사님이 이야기하는 것들은 나에게서 멀리 떨어진, 고요하고 거룩한 비현실 속에 존재했다. 그것들은 아마도 아주 아름답고 가치 있는 것이었겠지만, 눈앞의 문제도 아니었고 흥미롭지도 않았다. 반면에 성적인 문제는 최고의 현안이었고 극도로 흥미로웠다.

이러한 상황 탓에 내가 수업에 무관심해질수록 또다시 나의 관심은 점점 더 막스 데미안을 향했다. 무언가가 우리 두 사람을 연결하고 있는 것 같았다. 그 끈이 무엇인지 나는 되도록 정확하게 추적해야만 한다. 내가 기억하기로는 아직 교실 안에 불이 환하게 켜져 있던 이른 아침의 수업 시간에 그것이 시작되었다. 수업을 담당한 목사님이 카인과 아벨의 이야기를 시작했다. 나는 거의 관심을 기울이지 않았다. 졸려서 잘 듣지도 않았다. 그때 목사님이 목소리를 높여서 열정적으로 카인의 표식을 얘기하기 시작했다. 이 순간 나는 무언가가 나를 건드렸거나 경고하는 듯한 느낌을 받았다. 눈을 들어보니 교실 앞줄에 앉아서 나를 돌아보고 있는 데미안의 얼굴이 보였다. 그의 눈은 환했고, 말을 하는 듯했는데, 조롱하는 것 같기도 했으며 진지한 것 같기도 했다. 그는 잠깐 나를 바라보았을 뿐이다. 그런데 나는 갑자기 흥미진진하게 목사님의 이야기에 귀를 기울게 되었다. 카인과 그의 표식에 관해 이야기하는 것을 들었는데, 그것이 목사님이 가르쳐주는 것과 다르며, 그 이야기를 다른 방식으로도 볼 수 있고, 그 이야기를 비판할 수 있다는 것을 내가 알고 있음을 가슴 깊이 느꼈다.

이 순간 데미안과 나는 다시 연결되었다. 그리고 신기하게도 이러한 일종의 연대감이 마음속에서 생겨나자마자 그것이 마법처럼 공간으로도 전이되는 것을 볼 수 있었다. 그가 직접 그렇게 배치할 수 있었던 것인지, 아니면 순전히 우연이었는지는 모르겠다. 당시에 나는 그게 우연이라고 확신했었다. 어쨌든 며칠 후 데미안이 종교 시간에 갑자기 자리를 바꿔서 나의 바로 앞자리에 앉았다(아침에 학생들로 꽉 찬 교실에서, 가난한 집 아이들이 풍기는 고약한 냄새 한가운데서, 그의 목덜미에서 풍겨오는 부드럽고 상쾌한 비누 향을 흡입하는 것이 얼마나 기분 좋은 일이었는지 지금도 기억난다!). 그리고 며칠 후에 그가 다시 자리를 옮겼고 이번에는 내 옆자리에 앉았다. 그리고 이어지는 겨울과 봄 내내 그는 그 자리를 지켰다.

아침 수업 시간이 완전히 달라졌다. 수업은 이제 졸리지도 지루하지도 않았다. 나는 그 시간을 기다렸다. 때때로 우리 두 사람은 엄청난 집중력을 발휘해 목사님의 이야기를 들었다. 옆자리 친구의 눈짓 한 번이면 나는 독특한 이야기와 기이한 문구에 충분히 관심을 가질 수 있었다. 또한 그가 보내는 또 다른 눈짓, 아주 특별한 눈짓 한 번이면 나의 경각심을 일깨우고, 내 안에서 비판과 의심을 불러일으키는 데 충분했다.

하지만 우리는 나쁜 학생일 때가 아주 많았고, 그럴 때면 수업 내용을 아예 듣지 않았다. 데미안은 항상 선생님과 동료 학생에게 점잖게 굴었다. 나는 그가 어리석은 애들처럼 장난하는 것을 본 적이 없다. 그는 크게 웃거나 잡담하지도 않았고, 선생님에게서 꾸중을 들은 적도 없었다. 하지만 그는 속삭이기보다는 신호와 눈짓을 사용해서 아주 조용하게, 나를 자신이 벌이는 짓에 참여하도록 하는 법을 알았다. 그가 벌이는 짓 중에는 가끔은 이상한 것도 있었다.

예를 들어 그는 나에게 자신이 학생 중에 어떤 아이들에게 관심이 있는지, 어떤 방식으로 그들을 관찰하는지 이야기해 주었다. 그는 어떤 아이들에 대해서는 아주 정확하게 알고 있었다. 그는 수업이 시작되기 전에 내게 "내가 너에게 엄지손가락으로 신호하면, 저 애가 우리를 돌아볼 거야. 아니면 뒷덜미를 긁을 거야"와 같은 식의 이야기를 했다. 그러고 나서 수업이 시작되면 나는 그 애길 까먹을 때도 많았다. 그러다 막스가 갑자기 눈에 띄는 동작으로 내게 엄지손가락을 돌리면, 나는 재빨리 그가 말했던 학생을 지켜봤고, 그때마다 그 애는 마치 철사에 매여 조종되기라도 한 것처럼 기대했던 동작을 하곤 했다. 나는 막스에게 그것을 선생님에게도 시도해 보라고 귀찮게 졸라댔지만, 그는 내키지 않아 했다. 하지만 한번은 내가 수업에 들어와서 오늘은 숙제를 하지 않았으니 목사님이 내게 아무것도 질문하지 않으면 정말 좋겠다고 말하자 그가 나를 도와줬다. 목사님은 교리문답 한 절을 암송시킬 학생을 찾았고, 사방을 훑어보던 목사님의 눈이 죄책감을 느끼고 있는 나의 얼굴에 머물렀다. 그가 천천히 다가와서 나를 향해 손가락을 뻗었고, 막 나의 이름을 부르려던 그 순간 갑자기 그가 산만해졌다. 불안한 듯도 했다. 그는 옷깃을 매만지며 자신의 얼굴을 뚫어져라 바라보는 데미안을 향해 갔다. 그에게 무언가를 질문하려는 것처럼 보였다. 하지만 갑작스럽게 다시 방향을 바꿨다. 그는 한동안 기침하더니 다른 학생을 시켰다.

이러한 장난들이 굉장히 재미있기는 했지만, 나는 시간이 어느 정도 지나고 나서야 나의 친구가 나에게도 자주 똑같은 장난을 친다는 것을 깨달았다. 학교에 가는 길에 갑자기 데미안이 나보다 한 구간 뒤에서 걷고 있다는 느낌이 들 때가 있었다. 그럴 때 뒤를 돌아보면 정말로 그가 거기 있었다.

"넌 정말로 다른 사람이 네가 원하는 대로 생각하게 할 수 있어?" 내가 그에게 물었다.

그는 조용하고 객관적이며 평소처럼 어른스럽게 스스럼없이 대답해주었다.

"아니야." 그가 말했다. "그렇게는 못 해. 왜냐하면 목사님은 있다고 하지만, 사실 인간에겐 자유의지가 없기 때문이지. 자신이 원하는 대로 생각할 수도 없고, 누군가를 내가 원하는 대로 생각하게 할 수도 없어. 하지만 다른 사람을 잘 관찰하는 건 아마도 가능할 거고, 그러면 그가 생각하거나 느끼는 것을 상당히 정확하게 말할 수 있을 때가 많아. 그러고 나면 대부분은 그가 다음 순간에 무엇을 할지 예상하는 것도 가능해지지. 그건 아주 간단해. 단지 사람들이 그것을 모를 뿐이야. 물론 연습이 필요하지. 예를 들어 나비목 중에 암컷의 수가 수컷보다 훨씬 적은 나방종이 있어. 나방들은 다른 모든 동물과 똑같은 방식으로 번식하지. 수컷이 암컷을 수정시키면 그 후에 암컷이 알을 낳는 거야. 자연과학자들이 여러 차례 실험해본 방식인데, 만약 네가 이 나방 중 암컷 한 마리를 가지고 있으면 밤에 수컷 나방들이 이 암컷에게 날아오는데, 심지어 몇 시간 거리를 날아서 와! 생각해봐. 몇 시간 거리라니! 몇 킬로미터에 걸쳐서 모든 수컷이 근처에 있는 단 한 마리의 암컷을 감지하고 추적하는 거야! 사람들은 이 현상을 설명해보려고 하지만, 어려운 일이야. 그건 일종의 후각이거나 그와 비슷한 것일 거야. 뛰어난 사냥개가 눈에 보이지 않는 흔적을 찾아내고 추적하는 것처럼 말이야. 이해돼? 자연에는 넘쳐나도록 흔하지만 설명할 길은 없는 그런 종류의 일이야. 내가 말하고 싶은 건 만약 이 나방들의 암컷이 수컷의 수만큼 많았다면, 그것들이 그렇게 예민한 후각을 갖지는 못했을 거라는 거야! 나방들이 그런 후각을 갖게 된 건 단지 그렇게 훈련했기 때문인 거지. 동물이나 인간이 자신의 집중력과 의지를 온전히 어떤 특정한 일을 향해 기울이면 거기에 도달하기도 해. 그게 전부야. 네가 말하는 것도 정확히 그런 거야. 누군가를 아주 꼼꼼하게 살펴보면 그에 대해 그 자신보다 더 많은 것을 알게 돼."

하마터면 나는 '독심술'이라는 말을 입 밖으로 꺼내서 아주 오래전에 있었던 크로머와의 사건을 그에게 상기시킬 뻔했다. 하지만 우리 두 사람 사이에는 또 하나의 기이한 일이 있었다. 그것은 그가 몇 년 전에 아주 진지하게 내 삶에 개입한 적이 있었다는 사실에 대해, 그도 나도 절대로 아주 가벼운 암시조차 하지 않는다는 것이었다. 마치 과거에 우리 두 사람 사이에 아무 일도 없었거나 서로 상대방이 그 일을 잊어버렸을 거라고 확신하는 듯했다. 심지어 함께 길을 걷다가 프란츠 크로머와 한두 번 마주친 적도 있었다. 하지만 우리는 서로 눈길을 마주치지도 않았고, 그에 대해 단 한마디도 꺼내지 않았다.

"하지만 그러면 의지는 어떻게 되는 거지?" 내가 물었다. "너는 인간에게 자유의지가 없다고 말해. 하지만 넌 다시 인간이 자신의 의지를 어느 쪽으로 확고하게 쏟기만 하면 자신의 목표에 도달할 수 있다고 말하고 있어. 앞뒤가 맞지 않잖아! 내가 나의 의지를 마음대로 다룰 수 없다면, 마찬가지로 그것을 내가 원하는 대로 이쪽이나 저쪽으로 향하게 할 수는 없으니까 말이야."

그는 나의 어깨를 두드렸다. 내가 그를 기쁘게 할 때마다 으레 하는 행동이었다.

"네가 질문을 하다니 좋은데!" 그가 웃으면서 말했다. "사람은 언제나 질문해야 하고, 언제나 의심해야 해. 하지만 그 문제는 아주 간단해. 예를 들어 그 나방이 자신의 의지를 어느 별 혹은 뜬금없는 다른 곳으로 향하게 하려고 하면, 그건 가능하지 않을 거야. 다만 나방은 절대 그런 시도를 하지 않지. 나방은 자신에게 의미와 가치가 있는 것, 자신에게 필요한 것, 자신이 반드시 가져야만 하는 것을 찾아. 그러면 불가능한 일도 해낼 수 있게 되지. 그렇게 해서 나방은 다른 동물이 가지지 않은 마법과도 같은 육감을 발달시키게 되는 거야! 우리 인간은 동물보다 더 많은 활동을 할 수 있고, 더 많은 관심사를 가진 게 분명해. 하지만 우리 또한 상대적으로 정말 좁은 범위 안에 매여 있고, 그것을 넘어설 수가 없어. 아마도 이런저런 일들을 꿈꿔 볼 수는 있겠지. 예를 들어 반드시 북극에 가보겠다거나 그와 비슷한 일을 상상해볼 수 있어. 하지만 그 소원이 완전히 나 자신 안에 자리 잡았을 때, 정말로 나의 존재가 그 소원으로 채워졌을 때만 그 일을 실행할 수 있고 충분히 강해지기를 원할 수 있는 거야. 그런 상황이 되기만 하면 네가 너의 내면이 명령하는 무엇인가를 시도하는 순간, 그것 또한 가능해지는 거지. 그러면 너는 마치 훌륭한 말을 마차에 매듯 너의 의지를 다룰 수 있게 될 거야. 예를 들어 지금 내가 우리 목사님이 앞으로 더는 안경을 쓰지 않도록 하겠다는 계획을 세운다면, 그것은 이루어질 수 없어. 그건 그저 장난일 뿐이지. 하지만 지난가을에 내가 저 앞자리에서 옮기고 싶다는 확고한 의지를 가졌을 때는 그것이 아주 잘 이루어졌지. 그때 갑자기 알파벳순으로 나보다 앞에 있고, 그동안 몸이 아파서 안 나왔던 아이가 나타난 거야. 누군가가 그 애에게 자리를 내줘야만 했기 때문에 당연히 내가 그렇게 했지. 기회가 생기면 곧바로 잡겠다는 나의 의지가 이미 있었으니까."

"그래." 내가 말했다. "그때 나도 굉장히 이상하다고 생각했어. 우리가 서로에게 관심을 두게 된 순간부터 네가 점점 내 자리 가까이 다가왔잖아. 하지만 어떻게 한 거지? 처음에는 네가 곧바로 내 옆자리에 앉지는 않았어. 몇 번은 내 앞쪽에 앉았잖아. 안 그래? 어떻게 된 거야?"

"그때 상황은 이랬어. 처음에 자리를 바꾸고 싶은 마음이 강했을 때, 내가 어디로 옮기고 싶은지 나 자신도 잘 몰랐어. 그저 훨씬 뒤로 가서 앉고 싶다는 것만 알았지. 네 가까이 가고 싶다는 것이 나의 의지였지만, 난 그걸 아직 의식하지 못했던 거야. 그와 동시에 너의 의지가 함께 끌어당기면서 나를 도왔지. 그렇게 해서 내가 너의 앞자리에 앉게 된 후에야 나의 소망이 겨우 절반만 이루어졌다고 생각하게 됐어. 내가 사실은 너의 옆자리에 앉기만을 간절히 바랐다는 것을 깨달았던 거야."

"하지만 그때는 새로 온 아이가 없었잖아."

"맞아, 하지만 그때 나는 그냥 내가 원하는 대로 행동했어. 재빨리 네 옆자리에 앉아버린 거지. 나와 자리를 바꾸게 된 아이는 그저 당황해서 내가 하는 대로 내버려뒀어. 그리고 목사님은 일단 그곳에 뭔가 변동이 있었다는 것을 알아차리기는 했어. 게다가 나를 상대할 일이 있을 때마다 남모르게 뭔가 불편함을 느끼고 있어. 그러니까 목사님은 내 이름이 데미안이란 것을 알고 있고, 이름이 D로 시작하는 내가 완전히 뒷자리의 S로 시작되는 애들 사이에 앉은 게 이상하다는 것을 알고 있어! 하지만 나의 의지가 저항하고 있고, 내가 계속 방해하기 때문에 그것이 목사님의 의식까지 뚫고 들어가지는 못해. 그는 매번 그곳에 뭔가 문제가 있다는 것을 일단 느끼고는 나를 바라보며 자세히 살피지. 좋은 분이지만 그럴 때면 난 간단한 방법을 사용하곤 해. 매번 그의 두 눈을 아주, 아주 빤히 바라보는 거야. 그런 시선을 견뎌내는 사람은 거의 없어. 다들 불안을 느끼지. 네가 누군가에게 뭔가를 얻기 위해 갑자기 그의 눈을 아주 빤히 바라보았는데도 그가 전혀 불안해하지 않는다면 포기하도록 해! 넌 그에게서 아무것도 얻어낼 수 없을 거야. 절대로! 하지만 그런 일은 아주 드물어. 사실 내가 그렇게 행동해도 소용없는 사람은 단 한 사람밖에 없어."

"그게 누구인데?" 내가 재빨리 물었다.

그는 눈을 약간 가늘게 뜨고 나를 바라보았다. 그가 생각에 잠길 때 나오는 버릇이었다. 이내 시선을 돌리더니 대답하지 않았다. 나는 굉장히 궁금했지만 다시 한번 묻지는 못했다.

하지만 나는 당시에 그가 자신의 어머니를 말했던 것이라고 생각한다. 그는 어머니와 굉장히 끈끈한 관계인 것 같았지만, 내게 어머니 이야기를 해주거나 나를 자기 집에 데려간 적은 한 번도 없었다. 나는 그의 어머니가 어떻게 생겼는지도 잘 몰랐다.

당시 나는 가끔 그가 했던 것처럼 나의 의지를 무엇인가에 집중해서 반드시 그 일을 성취하려고 시도해보았다. 그때 내게는 아주 절실하다고 생각하는 소망들이 있었다. 하지만 아무 일도 일어나지 않았고, 잘 되지도 않았다. 그 일에 대해 데미안과 이야기할 생각은 하지 못했다. 아마 나는 내가 소망하는 것을 그에게 털어놓을 수 없었을 것이다. 그도 내게 묻지 않았다.

그사이 종교 문제에서 나의 신앙에는 여러 군데 균열이 생겼다. 하지만 전적으로 데미안의 영향을 받은 나의 생각은 철저한 불신앙을 드러내는 동급생들의 생각과는 아주 달랐다. 그런 애들이 몇 명 있었는데, 그 애들은 신을 믿는 것은 터무니없고 인간의 존엄을 해치는 짓이라거나 삼위일체와 동정 마리아에 의한 예수님 탄생은 그냥 웃기는 이야기일 뿐이라는 식의 말을 가끔 흘리곤 했다. 오늘날에도 인간이 여전히 이런 쓸데없는 이야기를 떠벌리고 다니는 것은 수치스러운 일이라고도 했다. 나는 그런 식으로는 전혀 생각하지 않았다. 비록 의심하는 부분들이 있긴 했지만, 나는 어린 시절에 체험했던 모든 일을 통해, 예컨대 나의 부모님들이 살았던 것과 같은 경건한 삶의 실재에 대해서도 충분히 알고 있었다. 그리고 이러한 것이 품위 없거나 위선적인 것이 아니라는 사실을 알고 있었다. 오히려 나는 종교성에 대해 이전과 마찬가지로 깊은 경외심을 품었다. 다만 데미안을 통해 성경의 이야기들과 교리들을 더 자유롭게, 더 개인적으로, 더 유희하듯이, 더 풍부한 상상력을 갖고 바라보며 해석하는 데 익숙해졌을 뿐이다. 적어도 나는 그가 유도한 해석을 언제나 즐거운 마음으로 흔쾌히 따랐다. 물론 내게는 많은 것이 너무 심하게 느껴지기도 했다. 카인의 문제 또한 그랬다. 한번은 입교식 수업 시간 중에 그가 그것보다 훨씬 더 과감할 듯한 해석으로 나를 깜짝 놀라게 했다. 목사님은 골고다 언덕 이야기를 해주었다. 구세주의 고난과 죽음에 대해 성경이 전하는 이야기는 아주 어릴 때부터 내게 깊은 인상을 남겼다. 어린아이였을 때 이따금 성금요일 같은 날 아버지가 예수의 수난 이야기를 낭독해 주면, 난 진실한 마음으로 감동에 젖었다. 이 고통스럽도록 아름답고 창백하며, 무시무시하면서도 놀랍도록 활기찬 겟세마네 동산과 골고다 언덕의 세계 속에서 살았다. 또한 바흐의 〈마태수난곡〉을 들을 때면 이 비밀스러운 세계에서 음울하게 강렬한 고난의 광채가 흘러나와 온갖 신비로운 전율로 나를 휘감았다. 나는 지금도 이 음악과 '악투스 트라지쿠스'•가 모든 시문학과 모든 예술적 표현의 정수라고 생각한다.

그런데 그 수업이 끝나갈 즈음 데미안이 생각에 잠겨 내게 말했다. "싱클레어, 거기 내 마음에 들지 않는 부분이 있어. 그 이야기를 한번 읽어보고, 혀에 올려놓고 자세히 맛을

• 장례 음악으로 작곡된 바흐 칸타타 106번 〈하느님의 때가 최상의 때다〉를 말한다.

봐. 무미건조한 뭔가가 있으니까. 그건 바로 두 명의 강도에 관한 이야기야. 거기 언덕 위에 세 개의 십자가가 나란히 서 있는 장면은 대단하지! 하지만 그다음엔 종교 전단에나 실릴 법한 정직한 강도에 관한 감상적인 이야기가 나오잖아! 처음에 그는 범죄자였고 뭔지는 몰라도 온갖 악행을 저질렀어. 그런데 이제는 그가 순해져서 그렇게 눈물 나는 개심과 회개의 축제를 벌인다는 거잖아! 죽음이 코앞에 있는 상태에서 하는 그딴 식의 회개가 대체 무슨 의미가 있을까. 그게 말이나 돼? 그건 정말이지 성직자들이 꾸며낸 또 하나의 이야기에 지나지 않아. 달콤하고 불확실하고, 감동으로 기름칠했고 고도로 교훈적인 배경을 깔고 있지. 만약 네가 지금 두 명의 강도 중에서 한 명을 친구로 선택해야만 하거나 둘 중 누구를 더 신뢰할 수 있을지 진지하게 생각해본다면, 이 징징거리는 개종자는 절대 아닐 거야. 당연하지. 다른 쪽이야. 그 사람이 성숙한 인간이고 개성 있는 인물이야. 그는 자신의 처지에서 볼 때 그저 번지르르한 소리에 지나지 않을 개종 같은 것은 무시해버리고 자신의 길을 끝까지 걸어가지. 비겁하게 마지막 순간에 그때까지 분명히 자신을 도와주었을 악마와 결별한다고 선언하지 않아. 그는 개성이 있어. 사람들은 성경에서는 너무 짧게 나오는 경우가 많아. 아마 그도 카인의 후예일 거야. 그렇게 생각하지 않아?"

나는 굉장히 당황했다. 내가 그리스도의 십자가 고난 이야기를 아주 잘 안다고 생각했는데, 이제야 내가 그 이야기를 듣고 읽을 때 나만의 생각은 거의 없었고, 상상력과 환상을 동원한 적도 거의 없었음을 깨달았다. 그래도 데미안의 새로운 생각이 내게는 불길하게 들렸다. 앞으로 계속 유지되어야만 한다고 믿고 있던 내 안의 개념들을 뒤집어엎을 것처럼 위협적이었다. 그래서는 안 될 일이었다. 그런 식으로 세상 모든 것을 다 함부로 다룰 수는 없었다. 가장 신성한 것에 대해서도 마찬가지였다.

언제나 그랬듯이 그는 내가 뭔가를 말하기도 전에 즉시 나의 거부감을 알아차렸다.

그가 체념한 듯이 말했다. "나도 알아. 그건 그냥 옛날이야기야. 너무 진지할 필요 없어! 하지만 너에게 해주고 싶은 말은 이거야. 바로 여기가 이 종교의 부족한 부분을 아주 명확하게 볼 수 있는 몇몇 지점 중 하나라는 거야. 신약과 구약의 이 완전한 신은 아주 뛰어난 형상이지만, 그가 원래 마땅히 보여줘야 할 그런 형상은 아니야. 그는 선함이고, 고결함이고, 아버지 같은 존재고, 아름다움인 동시에 고귀함이고, 감동적인 존재야. 전적으로 맞는 말이지! 하지만 세계는 다른 것으로도 이루어져 있어. 그런데 이제 그런 것들은 모두 그냥 악마에게 속한 것이라고 설명되는 거야. 그리고 세계의 이러한 부분 전부가, 그러니까 세계의 절반이 온통 은폐되고 묵살되고 있어. 그들은 신이 모든 생명의 아버지라고 칭송하면서 정작 생명의 근원이 되는 모든 종류의 성생활은 그냥 묵살해 버리고, 기껏해야 위험한 짓이고 죄악이라고 설명하지! 나는 사람들이 여호와라는 이 신을 숭배하는 걸 반대하는 게 아니야. 그런 생각은 눈곱만큼도 없어. 하지만 난 우리가 모든 것을 숭배하고 거룩하게 여겨야 한다고 생각해. 그저 인위적으로 분리한, 이 공식적인 절반만 숭배할 게 아니라 전체 세계를 숭배해야 한다는 말이야! 그렇다면 우리는 신에게만 예배할 것이 아니라 악마에게도 예배해야 하는 거야. 그게 옳은 것 같아. 그렇지 않다면 사람들은 자신 안에 악마도 포함하고 있는 신을 창조해야 할 거야. 세상에서 가장 자연스러운 일이 벌어질 때도 사람들이 그 앞에서 두 눈을 감고 딴청을 부릴 필요가 없는 그런 신 말이야."

평소의 모습과는 다르게 그는 거의 화를 냈다. 하지만 그는 곧 다시 미소를 지었고 그 이상 나를 다그치지 않았다.

하지만 나의 내면에서는 그의 말이 나의 소년기 전체를 관통해온 수수께끼를 건드렸다. 나는 매 순간 그 수수께끼를 품고 있었지만, 그에 대해서 단 한마디의 말도 누구에게 한 적이 없었다. 그때 데미안이 말한 신과 악마, 신적이고 공식적인 세계, 그리고 그동안 묵살되어온 악마적인 세계는 정확하게 나의 생각, 나의 신화였다. 그것은 두 세계 혹은 세계의 두 절반, 그러니까 밝은 세계와 어두운 세계에 관한 생각이었다. 나의 문제가 모든 사람의 문제이며, 모든 삶과 사고의 문제라는 통찰이 갑자기 거룩한 그림자처럼 나를 엄습했다. 그리고 나의 가장 고유하고 개인적인 삶과 견해가 위대한 사상의 영원한 흐름에 굉장히 깊게 관여하고 있었음을 깨달았다. 갑작스럽게 그러한 것들을 느끼자 두려움과 경외심이 물밀듯 몰려왔다. 그러한 통찰은 어떻게 보면 나를 인정해주고 행복하게 해주는 것이었는데도 기쁘지 않았다. 그것은 가혹했고 떫은맛이 났다. 왜냐하면 그 안에는 책임 의식이, 더는 어린아이여서는 안 된다는, 홀로 서야 한다는 울림이 담겨 있었기 때문이다.

그렇게나 은밀한 비밀을 직접 밝힌 것은 내 인생에서 처음이었는데, 나는 나의 친구에게 아주 어린 시절부터 가져왔던 '두 세계'에 대한 나의 견해를 설명했다. 그러자 그는 내가 마음속 가장 깊은 곳에서부터 그에게 동의하고 그가 옳다고 인정하고 있음을 바로 알아차렸다. 하지만 그런 상황을 자신에게 유리하게 이용하는 것은 그의 방식이 아니었다. 그는 이제까지 내게 보여줬던 것보다 더 깊은 관심을 드러내며 나의 이야기에 귀를 기울였다. 그러면서 내 눈을 똑바로 바라봤기 때문에 나는 결국 시선을 다른 곳으로 돌려야만 했다. 그의 시선 속에서 또다시 기이하고 동물적인 시간의 초월, 상상할 길 없는 나이를 보았기 때문이다.

"다음에 다시 한번 그 얘기를 해보자." 그가 조심스럽게 말했다. "내가 볼 때 너는 다른 사람에게 설명할 수 있는 것보다 더 많은 생각을 하고 있어. 만약 그렇다면, 네가 생각했던 것을 온전히 실현하며 산 적이 없다는 걸 너 스스로도 알고 있을 거야. 그건 좋지 않아. 생각은 우리가 실제로 그것을 실현하며 살 때만 가치가 있는 거야. 너는 너의 '허락된 세계'가 단지 세계의 절반일 뿐이라는 것을 알았어. 그리고 넌 목사님과 선생님 들이 하는 것처럼 그 나머지 절반을 숨기려고 노력했지. 하지만 넌 성공하지 못할 거야! 한번 생각을 시작한 사람은 절대 그 절반을 숨길 수 없어."

그의 말이 내게 큰 충격을 안겼다.

나는 거의 소리치듯 말했다. "하지만 실제로, 정말로 금지된 끔찍한 일들도 있잖아. 너도 그걸 부정할 수는 없을걸! 그런 일들은 금지되어 있고, 우리는 그런 일들은 하지 말아야 해. 나는 살인이라든가 온갖 범죄가 존재한다는 것을 알아. 하지만 단지 그런 것들이 존재한다는 이유로 내가 그냥 가서 범죄자가 되어야 하는 거야?"

"우리가 오늘 이 이야기를 다 끝낼 수는 없어." 막스가 나를 달랬다. "너는 분명히 살인하거나 여성을 강간한 후 살해하는 짓을 저질러서는 안 돼. 절대 안 되지. 하지만 너는 '허용된다'와 '금지된다'가 본래 무엇을 의미하는지를 통찰할 수 있는 데까지는 아직 다다르지 못했어. 이제 겨우 진실의 한 조각을 느꼈을 뿐이야. 나머지 부분들이 앞으로 나타날 거야. 믿고 기다려! 예를 들어 너는 지금, 대략 1년 전부터 다른 모든 충동보다 더 강한 어떤 충동을 네 안에서 느끼고 있어. 그런데 그것은 '금지된' 것으로 여겨지지. 반면에 그리스인과 다른 여러 민족은 이 욕구를 신성시하고 대규모 축제를 통해 숭배했어. 그러니까 '금지된다'는 것은 영원한 것이 아니고, 언제든지 바뀔 수 있는 거야. 오늘날에도 누구든지 여자와 함께 목사님을 찾아가서 그녀와 결혼하기만 하면 곧바로 그녀와 자도 되잖아. 다른 민족의 경우엔 사정이 다르지. 그건 오늘날에도 여전히 마찬가지야. 그래서 우리는 각자 자신에게 무엇이 허용되고 무엇이 금지되는지 직접 찾아내야만 하는 거야. 사람들은 평생 금지된 일은 전혀 하지 않으면서도, 동시에 엄청난 악한일 수도 있어. 그와 반대의 경우도 있을 수 있고. 사실 이것은 단지 게으름의 문제야! 스스로 생각하고 스스로 판단을 내리기에 너무 게으른 사람은 그냥 기존의 금지 조항에 순응하거든. 그냥 쉽게 해결하는 거지. 다른 사람들은 자기 안에 규범이 존재하는 것을 느껴. 그들에게는 모든 점잖은 사람이 일상적으로 하는 일들이 금지되어 있어. 그리고 다른 사람들에게 금기시되는 다른 일들이 그들에게는 허용되지. 각자가 자기 자신에 대한 책임을 져야 하는 거야."

갑자기 그는 자신이 너무 많은 이야기를 했다고 후회하는 듯했고, 말을 멈췄다. 당시에 이미 나는 그 순간 그가 무엇을 느꼈는지 감정적으로 어느 정도는 파악할 수 있었다. 그러니까 겉보기에는 그가 자신에게 떠오른 생각들을 유쾌하고 가볍게 이야기하는 버릇이 있다고 해도, 언젠가 그가 말했듯 "그저 말을 늘어놓기 위한" 대화를 그는 결코 견디지 못했다. 그런데 내가 진심으로 관심이 있긴 하지만 너무 장난스럽고, 지적인 수다에 큰 재미를 느끼고 있거나 뭔가 그와 비슷한 상태라는 걸, 한마디로 완벽한 진지함이 빠져 있다는 걸 그가 느꼈던 것이다.

내가 써놓은 마지막 말, '완벽한 진지함'을 다시 읽어보니 갑자기 아직도 반은 어린아이였던 그 시기에 막스 데미안과 함께 겪은 가장 강렬한 또 다른 장면이 다시 떠오른다.

우리의 입교식이 다가왔고 종교 수업의 마지막 시간엔 성만찬에 관해 다루었다. 그것이 목사님에겐 중요한 주제였기 때문에 그는 정성스럽게 수업했다. 이 시간에는 무언가 엄숙함과 특별한 분위기를 잘 느낄 수 있었다. 하지만 이 마지막 몇 번의 교리 교육 시간에 내 생각은 다른 것에 매여 있었다. 그것은 바로 내 친구라는 인간이었다. 입교식은 교회 공동체 안에 성대하게 받아들여지는 것이라 배웠다. 그런데 다가오는 입교식을 기다리는 동안 피할 수 없을 정도로 나를 사로잡았던 생각은 약 반년 동안 진행된 이 종교 수업의 가치가 우리가 여기서 배웠던 것들 속에 있지 않다는 것이었다. 데미안과 가까워지고 그의 영향을 받게 된 데 그 가치가 있다고 생각했다. 이제 나는 교회에 받아들여질 준비가 된 것이 아니었다. 아주 다른 곳, 바로 사상과 개성의 교단에 받아들여질 준비가 되어 있었다. 그것은 왠지 지상에 존재하고 있을 것만 같았고, 나는 내 친구가 그 교단의 대표자이자 사신이라고 느꼈다.

나는 이러한 생각을 억누르려고 애썼다. 그 모든 상황에도 입교식 축제를 어느 정도 품위를 지키며 치르겠다는 생각을 진지하게 하고 있었다. 그런데 그 품위는 내가 하는 새로운 생각들과는 별로 어울리지 않는 듯했다. 그래도 나는 내가 원하는 대로 하고 싶었다. 생각은 이미 서 있었다. 그리고 그 생각은 점차 다가오는 교회 축제에 대한 생각과 연결되었다. 나는 그 축제를 다른 이들과는 다른 방식으로 치를 준비가 되어 있었다. 나에게 그 축제는 내가 데미안을 통해 알게 된 사상 세계로 받아들여짐을 의미해야 했다.

그 시기에 내가 또다시 그와 격렬하게 논쟁을 벌인 적이 한 번 있었다. 교리 교육 시간이 시작되기 직전이었다. 내 친구는 마음을 걸어 잠근 상태였고, 상당히 조숙하고 잘난 체하는 것처럼 들렸을 나의 얘기를 그다지 반기지 않았다.

"우리는 말을 너무 많이 하고 있어." 그가 평소와 달리 진지하게 말했다. "똑똑한 말엔 아무런 가치가 없어. 전혀 없지. 그냥 자기 자신을 떠날 뿐이야. 자기 자신을 떠나는 건 죄악이야. 사람은 마치 거북이처럼 자기 자신 안으로 완전히 기어들어갈 수 있어야만 해."

그러고 나서 우리는 곧바로 교실로 들어갔다. 수업이 시작되었고, 나는 집중하려고 애썼다. 데미안은 그런 나를 방해하지 않았다. 잠시 후 그가 앉아 있던 내 옆쪽에서 뭔가 이상한 것이 느껴지기 시작했다. 공허함 혹은 서늘함, 어쨌든 그와 비슷한 느낌이었다. 마치 그 자리가 부지불식간에 비어버리기라도 한 것 같았다. 그런 느낌 때문에 답답해지기 시작했을 때, 나는 그쪽으로 고개를 돌렸다.

거기 나의 친구가 평소처럼 반듯하게, 바른 자세로 앉아 있는 것이 보였다. 하지만 평소와는 완전히 달랐다. 또한 내가 알지 못하는 무엇인가가 그에게서 나오고 있었고, 그를 감싸고 있었다. 나는 그가 두 눈을 감고 있다고 생각했지만, 그는 눈을 뜨고 있었다. 하지만 그 눈은 응시하고 있지 않았다. 그 눈은 보고 있지 않았다. 그의 두 눈은 고정된 채 내면을 향하고 있거나 아주 먼 곳을 향해 있었다. 그는 아무런 움직임도 없이 거기 앉아 있었다. 숨도 쉬지 않는 것 같았다. 그의 입은 마치 나무나 돌로 새겨놓은 것 같았다. 그의 얼굴은 핏기 없이 전체적으로 창백해서 마치 돌 같았다. 그에게서 가장 생기 있는 것은 갈색 머리카락이었다. 그의 두 손은 그의 앞 걸상 위에 마치 돌이나 과일 같은 사물처럼 생기 없고 고요하게 놓여 있었다. 창백하고 미동도 없었지만 축 늘어져 있지는 않았다. 마치 감춰진 강력한 생명을 감싸고 있는 단단하고 훌륭한 겉껍질 같았다.

그 모습을 보자 몸이 떨렸다. 나는 '그는 죽었다!'라고 생각했다. 하마터면 크게 소리 내어 말할 뻔했다. 하지만 그가 죽지 않았다는 것을 알고 있었다. 나는 눈을 떼지 못하고 그의 얼굴을, 이 창백하고 돌처럼 굳은 가면을 뚫어지게 바라보았다. 그리고 느꼈다. 이것이 데미안이다! 그가 평소에 나와 함께 걷거나 이야기할 때의 모습은 그저 잠시 하나의 수행하고, 분위기에 맞추고, 호의에서 함께 행동하는, 절반의 데미안이었다. 하지만 진짜 데미안은 이렇게 생겼다. 돌처럼 굳어 있고, 아주 나이가 많고, 동물 같고, 암석 같고, 아름다우면서 차갑고, 죽어 있는 동시에 들어본 적 없는 생명으로 은밀하게 가득 찬 여기 이 사람과 같았다. 그리고 그의 주위를 둘러싼 이 고요한 공허, 이 창공과 별들의 공간, 이 고독한 죽음!

그가 완전히 자신의 내면으로 들어가 있음을 나는 전율과 함께 느꼈다. 내가 그렇게나 외롭다고 느낀 적은 없었다. 나는 그와 함께하지 못했고, 그는 내가 닿을 수 없는 곳에 있었다. 세상에서 가장 멀리 떨어진 섬에 있는 것보다도 더 먼 곳에 있었다.

나 외에는 다른 누구도 그의 이런 모습을 보고 있지 않다는 사실을 이해하기 어려웠다! 모두가 이 모습을 봐야 했고, 모두가 전율해야 했다! 하지만 아무도 그에게 주의를 기울이지 않았다. 그는 조형물처럼 앉아 있었다. 우상처럼 뻣뻣한 모습이라는 생각이 저절로 들었다. 파리 한 마리가 그의 이마에 앉았고, 천천히 코와 입술 위로 기어갔다. 그는 얼굴 한 번 찡그리지 않았다.

어디에, 그는 지금 어디에 있는가? 그는 무엇을 생각하고, 무엇을 느끼는가? 그는 하늘에 있는 것일까, 지옥에 있는 것일까?

그에게 그 일에 관해서 물어볼 수 없었다. 수업이 끝날 때쯤 그가 다시 살아 숨 쉬는 것을 보았을 때, 그의 시선이 나의 시선과 마주쳤을 때, 그의 모습은 이전과 같았다. 그는 어디에서 왔을까? 그는 어디에 있었을까? 그는 피곤해 보였다. 그의 얼굴은 혈색을 되찾았고, 그의 두 손은 다시 움직였다. 하지만 그의 갈색 머리는 이제 광채를 잃었고 피로해 보였다.

그 후 며칠 동안 나는 침실에서 여러 차례 새로운 연습에 몰두했다. 의자 위에 똑바로 앉아서 두 눈을 고정하고 꼼짝도 하지 않은 채로 내가 얼마나 오랫동안 그 상태를 유지할 수 있는지, 내가 그 상황에서 무엇을 느끼게 될지 알기 위해 기다렸다. 하지만 그저 피곤해질 뿐이었고 눈꺼풀에는 심한 경련이 일었다.

그 직후에 입교식이 있었다. 내겐 그 행사에 대한 중요한 기억이 없다.

이제 모든 것이 달라졌다. 어린 시절은 나의 주변에서 산산조각으로 부서져버렸다. 부모님은 조금 당황하여 나를 바라보았다. 누이들은 내게 아주 낯선 존재들이 되었다. 정신적 각성으로 익숙했던 감정과 즐거움이 왜곡되었고 빛이 바랬다. 정원에는 향기가 나지 않았고, 숲은 이제 유혹적이지 않았다. 나를 둘러싼 세상은 마치 오래된 물건들을 다 재고 처리하고 난 후의 상태처럼 무미건조하고 재미없어졌다. 책들은 그저 종이였고, 음악은 소음이었다. 그렇게 가을날 나무 주위로 잎들이 떨어진다. 나무는 그것을 느끼지 못한다. 빗물이 나무를 따라 흘러내리거나 해가 비치거나 혹은 서리가 내린다. 나무의 내부에서 생명은 가장 좁고 가장 깊은 곳으로 서서히 숨어든다. 나무는 죽지 않는다. 기다린다.

방학이 끝나면 나는 다른 학교로 옮기면서 처음으로 집을 떠나기로 했다. 때때로 어머니는 특별히 다정하게 나를 대했다. 미리 작별하면서 어머니는 사랑, 향수, 잊지 못할 기억을 내 마음속에 불어넣으려고 애썼다. 데미안은 여행을 떠났다. 나는 혼자였다.

제4장 베아트리체

내 친구를 다시 만나지 못한 채로 나는 방학이 끝날 무렵 S시로 갔다. 함께 간 부모님은 굉장히 신경을 써서 나를 어느 김나지움 선생님이 운영하는 남학생 하숙집에 맡겼다. 아마 나를 어떤 곳에 밀어 넣었는지 알았다면, 부모님은 경악해서 굳어버렸을 것이다.

내가 점차 좋은 아들이자 쓸모 있는 시민으로 변모할 수 있을지, 아니면 나의 본성이 다른 길을 향해 달려갈지는 여전히 의문이었다. 아버지의 집과 정신의 그늘에서 행복해지려던 나의 마지막 시도는 꽤 오래 지속되었고, 때때로 거의 성공할 뻔했지만, 결국에는 완전히 실패하고 말았다.

입교식을 마친 후 방학 동안 내가 처음으로 느끼게 된 기이한 공허와 고독(이러한 공허와 희박한 공기를 나는 나중에 또 얼마나 제대로 알게 되었던가!), 그것은 그렇게 빨리 사라지지 않았다. 고향과의 작별은 기이할 정도로 쉬웠다. 그다지 슬프지 않아서 사실은 부끄러울 정도였다. 누이들은 한없이 눈물을 흘렸는데 난 그러지 못했다. 나는 스스로에게 놀랐다. 나는 항상 감정이 풍부했으며, 기본적으로 상당히 착한 아이였다. 그런데 지금은 완전히 바뀌었다. 나는 외부 세계에 완전히 무관심해졌다. 며칠이고 내 내면의 소리에 귀를 기울이고 그곳의 강물 소리를 듣는 데만 몰두했다. 내 내면의 지하에서 쏴쏴거리며 흘러가는 금지된 어두운 강물 소리를. 나는 그 직전 6개월 동안 굉장히 빠르게 성장했다. 이제 키가 크고, 말랐다. 그리고 여전히 미성숙한 상태로 세상을 바라보았다. 소년의 사랑스러움은 내게서 완전히 사라졌다. 나도 사람들이 내 이런 모습을 사랑할 수는 없으리라는 것을 느꼈다. 그리고 스스로도 나 자신을 전혀 사랑하지 않았다. 막스 데미안이 사무치게 그리워질 때가 많았다. 하지만 때로는 그를 증오하기도 했다. 내가 흉측한 질병처럼 감내하고 있는 내 삶의 빈곤함을 그의 탓으로 돌렸다.

처음에 나는 하숙집에서 사랑도 관심도 받지 못했다. 사람들은 처음에는 나를 놀리다가 그다음에는 나에게 거리를 두었다. 나를 속이 음흉하고 기분 나쁜 괴짜라고 여겼다. 나는 그 역할이 마음에 들어서 더 과장되게 행동했다. 그리고 분노하여 고독 속에 처박혔다. 겉으로는 가장 남자답게 세상을 멸시하는 것처럼 보였지만, 사실 나는 나를 갉아먹는 슬픔과 절망의 발작에 남몰래 자주 시달렸다. 학교에서는 고향에서 쌓았던 지식으로 버텨야 했다. 그 학급은 나의 이전 학급보다 약간 뒤처져 있었다. 그래서 나는 동급생들을 약간 무시하면서 애들 취급하는 습관이 생겼다. 1년 이상의 시간이 그렇게 흘러갔다. 방학 때 몇 번 고향 집을 방문했지만 새로운 변화는 없었다. 집을 다시 떠날 때는 마음이 편했다.

11월 초가 되었다. 나는 날씨가 어떻든 간에 사색하며 짧게 산책하는 습관을 들였다. 산책하며 일종의 희열을 느낄 때가 많았다. 그것은 우울함과 세상에 대한 냉소와 자신에 대한 경멸로 가득한 희열이었다. 어느 날 저녁 나는 축축한 안개가 낀 어스름 속에서 도시 근교를 어슬렁거렸다. 공원의 넓은 가로수길은 인적 하나 없이 텅 비어 있어서 걷고 싶은 마음이 들었다. 길 위에는 낙엽이 두껍게 깔려 있었고, 나는 어두운 희열을 느끼며 두 발로 낙엽을 헤집었다. 축축하고 씁쓸한 냄새가 났다. 멀리 있던 나무들이 유령처럼 거대하고 희미하게 안개 속에서 모습을 드러냈다.

가로수길 끄트머리에 이르러 나는 어찌할 바를 모르고 멈춰 서서 검은빛 나뭇잎을 뚫어지게 바라보았다. 풍화되고 사멸되며 풍기는 축축한 향기를 탐욕스럽게 들이마셨다. 내 안의 무엇인가가 그 향기에 반응하고 그것을 반겼다. 오, 인생의 맛은 얼마나 무미건조한가!

옆길에서 깃 달린 외투를 펄럭이며 어떤 사람이 나타났다.

내가 계속 길을 가려는데 그가 나를 불렀다.

"안녕, 싱클레어!"

그가 다가왔다. 우리 하숙집에서 가장 나이가 많은 알폰스 베크였다. 나는 그를 만나는 게 언제나 반가웠다. 그가 자신보다 나이 어린 애들을 대할 때 으레 그렇듯이 내게도 항상 빈정거리고 아저씨처럼 군다는 점 말고는 별다른 반감도 없었다. 그는 굉장히 힘이 세다고 알려졌고, 우리 하숙집 선생님을 좌지우지한다고도 했다. 또한 그는 김나지움 학생들 사이에 떠도는 수많은 소문의 주인공이었다.

"대체 여기서 뭘 하는 거야?" 그는 상급생들이 가끔 우리 중 누군가를 격의 없이 대할 때의 말투로 친근하게 외쳤다. "자, 내가 한번 맞춰볼까. 너 시를 짓고 있는 거지?"

"그런 생각 안 했는데." 나는 무뚝뚝하게 반박했다.

그는 크게 웃음을 터뜨리더니 나와 나란히 걸으며 수다를 떨었는데, 그런 상황은 이제 내게는 굉장히 어색했다.

"내가 그런 걸 잘 이해하지 못할까봐 불안해할 필요는 없어, 싱클레어. 이렇게 저녁 무렵 안개 속을 걷게 될 때, 가을날의 생각에 젖어서 말이지. 그러면 시를 짓고 싶어지는 거잖아. 나도 안다니까. 당연히 죽어가는 자연에 대한 시지. 그리고 자연을 닮은 잃어버린 유년기에 대해서도 그렇고. 하인리히 하이네를 보면 알지."

"난 그렇게 감상적이지 않아." 내가 반박했다.

"그래, 그렇다고 해두자! 하지만 내 생각엔 이런 날씨에는 와인 한잔이나 뭐 그런 것이 있는 조용한 장소를 찾는 게 좋겠어. 같이 가지 않을래? 난 지금 완전히 혼자거든. 혹시 내키지 않는 건가? 네가 모범생이 되고 싶다면, 친구, 난 너를 타락시키는 사람이 되고 싶지는 않아."

얼마 후 우리는 교외의 작은 술집에 앉아 두툼한 잔을 맞부딪치며 품질이 의심쩍은 와인을 마셨다. 처음에는 그 상황이 그다지 마음에 들지 않았지만, 어쨌든 뭔가 새로운 일이긴 했다. 하지만 얼마 지나지 않아 와인에 익숙하지 않은 나는 굉장히 수다스러워졌다. 마치 내 안의 창문이 활짝 열린 것 같았다. 세상의 빛이 쏟아져 들어왔다. 흉금을 털어놓고 얘기해 본 지 얼마나 오래되었던가. 얼마나 지독하게 오래되었던가! 나는 되는대로 떠들어대기 시작했고, 그 와중에 카인과 아벨의 이야기를 늘어놓았다!

베크는 재밌어하며 내 이야기를 들었다. 정말 오랜만에 내가 누군가에게 뭔가를 건네준 것이다! 그는 나의 어깨를 툭툭 치면서 나를 굉장한 녀석이라고 불렀다. 이야기를 나누고 털어놓고 싶다는 욕구가 쌓여 있었는데 그것을 마음껏 흘려보낼 수 있다는 기쁨에, 선배에게 인정받고 나의 존재를 알렸다는 기쁨에 내 마음이 한없이 부풀었다. 그가 나를 천재적인 놈이라고 불렀을 때, 그 단어는 마치 달콤하고 강렬한 와인처럼 내 영혼 속으로 흘러들었다. 세상은 새로운 색채 속에서 불타올랐고, 수백 가지 대담한 원천에서 생각들이 용솟음쳤으며, 정신과 불길이 내 안에서 활활 타올랐다. 우리는 선생님들과 동료 학생들에 대해 이야기를 나눴는데, 난 우리가 서로 아주 잘 통한다고 느꼈다. 우리는 그리스인과 이교도에 대해서도 이야기를 나눴다. 베크는 나에게서 어떻게든 연애사에 대한 고백을 끌어내고 싶어 했다. 하지만 난 이 부분에서는 말을 섞을 수 없었다. 경험이 전혀 없었으니 이야기할 것도 없었다. 내가 속으로 느끼고, 꾸며내고, 상상했던 것들은 내 마음속에서 뜨겁게 불타오르고 있었지만, 아무리 와인의 힘을 빌린다고 해도 그것들을 풀어서 말로 전달할 수 없었다. 베크는 여자들에 대해 훨씬 많이 알았고, 나는 그가 떠벌리는 얘기들을 한껏 달아오른 채 경청했다. 그리고 믿을 수 없는 이야기들을 들었다. 한 번도 가능하다고 생각해보지 않았던 일이 평범한 현실로 드러났고, 그것이 아주 당연한 일처럼 보였다. 알폰스 베크는 열여덟 살쯤 되었는데, 벌써 경험이 많았다. 특히 어린 여자애들을 사귀는 게 까다롭다는 것을 경험으로 알고 있었다. 여자애들은 사탕발림과 근사하게 대해주기만 원한다고 했다. 그런 것도 물론 굉장히 재밌긴 하지만, 진짜는 따로 있다고 했다. 성인 여자들을 만나면 더 많은 것을 얻을 수도 있다는 것이었다. 부인들이 훨씬 더 사리 판단이 뛰어나다고 했다. 예를 들어 공책과 연필을 파는 문구점을 소유한 야겔트 부인은 말도 잘 통할 뿐 아니라 그녀 가게의 계산대 뒤에서 그동안 일어났던 별별 일들은 어떤 책에도 안 나올 거라고 했다.

나는 완전히 홀린 듯이 멍하게 그 자리에 앉아 있었다. 물론 그렇다고 내가 야겔트 부인을 사랑할 수는 없었을 것이다. 하지만 어쨌든 한 번도 들어보지 못한 엄청난 이야기였다. 적어도 좀 더 나이가 많은 애들을 위해서, 내가 한 번도 꿈꿔보지 못한 어떤 샘물이 거기에 흐르는 듯했다. 물론 그 이야기는 뭔가 지어낸 것 같기도 했다. 그리고 모든 게 내가 생각했던 사랑의 느낌보다 더 보잘것없고 평범하게 느껴졌다. 하지만 어쨌든 그것은 실제 현실이었다. 삶이고 모험이었다. 그것을 직접 경험해봤으며 당연하게 여기는 사람이 내 옆에 앉아 있었다.

우리의 대화는 약간 분위기가 가라앉으면서 뭔가 싱거워졌다. 나 역시 더는 천재적인 놈이 아니었다. 이제는 그저 성인 남자의 이야기에 귀 기울이고 있는 아직 어린 소년일 뿐이었다. 그래도 이 모든 것은 지난 몇 달 동안의 내 삶과 비교하면 여전히 근사했고 낙원과도 같았다. 게다가 뒤늦게야 이것이 금지된 일임을 서서히 느낄 수 있었다. 술집에 앉아 있는 것부터 우리가 대화 나누는 내용까지 모든 것이 엄격하게 금지되어 있었다. 어쨌든 나는 정신의 맛을 봤고, 그 안에서 혁명을 느꼈다.

지금도 나는 그날 밤의 일들을 아주 또렷하게 기억한다. 우리 두 사람이 늦은 시간에 흐릿하게 불을 밝히고 있는 가스등을 지나 서늘하고 축축한 밤에 기숙사로 돌아갈 때, 나는 난생처음 술에 취해 있었다. 좋은 느낌은 아니었다. 굉장히 고통스러웠다. 하지만 거기에서도 또 뭔가를 느낄 수 있었는데, 그것은 매혹이고 달콤함이었다. 그것은 반란이었고 방탕이었으며, 진정한 삶이고 정신이었다. 베크는 나더러 형편없는 초보자라고 마구 야단치면서도 정성껏 나를 돌봐줬다. 그는 나를 반쯤은 짊어진 채로 기숙사로 데려왔고, 마침 열려 있던 현관의 창문을 통해 나까지 끌고 몰래 들어오는 데 성공했다.

나는 아주 잠시 죽은 듯이 잠들었다가 통증을 느끼면서 깨어났고, 술이 깨자 끔찍한 괴로움이 나를 덮쳤다. 나는 침대에서 일어나 앉아 있었는데, 전날 입었던 셔츠를 여전히 입은 채였다. 옷가지와 신발은 바닥에 이리저리 흩어져 있었고, 담배와 토사물 냄새가 진동했다. 두통과 메스꺼움, 극심한 갈증 사이로 내가 오랫동안 직시하지 않았던 어떤 형상이 마음에 떠올랐다. 고향과 부모님의 집, 아버지와 어머니, 누이들과 정원이 보였다. 고요하고 아늑한 나의 침실이 보였다. 학교와 광장이 보였다. 데미안과 입교식 수업 장면이 보였다. 이 모든 것은 환하게 빛났다. 모든 것이 광채에 둘러싸여 있었다. 근사하고 신성하고 순수했다. 그리고 이 모든 것이 어제까지만 해도, 몇 시간 전만 해도 나의 것이었고, 나를 기다리고 있었음을 그제야 깨달았다. 그런데 지금, 바로 이 순간 그것은 타락하고 저주받았고, 이제 더는 나의 것이 아니었다. 그것은 나를 추방하고 혐오의 눈으로 나를 보고 있었다! 아주 멀리, 황금빛으로 빛나는 어린 시절의 정원까지 돌이켜볼 때 그동안 내가 부모님에게서 받았던 모든 사랑과 친밀함, 어머니의 모든 키스, 모든 크리스마스, 경건하고 밝았던 집에서의 일요일 아침, 정원의 모든 꽃, 이 모든 것이 황폐해졌다. 내가 그 모든 것을 발로 짓밟아버렸다! 지금 당장 형리가 와서 나를 묶고, 나더러 인간쓰레기이고 신성모독자라며 교수대로 끌고 간다고 해도 나는 그에 동의해 순순히 따라갈 것이다. 그리고 그 일이 공정하고 올바르다고 여길 것이다.

실제로 내 내면의 모습이 그랬다! 이곳저곳을 돌아다니며 세상을 경멸했던 내가! 정신에 대한 자부심이 있고, 데미안의 생각을 함께 나눴던 내가 말이다! 실제로 나의 모습은 그랬다. 나는 인간쓰레기이고 음담패설을 좋아하는 자, 술에 절고 때 묻은 자, 구역질 나고 천박한 자, 추악한 본능의 지배를 받는 거친 들짐승이었다! 나의 모습이 그랬다. 바로 나, 모든 것이 순결하고 빛나고 사랑스럽도록 다정한 저 정원에서 온 나, 바흐의 음악과 아름다운 시를 사랑했던 내가 말이다! 나는 구역질과 분노를 느끼며 나 자신의 웃음소리를 여전히 듣고 있었다. 술에 취해서 제어되지 않고, 경련하듯 바보같이 터져 나오는 웃음소리, 그게 나였다!

하지만 이러한 고통을 겪는 것은 행복한 체험에 가까웠다. 너무나 오랫동안 나는 무지했고 우둔하게 기어 다녔다. 너무나 오랫동안 나의 심장은 침묵했으며 초라하게 구석에 처박혀 있었다. 따라서 이러한 자책도, 섬뜩함도, 나의 영혼이 느끼는 이 모든 끔찍한 감정도 모두 반가웠다. 어쨌든 감정을 느꼈고, 불길이 치솟았으며, 그 안에서 심장이 움찔거렸다! 나는 비참함의 한가운데서 해방과 봄 같은 무언가를 느끼고 당황스러워했다.

그러는 동안 겉으로 보이는 내 상황은 거칠 것 없이 내리막길을 달렸다. 처음으로 술에 취한 후 곧 그런 일이 반복되었다. 우리 학교 학생들은 술집에 자주 가서 소란을 피우곤 했다. 나는 그런 짓에 동참하는 학생 중에서 제일 어린 축에 속했다. 얼마 지나지 않아 나는 그냥 끼워준 어린애가 아니라 주동자이자 인기인, 유명하고 대담한 술집 방문자가 되었다. 나는 또다시 완전히 어두운 세계와 악마에게 속하게 되었고, 이 세계 안에서 유명한 녀석으로 여겨졌다.

그때 내 기분은 한없이 비참했다. 나는 자기 파괴적인 방탕함 속에서 빈둥거리며 살았다. 나는 동급생들 사이에서는 우두머리이자 굉장한 녀석으로 불렸고, 대단하게 용감하고 재치 있는 사내아이로 여겨졌는데도 나의 내면 깊숙한 곳에서는 두려움에 휩싸인 영혼이 큰 불안에 떨며 요동치고 있었다. 어느 일요일 오전에 술집에서 나오다가 방금 빗질한 듯한 깔

끔한 머리와 일요일에 입는 외출복을 차려입은 아이들과 마주친 적이 있다. 그 아이들이 환한 표정으로 즐겁게 길에서 노는 모습을 본 순간, 내 눈에서 눈물이 흘렀던 것을 지금도 기억한다. 보잘것없는 술집에서 맥주로 얼룩진 더러운 탁자에 앉아 과격하고 조롱이 섞인 이야기로 친구들을 웃겨주고 자주 놀래주기도 했지만, 숨겨진 내 마음속에서 나는 내가 조롱했던 모든 것에 경외심을 품고 있었고, 마음속으로 눈물을 흘리면서 내 영혼 앞에 무릎을 꿇고 있었다. 나의 과거 앞에, 나의 어머니 앞에, 하느님 앞에 무릎을 꿇고 있었다.

나는 결코 함께 술집에서 어울렸던 애들과 한마음이었던 적이 없었고, 그들 사이에서 언제나 외로워하며 그 때문에 굉장히 고통스럽기도 했는데, 그렇게 된 데는 그럴 만한 이유가 있었다. 나는 가장 거친 애들이 마음에 들어 하는 술집의 영웅이자 조롱꾼이었다. 나는 재기가 넘쳤고, 선생님, 학교, 부모님, 교회에 대한 나의 생각을 용감하게 이야기했다. 음담패설도 들어 넘겼고, 심지어 직접 해보기까지 했다. 하지만 나의 술친구들이 여자애들한테 갈 때는 한 번도 같이 가지 않았다. 내가 늘어놓은 이야기대로라면 나는 닳아빠진 향락주의자여야 했겠지만, 나는 혼자였다. 내 마음은 사랑을 하고 싶어 불타오르는 갈망으로, 이루어질 가망 없는 갈망으로 가득 차 있었다. 나만큼 상처를 잘 받는 사람은 없었고, 나만큼 부끄러워하는 사람도 없었다. 이따금 귀엽고 단정한 차림의 평범한 소녀들이 가볍고 우아하게 내 앞에서 걸어가는 모습을 볼 때면, 내게는 그들이 너무나 아름답고 순수한 꿈처럼 보였다. 내가 결코 닿지 못할 만큼 천배나 훌륭하고 순수한 존재들이었다. 한동안 나는 야겔트 부인의 문구점에도 가지 못했다. 그녀의 얼굴을 볼 때면 알폰스 베크가 그녀에 대해 말해준 것들이 생각나서 얼굴이 빨개졌기 때문이다.

내가 이 새로운 모임에서조차 계속해서 외로워하고, 나 자신이 남들과 다르다고 느낄수록 도리어 이 모임에서 헤어나기가 점점 더 어려워졌다. 내가 폭음하고 주정하는 걸 실제로 좋아했던 적이 한 번이라도 있었는지 지금으로서는 정말 모르겠다. 술 마시는 일에도 끝까지 적응을 못 해서 매번 숙취로 고생하곤 했다. 그 모든 것이 강요에 의한 일 같았다. 달리 어떤 일을 시작해야 할지 전혀 알 수가 없었으므로 내가 해야만 하는 일을 할 뿐이었다. 나는 오랫동안 혼자 있는 것을 두려워했다. 내 마음속에서 끊임없이 일어나는 부드럽고 수줍고 내밀한 수많은 감정적 동요가 두려웠다. 또한 내가 굉장히 자주 빠져드는 달콤한 사랑에 대한 생각이 두려웠다.

나에겐 친구가 가장 필요했다. 내가 굉장히 좋아했던 동급생이 두세 명 있긴 했지만 그들은 모범생이었다. 나의 못된 행실은 이미 오래전부터 모두에게 잘 알려져서 그들은 나를 피했다. 모두가 나를 개선의 여지가 없고, 앞으로 어찌 될지도 모르는 망나니로 보았다. 선생님들은 나에 대해 많이 알고 있었다. 나는 여러 번 무거운 처벌을 받았다. 내가 결국에는 학교에서 퇴학당할 거라는 건 이미 예견되어 있었다. 나 자신도 그것을 알고 있었다. 나는 이미 오래전부터 좋은 학생이 아니었으며, 상황을 회피하고 속임수를 써가며 힘겹게 버티고 있었다. 그런 상태가 오래 지속될 수 없다는 것을 나도 느끼고 있었다.

하느님이 우리를 외롭게 만들어서 우리 자신에게로 이끌 수 있는 길은 매우 다양하다. 당시 하느님은 이 길을 나와 함께 갔다. 그것은 마치 나쁜 꿈 같았다. 더럽고 끈적거리는 것들 너머로, 깨진 맥주잔들과 냉소적인 수다로 지새운 밤들 너머로 나는 나의 모습을 본다. 마법에 사로잡힌 몽상가의 모습을 한 채 불안해하고 고통받으며 흉측하고 더러운 길을 기어가고 있다. 공주를 찾아 나섰다가 더러운 진창에 빠지거나 악취와 오물로 가득한 뒷골목에 옴짝달싹 못 하는 꿈을 꿀 때가 있다. 당시 내 상황이 그랬다. 나는 이렇게 품위 없는 방식으로 외로워지도록 정해졌다. 또한 나와 어린 시절 사이에 에덴동산으로 가는 문이 굳게 닫히고 그 앞에 무자비하게 환히 빛나는 문지기들이 서 있도록 정해졌다. 그것은 시작이었다. 나 자신을 향한 그리움이 깨어났다.

하숙집 주인의 경고 편지를 받은 아버지가 처음으로 S시에 와서 불시에 내 앞에 나타났을 때만 해도 나는 깜짝 놀라 몸을 움찔했다. 그 겨울이 끝날 무렵 아버지가 두 번째로 나타났을 때 나는 이미 냉정하고 무감각해져서 아버지가 화를 내든 애원하든 어머니 얘기를 하든 아무런 반응도 하지 않았다. 결국 아버지는 굉장히 분노해서 만약 내가 달라지지 않는다면 톡톡히 창피를 당하고 학교에서 쫓겨나도록 할 것이며, 교화 시설에 처넣겠다고 말했다. 그러시든가! 당시에 아버지가 다시 떠났을 때 조금은 안됐다는 생각이 들었다. 하지만 아버지는 아무것도 이루지 못하지 않았던가. 아버지는 나에게로 오는 길을 찾지 못했던 것이다. 가끔은 아버지가 이런 대우를 받는 게 당연하다는 생각이 들었다.

내가 장차 무엇이 되든 상관없었다. 나는 내 나름의 기이하고도 모난 방식으로, 술집에 죽치고 앉아 거들먹거리면서 세상과 싸웠다. 이것이 내가 저항하는 방식이었다. 그러면서 나는 스스로를 망가뜨렸고, 때때로 상황을 이런 식으로 이해했다. 그러니까 세상이 나 같은 사람들을 필요로 하지 않는다면, 세상이 그들에게 더 나은 자리와 더 의미 있는 과제를 제시하지 않는다면, 그렇다면 나와 같은 사람들은 그저 망가질 수밖에 없다고. 그 손해는 결국 세상이 감당할 일이라고.

그해의 크리스마스 방학은 정말이지 즐겁지 않았다. 어머니는 나를 다시 보자 소스라치게 놀랐다. 나는 키가 더 자랐고, 야윈 얼굴은 잿빛인 데다가 피부는 늘어지고 눈 가장자리에는 염증이 생겨 엉망진창이었다. 이제 기르기 시작한 콧수염 자국과 얼마 전부터 끼고 다닌 안경 때문에 어머니는 내가 더 낯설게 보였을 것이다. 누이들은 뒤로 물러나 키득거렸다. 모든 상황이 불쾌했다. 아버지의 서재에서 아버지와 나눈 대화도 불쾌하고 씁쓸했다. 몇몇 친척과 나눈 인사도 불쾌했다. 무엇보다도 불쾌했던 것은 크리스마스이브였다. 내가 기억하는 한 크리스마스이브는 우리 집에서 굉장히 중요했다. 그것은 축제와 사랑과 감사가 있는 저녁이었고, 부모님과 나 사이의 유대를 새롭게 하는 저녁이었다. 하지만 이번에는 모든 것이 그저 답답하고 당황스럽기만 했다. 평소처럼 아버지는 복음서에서 들판의 목자들에 관한 구절을 읽었다. "목자들이 그곳에서 자기 양 떼를 지키고 있었다." 평소처럼 누이들은 환한 표정으로 선물 탁자 앞에 서 있었다. 하지만 아버지의 목소리에서는 기쁨이 느껴지지 않았다. 아버지의 얼굴은 늙고 답답해 보였다. 어머니는 슬픔에 잠겨 있었다. 선물과 축복의 인사들, 복음과 크리스마스트리, 내게는 이 모든 것이 곤혹스러운 동시에 달갑지 않았다. 레프쿠헨은 달콤한 냄새를 풍기면서 그보다 더 달콤한 기억을 한 무더기 쏟아냈다. 크리스마스트리의 향기는 이제 더는 존재하지 않는 것들에 대해 이야기했다. 나는 저녁 행사가 어서 끝나기를, 크리스마스 연휴가 어서 지나가기를 간절히 바랐다.

겨우내 같은 상황이 지속되었다. 그 직전에 나는 교사회로부터 강력한 주의와 함께 퇴학당할 수도 있다는 경고를 받은 상태였다. 그다지 오래 걸리지 않을 일이었다. 그렇게 된다고 해도 상관없었다. 나는 막스 데미안에게 특별한 분노를 느끼고 있었다. 그 기간 내내 그를 다시 보지 못했다. S시에서 학교를 다니기 시작할 무렵, 그에게 두 번 편지를 썼지만 답장을 받지 못했다. 그래서 방학 동안에도 그를 찾아가지 않았다.

지난가을 알폰스 베크와 만났던 바로 그 공원에서 가시나무 울타리에 이제 막 초록이 움트기 시작하던 초봄에 한 젊은 여성이 내 눈에 띄었다. 그때 나는 온갖 불쾌한 생각과 근심에 싸여 혼자 산책 중이었다. 나는 건강이 나빠졌고 계속해서 돈 문제로 어려움을 겪고 있었다. 친구들에게 빚을 지고 있었고, 또다시 집에서 약간의 돈을 받아내기 위해 꼭 필요한 지출 항목을 지어내야만 했다. 또한 여러 가게에 내가 갚아야 할 담배를 비롯한 여러 물건의 청구서가 점점 늘어났다. 이러한 고민이 굉장히 심각할 정도는 아니었다. 조만간 여기서 지내는 것도 끝나고, 내가 물속으로 들어가거나 교화 시설로 보내진다면 이러한 사소한 일 몇 가지 정도야 별로 중요하지 않을 것이었다. 하지만 어쨌든 나는 여전히 그런 불편한 일들과 대면하며 살았고 그로 인해 고통받았다.

그 봄날 공원에서 우연히 만난 젊은 여성은 굉장히 매력적이었다. 그녀는 키가 크고 날씬했다. 우아하게 옷을 차려입었고 영리한 소년의 얼굴을 하고 있었다. 그녀를 보자마자 마음에 들었다. 그녀는 내가 좋아하는 유형의 사람이었다. 그녀

덕분에 나는 상상력을 발휘할 수 있었다. 아마도 그녀는 나와 비슷한 나이일 듯했다. 그런데도 훨씬 성숙하고 우아했으며, 전체적인 균형이 잘 잡혀 있어 이미 성숙한 여인처럼 보였다. 하지만 얼굴에는 도도함과 소년미의 흔적이 살짝 남아 있었는데, 나는 그게 굉장히 마음에 들었다.

나는 내가 반한 여자와 가까워지는 데 성공해본 적이 없었다. 이번에도 마찬가지였다. 하지만 이번에 받은 인상은 그 이전의 다른 여자들의 경우보다 훨씬 더 깊이 남았고, 그녀를 향해 품은 연정이 내 삶에 미친 영향은 막강했다.

갑자기 하나의 형상, 고상하고 숭배해야 할 형상이 다시 내 앞에 나타났다. 아, 내 마음속의 어떤 욕구나 갈망도 경외하고 숭배하고 싶다는 소망만큼 깊고 격렬하지 않았다! 나는 그녀에게 베아트리체라는 이름을 부여했다. 나는 단테의 작품을 읽어보지는 않았지만, 내가 소장한 어느 영국 회화 작품의 복제본을 통해 그 인물을 알고 있었기 때문이다. 그 그림에는 젊은 여성의 형상이 영국 라파엘 전파•의 화풍으로 그려져 있었다. 굉장히 길쭉길쭉하고 날씬한 체형에 두상은 가늘고 길었으며, 두 손과 표정에는 정신이 깃들어 있었다. 마찬가지로 나의 아름답고 젊은 여성 역시 날씬하고 얼굴과 몸의 윤곽

● 1848년 영국의 화가들이 결성한 개혁적인 문예 유파로, 자연스러운 화풍을 추구했다.

에서 내가 좋아하는 소년미를 풍겼으며, 얼굴에 뭔가 정신이 깃든 모습, 혹은 혼이 담긴 듯한 모습이었다. 그런데도 그녀는 그림 속의 여성과 완전히 닮지는 않았다.

나는 베아트리체와 단 한마디도 대화를 나눠본 적이 없었다. 그런데도 그녀는 당시 내게 가장 깊은 영향을 미쳤다. 그녀는 내 앞에 자신의 형상을 세웠고, 내게 성전의 문을 열어주었으며, 나를 사원에서 기도하는 자로 만들었다. 하루아침에 나는 술판을 벌이고 밤새도록 싸돌아다니던 버릇을 그만두었다. 나는 다시 혼자 있는 게 가능해졌고, 책을 즐겨 읽게 되었으며, 산책을 즐기게 되었다.

갑작스러운 개심으로 나는 엄청난 조롱을 받았다. 하지만 이제 나에게는 사랑하고 숭배할 대상이 있었다. 나는 다시 이상을 소유하게 되었다. 삶은 다시 예감으로 가득했고, 다채롭고 비밀스러운 여명으로 충만했다. 덕분에 나는 조롱에 무던할 수 있었다. 비록 숭배하는 형상의 노예이자 하인일 뿐이었지만, 나는 다시 나 자신에게로 돌아왔다.

일말의 감동 없이 그 시절을 회상하기란 어렵다. 무너져버린 내 삶의 한 시기의 잔해들을 모아 나를 위한 '밝은 세계'를 건설하고자 나는 마음을 다해 애쓰고 노력했다. 또다시 나는 내 안에 있는 어둡고 악한 것을 없애버리고, 온전히 환한 곳에 머물며 신들 앞에 무릎을 꿇고 싶다는 유일한 갈망만 품고 살았다. 어쨌든 지금의 이 '밝은 세계'는 어느 정도 나 자신이 창조해낸 것이었다. 더는 어머니에게로, 무책임한 아늑함 속으로 도망쳐서 숨지 않았다. 이것은 책임감과 자기 절제를 통해 나 스스로 만들어내고 요청한 새로운 예배였다. 나를 고통스럽게 하고, 매번 도망치게 만들곤 했던 성적 욕구는 이제 이 거룩한 불길 속에서 정신과 기도로 정화되어야 했다. 이제 더는 어두운 것, 음란한 것이 있어서는 안 되었다. 신음과 함께 밤을 지새우고, 외설적인 그림들을 보며 두근거리고, 금지된 문 앞에서 엿듣고, 육체적인 욕망을 품는 일도 이제는 중단해야 했다. 이 모든 것 대신에 베아트리체의 형상으로 나의 제단을 마련했다. 그녀에게 나 자신을 바침으로써 나는 정신과 신들에게 나 자신을 바쳤다. 나는 어두운 힘들로부터 다시 거둬온 삶의 몫을 밝은 힘들에 제물로 바쳤다. 나의 목표는 쾌락이 아니라 정결이었고, 행복이 아니라 아름다움과 영성이었다.

베아트리체를 숭배하면서 내 삶은 완전히 바뀌었다. 어제까지만 해도 나는 조숙한 냉소주의자였는데, 지금은 성인이 되겠다는 목표를 가진 신전의 관리인이었다. 그동안 익숙해졌던 불량한 삶을 버렸을 뿐만 아니라 모든 것을 바꾸려고 노력했다. 모든 일에 정결함과 고상함과 품위를 갖추려고 노력했다. 먹고 마실 때나 말하거나 옷을 입을 때도 그 점을 생각했다. 처음에는 힘겹고 억지로 해야 했지만, 냉수욕으로 아침을 시작했다. 진지하고 품위 있게 행동했고, 자세를 반듯하게 하고 이전보다 천천히, 위엄 있게 걸었다. 구경꾼들에게는 우습게 보였을 수도 있지만 나의 내면에서 그것은 오직 예배일 뿐이었다.

나의 새로운 신념을 표현하기 위해 시도해봤던 온갖 새로운 연습 중에서 한 가지가 내게 중요해졌다. 나는 그림을 그리기 시작했다. 내가 가지고 있던 영국 화가의 베아트리체 그림이 내가 숭배하는 여성과 그다지 비슷하지 않기 때문이었다. 나 자신을 위해 그녀를 그려보고 싶었다. 나는 얼마 전부터 방을 혼자 쓰고 있었는데, 아주 새로운 기쁨과 희망을 느끼며 내 방에 고운 종이와 물감과 붓을 모아놓고, 팔레트, 유리컵, 도자기 접시, 연필 들을 가지런히 정돈해두었다. 내가 구매한 작은 튜브 속의 고급 템페라 물감들은 나를 매혹했다. 그중에는 강렬한 산화크로뮴 녹색도 있었는데, 그것이 작고 하얀 접시에 담겨 광채를 발하던 모습은 지금도 생생하게 보이는 듯하다.

나는 조심스럽게 시작했다. 얼굴은 그리기 어려워서 연습 삼아 다른 것들을 그려보고자 했다. 장신구, 꽃, 상상 속의 작은 풍경, 예배당 옆의 나무 한 그루, 사이프러스가 있는 로마의 다리를 그렸다. 때때로 나는 이 장난 같은 행위에 완전히 빠져들었고, 크레파스 상자를 손에 쥔 아이처럼 행복해했다. 하지만 결국 베아트리체를 그리기 시작했다.

몇 장의 그림은 완전히 망쳐서 없애버렸다. 가끔 거리에서 마주쳤던 그 여성의 얼굴을 떠올려보려고 애쓸수록 점점 더 생각이 나지 않았다. 마침내 나는 그녀의 얼굴을 떠올리는 건 포기하고 상상력이 시키는 대로 그냥 얼굴 하나를 그리기 시작했다. 그리고 일단 시작한 그림이 이끄는 대로, 물감과 붓이 저절로 인도하는 대로 따라서 그렸다. 그 결과 탄생한 그림은 꿈에서 본 얼굴이었는데, 내 눈에는 나쁘지 않아 보였다. 그래도 나는 멈추지 않았고 계속 그림을 그렸다. 새로 그린 그림들은 점점 더 뚜렷하게 무언가를 말했고, 그 그림들은 비록 실제의 모습과는 완전히 달랐지만, 그 유형에 점점 더 가까워졌다.

나는 꿈꾸는 듯한 붓놀림으로 선을 그리고 평면을 채워가는 데 점점 더 익숙해졌다. 그리려는 대상도 없이, 유희하는 손길과 무의식으로 그림을 그렸다. 어느 날 나는 마침내, 거의 의식도 없는 상태에서 얼굴 하나를 완성했다. 그 얼굴은 이전에 그렸던 것들보다 더 강력하게 내게 말을 걸고 있었다. 그것은 저 젊은 여성의 얼굴이 아니었는데, 사실 나는 이미 오래전부터 더는 그 얼굴을 그리려고 하지도 않았다. 그것은 뭔가 다른 얼굴이었다. 실재하지 않는 얼굴, 그런데도 충분히 가치 있는 얼굴이었다. 그 얼굴은 젊은 여자의 얼굴이라기보다는 젊은 남자의 얼굴처럼 보였다. 머리카락은 나의 귀여운 여인이 밝은 금발인 데 반해 붉은 기운이 도는 갈색이었고, 턱은 강인하고 단단했으나 입술은 붉게 피어났다. 전체적으로 약간 뻣뻣하고 가면 같았지만, 그래도 인상적이었고 비밀스러운 생명으로 가득 차 있었다.

완성된 그림 앞에 앉아 있던 나는 그 그림에서 기이한 인상을 받았다. 그것은 신의 화상 혹은 신성한 가면처럼 보였다. 절반은 남성적이고 절반은 여성적이었다. 나이를 가늠할 수 없고, 의지가 강해 보이는 동시에 꿈꾸는 듯 경직되어 있었으나 은밀한 생명력이 넘쳐흘렀다. 이 얼굴은 내게 뭔가를 말하려고 했다. 그것은 나의 것이었으며, 내게 무언가를 요구했다. 그리고 그 얼굴은 누군가와 비슷해 보였는데, 그게 누구인지는 알 수 없었다.

그 이후 한동안 그 그림은 내가 무슨 생각을 하든 따라다녔고, 나의 삶과 함께했다. 나는 그 그림을 서랍 속에 숨겨두었다. 누구든 그림을 발견하고 나를 비웃는 일이 없도록 하기 위해서였다. 하지만 나의 작은 방에 혼자 있게 될 때면, 즉시 그림을 꺼내어 들여다보곤 했다. 저녁이면 그림을 침대 위 벽지에 마주 보이도록 핀으로 꽂아두고, 잠이 들 때까지 그것을 바라보았으며, 아침에도 나의 시선은 제일 먼저 그곳을 향했다.

바로 그 시기에 나는 내가 어린아이였을 때 늘 그랬던 것처럼 또다시 꿈을 많이 꾸기 시작했다. 몇 년 동안은 꿈을 꾸지 않았던 것 같다. 이제 다시 꿈들이 내게 찾아왔는데, 완전히 새로운 종류의 형상들이었다. 또한 내가 그린 그림이 꿈속에 자주 등장했다. 그림은 살아서 말을 하거나 내게 친근할 때도 있었고 적대적일 때도 있었으며, 어떨 때는 추할 정도로 얼굴을 찡그리기도 했다. 또한 한없이 아름답고 조화롭고 고상한 모습일 때도 있었다.

어느 날 아침, 또다시 그런 꿈을 꾸다가 깨어나면서 나는 갑작스럽게 그 그림을 알아보았다. 그 그림은 믿기 어려울 정도로 친숙하게 나를 바라보고 있었고, 나의 이름을 부르는 것 같았다. 마치 어머니가 알듯이 나를 잘 아는 것 같았고, 태곳적부터 내게 관심을 기울여온 것 같았다. 두근거리는 가슴으로 그 그림을 바라보았다. 갈색의 빽빽한 머리카락, 절반쯤 여성적인 입, 특이하게 환히 빛나는(건조되면서 저절로 그렇게 되었다) 강인한 이마를 보았다. 그러자 나의 내면에서 내가 그것을 인식하고 있으며, 다시 발견했고, 누구인지 안다는 느낌이 점점 더 강해졌다.

나는 침대에서 벌떡 일어났다. 아주 가까이에 서서 그 얼굴을 바라보았다. 특히 크게 뜬 채로 녹색이 감돌며 굳어 있는 두 눈을 들여다보았는데, 오른쪽 눈이 왼쪽 눈보다 조금 더 높이 자리 잡고 있었다. 그런데 갑자기 오른쪽 눈이 찡긋거렸다. 가볍고 섬세하게, 하지만 분명히. 그리고 이 찡긋거림을 보는 순간 나는 그 그림의 얼굴을 알아보았다…….

어떻게 이토록 늦게서야 그것을 알아챌 수 있었단 말인가! 그것은 데미안의 얼굴이었다.

나중에 나는 그 그림을 내 기억 속에 남아 있는 데미안의 실제 표정들과 자주 비교해보았다. 그것들은 서로 비슷하기는 했지만, 절대 똑같지는 않았다. 그래도 그것은 데미안이었다.

언젠가 어느 초여름 저녁에 서쪽으로 난 창문을 통해 불그스름한 햇빛이 비스듬하게 비쳐 들어온 적이 있었다. 방 안은 어슴푸레해졌다. 그때 베아트리체 혹은 데미안의 초상화를 유리창의 십자형 창살 위에 핀으로 꽂아서 저녁 해가 어떻게 그 사이로 비치는지를 보고 싶다는 생각이 들었다. 얼굴이 흐릿해지면서 윤곽은 사라졌지만, 가장자리가 붉게 물든 두 눈, 이마 위의 광채와 강렬한 빨간색 입은 종이 표면 위에서 짙고도 거칠게 빛을 발했다. 나는 오랫동안, 얼굴이 전혀 보이지 않게 되었을 때까지도 그 맞은편에 앉아 있었다. 그런데 점점 그 얼굴이 베아트리체도 아니고, 데미안도 아니고, 바로 나 자신이라는 생각이 들었다. 그 그림은 나와 닮지 않았고 그래야 하는 것도 아니라고 생각했다. 그런데도 그것은 내 삶의 본질이었다. 그것은 나의 내면이었고, 나의 운명 혹은 내 안의 데몬•이었다. 만약 내가 언젠가 또다시 친구를 갖게 된다면, 그는 바로 이런 모습일 것이다. 만약 나에게 언젠가 연인이 생긴다면, 그녀는 이런 모습일 것이다. 나의 삶과 나의 죽음이 바로 그런 모습일 것이다. 이것은 내 운명의 음향이자 리듬이었다.

• 고대 그리스어로 '귀신' 또는 '정령'이라는 뜻. 오늘날에는 주로 '악령'을 뜻한다.

그 무렵 나는 책을 한 권 읽기 시작했다. 그 책은 내가 과거에 읽었던 어떤 책들보다도 더 깊은 인상을 내게 남겼다. 그 이후에도 니체 정도를 제외하면, 책을 읽으면서 그런 경험을 한 적은 드물었다. 편지와 잠언을 담은 노발리스•의 책이었는데, 나는 그중 많은 부분을 이해하지 못했는데도 그 모든 내용이 이루 말할 수 없을 만큼 나를 매혹하고 사로잡았다. 그때 그 잠언 중의 한 구절이 갑자기 떠올랐다. 나는 펜으로 그 구절을 그림 아래에 적었다. "운명과 기질은 같은 개념의 다른 이름들이다." 그 구절의 의미가 이제야 이해가 되었다.

나는 내가 베아트리체라고 이름 붙인 소녀와 여전히 자주 마주쳤다. 이제 그녀를 보아도 더는 동요하지 않았지만, 그래도 항상 가벼운 동질감을 느꼈고 감정적인 예감을 하고 있었다. 너는 나와 연결되어 있다. 하지만 네가 아니라 단지 너의 형상만 연결되어 있다. 너는 내 운명의 일부야.

막스 데미안에 대한 그리움이 다시 커졌다. 나는 그의 소식을 전혀 몰랐다. 몇 년 동안 아무것도 듣지 못했다. 방학 중에 단 한 번 그를 우연히 만난 적이 있었다. 내가 이 기록 속에서 이 짧은 만남을 언급하지 않았다는 것을 이제야 깨달았다. 그리고 그것이 창피함과 허영심 때문이었다는 것을 알겠다. 이

• 독일의 시인이자 철학자. 초기 낭만주의의 대표자다.

제라도 그 이야기를 적어야겠다.

그러니까 방학 중의 어느 날이었다. 당시 술집을 드나들던 시절의 거만하고 만성적으로 피로한 얼굴을 한 채 나는 고향 도시의 이곳저곳을 어슬렁거리고 있었다. 산책용 지팡이를 흔들며 속물들의 늙고 한결같고 한심스러운 얼굴들을 쳐다보고 있는데, 맞은편에서 나의 옛 친구가 걸어왔다. 그를 보자마자 나는 흠칫했다. 순간적으로 프란츠 크로머를 떠올리지 않을 수 없었다. 정말이지 데미안이 그 이야기를 잊어버렸다면 좋을 텐데! 그에게 이런 빚을 지고 있다는 것이 몹시 불편했다. 사실 그냥 철없는 어린애들 이야기이긴 했지만, 그래도 어쨌든 빚이었다.

그는 내가 자신에게 인사할 것인지 지켜보는 것 같았다. 내가 최대한 태연하게 인사하자 그가 내게 손을 내밀었다. 그것은 여전한 데미안의 악수였다! 굉장히 힘 있고, 따뜻하고, 그러면서도 차갑고 남자다운 악수였다!

그는 내 얼굴을 유심히 살펴보더니 이렇게 말했다. "많이 컸구나, 싱클레어." 내가 보기에 그는 하나도 변하지 않은 것 같았다. 예전과 똑같이 나이 들어 보였고 똑같이 젊어 보였다.

그가 나를 따라와서, 우리는 함께 산책하며 그저 사소한 일들에 대해서만 이야기를 나누었다. 과거에 대해서는 한마디도 하지 않았다. 그때 문득 이전에 그에게 여러 번 편지를 썼지만, 그가 한 번도 답장하지 않았다는 사실이 떠올랐다. 아,

그가 정말로 바보 같은 그 편지들을 잊어버렸다면 좋을 텐데! 그는 편지에 대해서는 한마디도 하지 않았다. 당시에는 아직 베아트리체도, 그림도 존재하지 않았다. 내가 아직 방탕하게 지내던 시기였다. 교외에 이르러 나는 그에게 술집에 가서 술을 한잔 사겠다고 제안했다. 그가 함께 들어갔다. 나는 거드름을 피우며 와인 한 병을 주문했고, 잔을 채워 그와 건배하면서 내가 대학생들의 음주 문화에 아주 익숙하다는 사실을 보여주었다. 첫 번째 잔 역시 단숨에 비웠다.

"술집에 많이 가는구나?" 그가 내게 물었다.

"그렇지 뭐." 내가 심드렁하게 말했다. "달리 할 일이 뭐가 있겠어? 결국엔 그게 제일 재미있는 일인걸."

"그렇게 생각해? 그럴 수도 있겠다. 거기에도 정말 멋진 면이 있긴 하니까. 도취나 바쿠스적인 것 말이야! 하지만 내가 볼 때 술집에 죽치고 있는 사람들 대부분은 그런 체험을 전혀 하지 못하는 것 같아. 그런 식으로 술집을 돌아다니는 짓이야말로 정말 속물적인 행동인 것 같거든. 그래, 하룻밤 정도 활활 타오르는 횃불을 들고 제대로 멋지게 취하고 황홀경에 빠지러 갈 수는 있어! 하지만 그런 식으로 반복해서 술잔을 계속 비워댄다면, 그건 아마도 진실한 것이 아니겠지? 예를 들면 넌 밤마다 단골 술집에 앉아 있는 파우스트의 모습을 상상할 수 있겠어?"

나는 술을 들이켜고는 적의에 차서 그를 바라보았다.

"글쎄, 하지만 모두가 파우스트는 아니니까." 나는 짧게 말했다.

그는 약간 의아해하며 나를 바라보았다.

그러더니 예전의 활기와 우월함을 보이며 웃음을 터뜨렸다.

"아니, 그런 문제로 다툴 이유가 뭐가 있겠어? 어쨌든 술꾼이나 방탕한 사람의 삶이 흠잡을 데 없는 시민의 삶보다는 아마도 더 활기찰 테니까. 그리고 말이야, 내가 언젠가 읽은 건데, 방탕한 사람의 삶은 신비주의자가 되기 위한 최고의 준비 과정 중의 하나라고 하더군. 나중에 예언자가 되는 성 아우구스티누스 같은 사람들도 항상 존재하잖아. 성 아우구스티누스 역시 그전에는 향락주의자에 방탕아였지."

나는 불신에 차 있었고, 그의 훈계를 듣고 싶은 생각이 전혀 없었다. 그래서 거만한 어투로 이렇게 말했다. "그래, 각자 자신의 취향대로 하는 거지! 솔직히 말하자면, 난 예언자 같은 게 되는 일에는 전혀 관심이 없거든." 데미안은 눈을 가느스름하게 뜨고는 알겠다는 듯이 나를 쏘아보았다.

"이봐, 싱클레어." 그가 천천히 말했다. "내 얘기로 너를 불편하게 할 의도는 없었어. 그런데 말이야, 네가 지금 어떤 목적으로 술을 마시는지 우리 둘 다 모르잖아. 하지만 너의 삶을 결정하는 네 안의 무엇인가는 그 이유를 벌써 알고 있어. 우리의 내면에 모든 것을 알고, 모든 것을 원하고, 모든 것을 우리 자신보다 더 잘하는 무언가가 있다는 것을 아는 건 참 좋은 일이야. 그런데 미안하지만, 난 집에 가봐야 해."

우리는 간단히 작별 인사를 나눴다. 나는 굉장히 불쾌한 기분으로 그 자리에 남아 술병을 다 비웠다. 그리고 그곳을 나서려고 했을 때, 데미안이 이미 술값을 냈다는 걸 알게 됐다. 그 사실이 나를 더욱 기분 나쁘게 만들었다.

이제 나는 또다시 이 사소한 사건을 계속 생각했다. 온통 데미안에 관한 생각뿐이었다. 또한 그가 교외의 그 술집에서 했던 말들이 나의 기억 속에서 기이할 정도로 생생하게 되살아났다. "우리의 내면에 모든 것을 알고, 모든 것을 원하고, 모든 것을 우리 자신보다 더 잘하는 무언가가 있다는 것을 아는 건 참 좋은 일이야!"

나는 창문에 걸린 채 지금은 완전히 희미해진 그림 쪽을 바라보았다. 그런데 두 눈이 아직도 빛나고 있는 것이 보였다. 그것은 데미안의 시선이었다. 혹은 나의 내면에 있는 그것이었다. 모든 것을 아는 존재였다.

데미안이 얼마나 그립던지! 나는 그의 소식을 전혀 알지 못했다. 그에게 연락할 길이 없었다. 나는 그가 아마도 어디에선가 대학에 다니고 있을 거라는 것과 그가 김나지움을 졸업한 후 그의 어머니가 우리 도시를 떠났다는 것만 알고 있었다.

나는 내 안에 남아 있는 막스 데미안에 대한 기억을 크로머와의 이야기로 거슬러 올라가면서까지 모조리 끄집어냈다.

그러자 그가 과거에 내게 해줬던 많은 이야기가 다시 들려왔다. 그런데 그 모든 이야기가 지금도 여전히 의미가 있었으며, 시의성을 띠고 있었으며, 바로 나의 문제들이었다! 또한 그가 우리의 그다지 유쾌하지 않았던 마지막 만남 때 방탕아와 성인에 대해 말했던 것 역시 갑자기 내 영혼 앞에 환하게 떠올랐다. 내가 그와 똑같은 상황을 겪지 않았던가? 술에 취해 더러움 속에서 살고, 마비되고 고독한 상태로 지내다가 마침내 새로운 삶의 자극을 받아 내면에서 정반대의 것들이 꿈틀거리게 되지 않았던가? 순수에 대한 갈망, 거룩함에 대한 동경 말이다.

그렇게 나는 계속 기억을 따라갔다. 이미 밤이 깊었고 밖에는 비가 내리고 있었다. 나의 기억 속에서도 빗소리가 들렸다. 그것은 언젠가 데미안이 프란츠 크로머의 일을 내게 꼬치꼬치 캐묻고 나의 첫 번째 비밀들을 알아맞혔던 밤나무 아래에서의 시간이었다. 그리고 학교 가는 길에 나눴던 대화들, 입교식 수업 등이 하나씩 떠올랐다. 그리고 마지막으로 내가 막스 데미안과 처음 만났던 때가 기억났다. 그런데 그때는 무슨 일 때문이었지? 곧바로 생각나지는 않았다. 하지만 나는 서두르지 않고 그 문제에 완전히 몰입했다. 그러자 그 일도 다시 기억났다. 그가 내게 카인에 대한 자신의 생각을 얘기해준 후, 우리는 우리 집 앞에 서 있었다. 그때 그는 우리 집 현관문 위쪽에 있던, 아래에서 위로 갈수록 점점 넓어지는 모양의 종석에 새겨진, 오래되어 거의 지워진 문장에 관해서 얘기했다. 그는 그 문장이 흥미롭다고 얘기했고, 그런 것들을 잘 살펴봐야 한다고 말했다.

그날 밤 나는 데미안과 그 문장에 대한 꿈을 꾸었다. 문장은 계속해서 변했다. 데미안이 그것을 손으로 붙들고 있었다. 그것은 작고 회색빛이기도 했다가 굉장히 거대해지고 화려한 색을 띠기도 했다. 하지만 데미안은 그것이 여전히 같은 것이라고 설명했다. 그런데 마지막에는 나더러 그 문장을 먹으라고 강요했다. 그것을 삼키고 나자 삼킨 문장 속의 새가 내 안에서 살아나 나를 가득 채우고, 안쪽에서부터 나를 쪼아 먹기 시작하는 것을 느끼며 나는 크게 경악했다. 죽음에 대한 공포로 가득 차 벌떡 일어나면서 잠에서 깨어났다.

정신을 차리고 보니 한밤중이었다. 방 안으로 비가 들이치는 소리가 들렸다. 창문을 닫기 위해 일어섰는데, 그 와중에 바닥에 놓여 있던 무언가 희끄무레한 것을 밟았다. 아침이 되었을 때 그것이 내가 그린 그림이었음을 알게 되었다. 그림은 축축하게 젖은 채 바닥에 놓여 있었고 쭈글쭈글해졌다. 그림을 말리려고 압지 사이에 펼쳐서 넣고 그것을 두툼한 책 안에 끼워두었다. 다음 날 그림을 다시 보니 이미 말라 있었다. 하지만 그림이 변했다. 붉었던 입이 창백해졌고 약간 가늘어졌다. 이제 그것은 완전히 데미안의 입이었다.

나는 새로운 그림을 그리기 시작했다. 바로 문장의 새 그림이었다. 그 새가 원래 어떤 모습이었는지 이제는 분명하게 알지 못했다. 내 기억에 몇몇 부분은 가까이에서 봐도 잘 알아보기 어려웠다. 그것은 오래된 것인 데다 그 위에 여러 차례 색을 덧칠한 때문이었다. 새는 무언가 위에 서 있거나 앉아 있었다. 그것은 어쩌면 꽃이거나 바구니 또는 둥지일 수도 있었고, 어쩌면 나무 꼭대기일지도 몰랐다. 나는 개의치 않고 내가 뚜렷하게 떠올릴 수 있는 것부터 그리기 시작했다. 알 수 없는 욕구 때문에 곧바로 강렬한 색으로 시작했는데, 그림 속에서 새의 머리는 황금빛이었다. 나는 기분이 내키는 대로 작업을 진행해서 며칠 만에 그림을 완성했다.

그것은 날카롭고 용맹스러운 매의 머리를 가진 맹금이었다. 파란 하늘을 배경으로 매의 몸통 절반은 어두운 지구 안에 박혀 있었고, 매는 마치 거대한 알을 깨고 나오듯 그곳에서 솟구쳐 오르려고 애쓰고 있었다. 그 그림을 오랫동안 들여다볼수록 그것은 점점 더 내 꿈에 나왔던 화려한 문장처럼 보였다.

어디로 보내야 할지 알고 있었다고 해도 내가 데미안에게 편지를 쓴다는 것은 불가능한 일이었을 것이다. 그런데도 나는 그에게 매를 그린 그림을 보내기로 했다. 그가 그 그림을 받든 받지 못하든 상관없었다. 그 결정은 당시 나의 모든 행동을 지배하던 꿈같은 예감에 의한 것이었다. 그림에는 아무것도 적지 않았다. 내 이름조차 적지 않았다. 조심스럽게 가장자리를 잘라내고, 커다란 종이봉투를 사서 내 친구의 옛 주소를 그 위에 적었다. 그리고 그것을 부쳤다.

시험이 다가왔고, 나는 그 어느 때보다 더 많이 학교 공부를 해야 했다. 내가 갑자기 무례한 행동거지를 바꾼 이후, 선생님들은 나를 다시 너그럽게 받아주었다. 여전히 좋은 학생은 아니었겠지만, 그래도 반년 전만 해도 내가 징계받아 퇴학당할 것으로 예견되었다는 사실을 나뿐 아니라 다른 누구도 더는 떠올리지 않게 되었다.

아버지는 이제 비난하거나 협박하지 않고 다시 예전과 같은 어조로 내게 편지를 썼다. 하지만 나는 아버지 혹은 그 누구에게도 내가 어떻게 해서 변하게 됐는지 설명하고 싶지 않았다. 이러한 변화가 부모님과 선생님들의 소망과 맞아떨어진 것은 우연이었다. 이 변화로 인해 내가 다른 사람들에게 다가갈 수 있게 된 것은 아니었다. 나는 누구와도 가까워지지 않았다. 오히려 더 외로워졌다. 이 변화는 어딘가를 목표로 하고 있었다. 그것은 데미안이었고 멀리 있는 운명이었다. 나 자신도 그것을 몰랐다. 난 그 한가운데 서 있었으니 말이다. 그 모든 일은 베아트리체와 함께 시작되었지만 언제부터인가 나는 나의 그림들과 데미안에 관한 생각과 함께 아주 비현실적인 세계 안에서 살았기 때문에 그녀 또한 완전히 시야에서 사라졌다. 그녀 생각도 하지 않게 되었다. 나의 꿈과 나의 기대, 나의 내적인 변화에 대해 나는 누구에게라도 단 한

마디의 말도 할 수 없었을 것이다. 만약 내가 그걸 원했다고 해도 말이다.

하지만 내가 어떻게 그걸 원할 수 있었겠는가?

내가 그린 꿈속의 새는 길을 떠나 내 친구를 찾아 나섰다. 답장은 아주 기이한 방식으로 왔다.

어느 날 학교 교실의 내 자리에서 수업과 수업 사이의 쉬는 시간이 끝난 후 내 책 속에 쪽지 한 장이 꽂혀 있는 것을 발견했다. 그 쪽지는 가끔 수업 시간 중에 반 아이들끼리 몰래 주고받을 때 흔히 접는 방식 그대로 접혀 있었다. 나는 그저 누가 내게 그런 쪽지를 보냈는지 궁금할 따름이었다. 나는 같은 반의 누구와도 그런 식의 교류를 한 적이 없었기 때문이다. 나는 그 쪽지가 학생들끼리 하고 있는 어떤 장난에 동참하라는 요청이라고 생각했다. 하지만 나는 거기 참여하지 않을 것이므로 쪽지를 읽지도 않고 책 앞부분에 끼워두었다. 그러다가 수업 시간 중에 그 쪽지가 우연히 다시 내 손에 잡혔다.

종이를 만지작거리다가 별생각 없이 펼쳤는데, 그 안에 몇

마디 글이 적혀 있는 것을 보았다. 그 글을 흘낏 들여다보다가 단어 하나에 시선이 머물렀다. 깜짝 놀라 쪽지를 읽는 동안 나의 심장은 마치 엄청난 추위 속에 있기라도 한 듯 운명 앞에서 움츠러들었다.

"새는 몸부림치며 알을 깨고 나온다. 알은 세계다. 태어나고 싶은 사람은 하나의 세계를 깨뜨려야 한다. 새는 신에게로 날아간다. 그 신의 이름은 아브락사스다."

이를 여러 차례 읽은 후 나는 깊은 생각에 빠져들었다. 그것은 의심할 바 없이 데미안의 답변이었다. 나와 그 외에는 그 새에 대해 알 수 있는 사람이 없었다. 그는 나의 그림을 받았던 것이다. 그는 그 그림을 이해했고 내가 해석할 수 있도록 도와주었다. 하지만 이 모든 일이 어떻게 연결되는 것일까? 그리고 나를 가장 괴롭혔던 질문이 있었다. 아브락사스는 무엇인가? 나는 그 단어를 들어본 적도 읽어본 적도 없었다. "그 신의 이름은 아브락사스다!"

수업 내용은 한마디도 듣지 못한 채 그 시간이 지나갔다. 다음 수업이 시작되었다. 오전의 마지막 수업이었다. 그 수업은 대학을 갓 졸업한 젊은 보조 교사인 폴렌 박사가 진행했다. 우리는 그가 매우 젊고, 또한 우리를 상대로 어설픈 권위를 내세우지 않는다는 이유만으로 이미 그를 좋아했다.

우리는 폴렌 박사의 지도에 따라 헤로도토스를 읽었다. 이 강독 수업은 내가 흥미를 느끼는 몇 안 되는 과목이었다. 하지만 이번에는 집중하지 못했다. 기계적으로 책을 펼치기는 했지만 번역해주는 것을 듣지 않았고 나만의 생각에 빠져 있었다. 그런데 나는 예전에 데미안이 종교 수업 시간에 내게 했던 말이 사실임을 이미 여러 차례 경험했었다. 무언가를 정말로 강하게 원하면 그것이 이루어졌다. 수업 중에 굉장히 집중해서 나만의 생각에 몰두할 때면 선생님이 나를 내버려둘 것이라고 안심할 수 있었다. 정말 그랬다. 만약 누군가 산만하거나 졸고 있으면 선생님이 갑자기 옆에 와 있었다. 나 역시 이미 그런 일을 겪었다. 하지만 정말로 생각에 잠겨 있고 몰두하고 있으면 보호를 받았다. 빤히 바라보기 역시 벌써 시도해봤는데 효과가 있었다. 데미안과 함께 지내던 시기에는 잘되지 않았지만, 이제는 시선과 생각으로 아주 많은 것을 해낼 수 있음을 자주 느꼈다.

이때도 나는 그런 식으로 자리에 앉은 채 헤로도토스와 학교로부터 먼 곳에 가 있었다. 하지만 그때 불현듯 선생님의 목소리가 마치 번개처럼 내 의식에 파고들었고, 나는 소스라치게 놀라면서 깨어났다. 그의 목소리가 들렸고, 바로 내 옆에 서 있었기 때문에 나는 그가 내 이름을 불렀을 거라고 지레짐작했다. 하지만 그는 나를 보고 있지 않았다. 나는 안도의 한숨을 쉬었다.

그때 그의 목소리가 다시 들렸다. 그 목소리는 크게 "아브락사스"라고 말했다.

앞부분은 놓쳤지만 폴렌 박사는 설명을 이어가고 있었다. "우리는 고대의 종파들과 신비주의 단체들의 세계관을 합리주의적 고찰의 관점에서 보듯 그렇게 단순하게 생각해서는 안 됩니다. 고대에는 오늘날 우리가 생각하는 학문은 전혀 없었습니다. 그 대신 철학적이고 신비주의적인 진리에 관한 연구가 굉장히 높은 수준으로 발달했었습니다. 마법과 요술의 탄생이 어느 정도는 그 결과에서 유래했다고 볼 수 있는데, 그것이 속임수와 범죄로 이어졌던 경우도 종종 있었을 겁니다. 하지만 마법 역시 그 근원은 고상하며 깊은 사상을 담고 있죠. 제가 아까 얘기했던 아브락사스에 대한 학설이 그런 예입니다. 사람들은 이 이름을 그리스의 주문과 연결해 부르면서 야만적인 민족들이 오늘날에도 여전히 믿을 법한 어떤 마법의 악마 정도로 여기는 경우가 많습니다. 하지만 아브락사스는 훨씬 더 많은 의미를 지닌 것으로 보입니다. 이를테면 우리는 이 이름이 신적인 것과 악마적인 것을 결합하는 상징적인 과제를 안고 있는 어떤 신의 이름이라고 생각해볼 수 있습니다."

이 작은 키의 박식한 남자는 열정적으로 상세한 설명을 이어나갔지만, 관심을 보이며 듣는 사람은 아무도 없었다. 아브락사스라는 이름이 더는 나오지 않았기 때문에 나의 관심 역시 곧 나 자신의 문제에 다시 빠져들었다.

"신적인 것과 악마적인 것을 결합하는"이란 말이 계속 나의 귓가를 맴돌았다. 나는 그 말에 관한 생각을 이어갈 수 있었다. 그 말은 데미안과의 우정이 거의 끝나가던 시기에 그와 나눴던 대화를 통해 내게도 익숙했다. 당시 데미안은 우리가 하나의 신을 숭배한다고 하지만, 그 신은 임의로 분리된 세계의 절반만 의미한다고 말했다(그것은 공식적이며 허용된 '밝은' 세계였다). 하지만 우리는 온 세계를 숭배해야만 하고, 그러므로 동시에 악마이기도 한 신을 섬기든지 아니면 신에 대한 예배 외에 악마에 대한 예배도 드려야 한다는 것이었다. 그런데 이제 보니 아브락사스가 바로 신인 동시에 악마이기도 한 신이었다.

한동안 나는 아브락사스에 대해 아주 열심히 조사했지만 별 진전을 이루지는 못했다. 도서관 전체를 뒤져봐도 성과를 거두지 못했다. 하지만 이렇게 직접적이고 의식적인 방식으로 무언가를 찾는 것은 나의 본성에도 그다지 맞지 않았다. 그것은 기껏 손안의 돌로 남게 될 진리만 먼저 찾는 방식이기 때문이다.

한동안 내가 온 마음으로 몰두했던 베아트리체의 형체는 이제 서서히 가라앉았다. 아니, 그보다는 그 형체가 천천히 나에게서 멀어져갔다고 할 수 있다. 그것은 점점 더 수평선을 향해 다가가더니 더 희미해지고, 더 멀어지고, 더 창백해졌다. 이제 더는 나의 영혼을 충족시키지 못했다.

기이하게 내 안의 고치에 갇힌 듯한 인생, 마치 몽유병자처럼 영위했던 그 인생 속에서 이제 새로운 무엇인가가 형성되기 시작했다. 삶에 대한 동경이, 아니 그보다는 사랑에 대한 동경이 나의 내면에서 피어났다. 한동안 베아트리체를 숭배하면서 해소할 수 있었던 성적 욕망은 이제 새로운 형상과 목표를 필요로 했다. 여전히 충족된 것은 아무것도 없었다. 내 안의 동경을 속이고, 동급생들이 재미 삼아 어울리던 여자애들에게서 무언가를 기대하는 것은 그 어느 때보다도 더 불가능했다. 나는 다시 꿈을 많이 꾸었다. 그것도 밤이 아닌 낮에 꿈을 꿀 때가 더 많았다. 여러 가지 상상과 형상과 소망이 내 안에서 떠올랐고, 나를 외부 세계에서 멀어지도록 이끌었다. 그리하여 나는 실제 주변 세계보다 내 안의 이러한 형상과 꿈, 그림자들과 더 현실적으로 활발하게 교류하며 살았다.

어떤 특정한 꿈 혹은 자꾸만 반복되는 환상의 유희 하나가 내게 중요한 의미를 갖게 되었다. 내 삶에서 가장 중요하고 가장 오랫동안 영향을 미친 그 꿈의 내용은 대략 이러했다. 내가 고향 집으로 돌아왔는데, 현관문 위에서 문장 속의 새가 파란색 바탕 위에 노란색으로 빛나고 있었다. 집 안에서는 어머니가 나를 맞이하러 다가왔다. 집 안으로 들어가서 어머니를 포옹하려고 하는데, 그 사람은 어머니가 아니라 한 번도 본 적이 없는 낯선 인물이었다. 키가 크고 건장했으며, 막스 데미안 혹은 내가 그린 그림과 비슷하면서도 달랐다. 또한 건장해 보이는데도 완전히 여성적이었다. 이 인물이 나를 자신에게로 끌어당기더니 깊은 사랑의 포옹으로 떨면서 나를 품에 안았다. 거기에는 환희와 공포가 뒤섞여 있었다. 그 포옹은 예배인 동시에 범죄였다. 나를 껴안은 이 인물 속에 나의 어머니에 대한 너무 많은 기억, 나의 친구 데미안에 대한 너무 많은 기억이 맴돌았다. 그녀의 포옹은 모든 종류의 경외심을 파괴했지만 동시에 구원의 축복이었다. 나는 이 꿈에서 깊은 행복감을 느끼며 깨어날 때도 많았고, 죽음에 대한 공포와 마치 끔찍한 죄를 지은 듯한 고통스러운 죄책감을 느끼며 깨어날 때도 많았다.

완전히 내밀한 이 형상과 내가 찾아야 할 신에 대해 외부에서 주어지는 신호 사이에 어떤 연결이 이루어졌다. 아주 서서히, 무의식적으로. 그런데 그 연결은 점점 긴밀하고 내밀해졌으며, 나는 내가 바로 이 예지몽을 통해 아브락사스를 불렀음을 느끼기 시작했다. 기쁨과 공포, 남자와 여자가 섞여 있고, 가장 거룩한 것과 끔찍한 것이 서로 긴밀하게 엮여 있으며, 심각한 죄악이 부드러운 순결 사이를 스쳐 지나갔다. 내가 꾸었던 사랑의 꿈속에서 본 형상이 그러했으며, 아브락사스 역시 그러했다. 사랑은 이제 내가 처음에 불안해하면서 느꼈던 것처럼 동물적으로 어두운 충동이 아니었다. 베아트리체의 그림을 향해 바쳤던 것처럼 경건하게 승화된 예배의 정신도 더는 아니었다. 사랑은 그 두 가지 모두였고, 동시에 그보다 훨씬 더 많은 것이기도 했다. 사랑은 천사의 상이자 사탄이었고, 한 몸이 된 남자와 여자였으며, 사람이자 동물이었고, 최고의 선이자 지독한 악이었다. 나는 이러한 삶을 살도록 정해진 것 같았다. 이것을 겪는 게 내 운명인 듯했다. 나는 그 운명을 갈망하면서도 두려워했다. 하지만 운명은 언제나 그 자리에 있었다. 언제나 내 위에 있었다.

이듬해 봄에 나는 김나지움을 떠나 대학에 진학하기로 되어 있었다. 하지만 어디로 가서 무엇을 공부해야 할지는 여전히 알지 못했다. 인중에는 짧은 수염이 자랐다. 나는 이제 성인이 되었지만, 어찌해야 할지 전혀 알지 못했고 목표도 없었다. 분명한 것은 단 한 가지뿐이었다. 내 안의 목소리, 바로 꿈의 형상이었다. 나는 그것이 이끄는 대로 맹목적으로 따라가는 것이 나의 과업이라고 느꼈다. 하지만 그것이 어렵게 느껴져서 날마다 반항했다. 혹시 내가 미친 건 아닐까 하는 생각이 들 때가 한두 번이 아니었다. 혹시 나는 다른 사람들과 같지 않은 것일까? 하지만 난 다른 사람들이 해내는 일들을 다 할 수 있었다. 조금만 노력하고 애쓰면 플라톤을 읽을 수도 있었고, 삼각법 문제를 풀거나 화학분석을 이해할 수 있었다. 내가 하지 못하는 것은 단 한 가지였다. 내 안에 어둡게 숨겨진 목표를 끄집어내어 내 앞 어딘가에 구체적으로 그려보는 일이었다. 자신이 교수나 법관, 의사 혹은 예술가가 되고 싶다는 것을 정확히 아는 사람들이 그것이 될 때까지 얼마나 걸리며 어떤 장점이 있는지 아는 것처럼 말이다. 나는 그렇게 할 수 없었다. 어쩌면 나도 언젠가는 그런 무엇이 될 수도 있겠지만, 어떻게 내가 알 수 있겠는가. 어쩌면 몇 년에 걸쳐 찾고 또 찾아 헤매야만 하고, 그러고도 아무것도 되지 못하고, 어떤 목표에도 이르지 못할 수도 있었다. 어쩌면 내가 어떤 목표에 도달할 수도 있을 것이다. 하지만 그것이 사악하고 위험하고 끔찍한 목표일 수도 있었다.

나는 나의 내면에서 뿜어져 나오려는 것을 실현하며 살고 싶었을 뿐이다. 그것이 왜 그토록 어려웠을까?

종종 나는 내 꿈에 등장하는 강력한 사랑의 형상을 그려보려고 했다. 하지만 한 번도 성공하지 못했다. 만약 성공했다면 난 그 그림을 데미안에게 보냈을 것이다. 그는 어디에 있었을까? 나는 알지 못했다. 내가 아는 것은 그가 나와 연결되어 있다는 사실뿐이었다. 언제 그를 다시 만나게 될까?

베아트리체를 숭배하던 몇 달간의 평안한 고요는 오래전에 지나가버렸다. 당시 나는 내가 어느 섬에 도착했고 평화를 찾았다고 생각했다. 하지만 항상 그랬듯 만족스러운 상태가 되는 순간, 기분 좋은 꿈을 꾸는 순간, 그것은 곧바로 다시 시들어버리고 공허해졌다. 사라진 것을 뒤늦게 아쉬워해봤자 헛된 일이었다! 이제 나는 충족되지 않은 욕망의 불길 속에서, 종종 나를 완전히 거칠고 미친 듯한 상태로 만드는 팽팽한 기다림의 불길 속에서 살았다. 꿈속 연인의 형상을 자주 보았는데, 그 형상은 아주 생생하고 뚜렷한 모습으로 내 앞에 있었다. 나의 손보다도 훨씬 더 명확하게 보였다. 나는 그 형상과 이야기를 나누고, 앞에서 울고, 그 형상을 저주했다. 그것을 어머니라고 부르고 눈물을 흘리며 무릎을 꿇었다. 그것을 연인이라고 부르며, 그의 성숙하고 모든 것을 충족시켜주는 키스를 예감했다. 그것을 악마와 창녀, 뱀파이어와 살인자라고 불렀다. 사랑의 형상은 나를 너무나 부드러운 사랑의 꿈과 거친 파렴치함의 세계로 유혹했다. 그 앞에서 너무 선하고 귀중한 것은 아무것도 없었으며, 그 어떤 것도 너무 나쁘거나 저급하지 않았다.

그 겨우내 나는 설명하기 어려운 내적인 폭풍 속에서 보냈다. 외로움에는 오래전부터 익숙해져 있었으므로 외로움이 내게 부담이 되지는 않았다. 나는 데미안과 함께, 매와 함께, 나의 운명이자 나의 연인인 거대한 꿈속 인물의 형상과 함께 살았다. 그 안에서 살기에는 그것으로 충분했다. 왜냐하면 그 모든 것이 위대하고 광활한 세상을 바라보았고, 아브락사스를 가리키고 있었기 때문이다. 하지만 나는 어떤 꿈도, 어떤 생각도 내 뜻대로 조종할 수 없었다. 나는 그 어떤 것도 불러낼 수 없었고, 내 마음 내키는 대로 색을 부여할 수도 없었다. 그것들이 내게로 와서 나를 붙잡았다. 나는 지배를 받았고, 그것들이 이끄는 삶을 살았다.

바깥세상과의 관계는 안정적이었다. 나는 사람을 두려워하지 않았다. 학교 친구들 역시 그것을 알아차리고, 나를 향해 은밀하게 존경심을 드러내 종종 나를 미소 짓게 했다. 내가 원한다면 그들 대부분의 생각을 속속들이 꿰뚫어 볼 수 있었고, 그럼으로써 때때로 그들을 깜짝 놀라게 할 수 있었다. 다만 내가 그런 것을 원했던 적이 거의 없거나 아예 없었을 뿐이다. 나는 언제나 내 문제에 몰두해 있었다. 언제나 나 자신에게 몰두했다. 그때 내가 정말로 간절하게 열망했던 것은, 이제는 드디어 나도 한 번쯤 잠시나마 제대로 삶을 살아보고 싶다는 것이었다. 나의 내면에서 끄집어낸 무언가를 세상에 주고 싶었다. 세상과 관계를 맺고 세상과 맞서 싸우고 싶었다. 어떤 날에는 저녁에 거리를 쏘다니다가 마음이 불안해져서 자정이 되도록 귀가하지 못하기도 했는데, 그럴 때면 바로 지금이 나의 연인과 마주칠 순간이라고 생각했다. 나의 연인이 바로 다음 모퉁이를 지나고 있을 거라고, 바로 옆집의 창문에서 나를 부를 거라고 생각했다. 또 어떨 때는 이 모든 것이 참을 수 없을 정도로 고통스럽게 느껴져서 언젠가는 목숨을 끊겠다고 마음먹기도 했다.

당시 나는 이른바 '우연'에 의해 독특한 피난처를 발견했다. 하지만 그런 우연은 존재하지 않는다. 무엇인가를 절실하게 필요로 하는 누군가가 자신에게 꼭 필요한 것을 발견한다면, 그것은 우연히 주어진 것이 아니다. 그 자신이, 그 스스로의 열망과 필연이 그를 그곳으로 이끈 것이다.

도시 이곳저곳을 산책하던 길에 교외의 어느 자그마한 교회에서 흘러나오는 오르간 연주를 두세 번 정도 들었지만, 걸음을 멈추지는 않았다. 다음번에 그곳을 지날 때 오르간 소리가 다시 들렸고, 바흐의 곡이라는 것을 알았다. 입구 쪽으로 가봤지만 문이 잠겨 있었다. 그 골목에는 사람이 거의 없었기 때문에 나는 교회 모퉁이의 경계석 위에 앉아 외투 깃을 여미고 귀를 기울였다. 규모가 크지는 않지만 좋은 오르간이었다. 그런데 연주하는 방식이 기이했다. 굉장히 독특하고 개인적으로 의지와 인내를 표현해내서 마치 기도처럼 들렸다. 이런 느낌이 들었다. 지금 저기서 연주하는 남자는 이 음악 속에 보물이 감춰져 있다는 것을 알고 있다. 그는 마치 자신의 생명을 얻으려는 것처럼 이 보물을 얻기 위해 구애하고 두드리고 애쓰는 중이다. 기법적인 면에서 보자면 나는 음악을 그다지 잘 알지 못한다. 하지만 나는 어릴 때부터 바로 이러한 영혼의 표현을 본능적으로 이해했고, 음악적인 것을 내 안에 당연하게 존재하는 어떤 것으로 느껴왔다.

연주자는 그다음에는 약간 현대적인 음악도 연주했는데, 아마도 레거의 음악인 듯했다. 교회는 거의 완전한 어둠 속에 잠겨 있었고, 바로 이웃 건물의 창문을 통해 아주 가는 불빛만 새어 나왔다. 나는 음악이 끝날 때까지 기다렸다. 그리고 오르간 연주자가 밖으로 나오는 것을 볼 때까지 이리저리 어슬렁거렸다. 그는 아직 젊었지만 나보다는 나이가 많아 보였다. 체형은 다부지고 땅딸막했다. 그는 힘차면서도 뭔가 내키지 않는 듯한 걸음걸이로 재빨리 그곳을 떠났다.

그날 이후 나는 저녁 시간에 가끔 교회 앞에 앉아 있거나 그 앞을 서성이곤 했다. 한번은 교회 문이 열려 있는 것을 발견하고, 오르간 연주자가 위층에서 흐릿한 가스등 불빛 속에서 연주하는 동안 삼십 분여를 덜덜 떨면서도 행복하게 앉아 있었다. 그가 연주하는 음악에서 내가 들었던 것은 연주자 자신만이 아니었다. 그가 연주하는 곡은 모두 비슷한 듯했고, 비밀스럽게 연결된 것처럼 들렸다. 그가 연주하는 곡은 모두 신앙적이었다. 헌신적이고 경건했다. 하지만 그 경건함은 교회 신도와 목사의 경건함이 아니라 중세의 순례자와 걸인이 지녔을 경건함이었다. 그 안에는 모든 종파를 넘어서는 세계 감정에 대한 가차 없는 헌신이 깃들어 있었다. 바흐 이전에 활동했던 대가들의 곡과 옛 이탈리아 작곡가들의 곡이 부지런히 연주되었다. 그런데 그 모든 곡이 같은 것을 이야기하고 있었다. 모든 곡이 말하는 것은 그 연주자가 영혼 속에 품고 있는 것이었다. 그것은 바로 그리움, 세상을 진정으로 움켜쥐었다가 다시 거칠게 결별하기, 자신의 어두운 영혼을 불타는 마음으로 엿듣기, 헌신의 환희, 그리고 놀라운 일에 대한 깊은 호기심이었다.

한번은 오르간 연주자가 교회에서 나와서 가는 길을 몰래 뒤따라가본 적이 있었다. 그는 저 멀리 도시 외곽의 작은 술집으로 들어갔다. 나는 참지 못하고 그를 따라 들어갔다. 이곳에서 처음으로 그를 분명하게 보았다. 그는 작은 술집 구석 자리에 앉아 있었는데, 머리에 검은 펠트 모자를 쓴 채로 와인 한 잔을 앞에 두고 있었다. 그의 얼굴은 내가 예상했던 대로였다. 못생겼고 약간 거칠었으며, 무언가를 찾는 듯한 표정이 완고해 보였고, 고집이 세고 의지가 강해 보였다. 그런데 입 주위는 부드러워서 마치 아이 같았다. 남성적이고 강한 면은 눈과 이마에 모두 들어 있었고, 얼굴의 아랫부분은 부드럽고 미성숙했다. 자제심이 부족한 듯해서 부분적으로는 나약해 보이기도 했다. 몹시 우유부단해 보이는 턱은 어린아이 같아서 이마와 눈빛과는 매우 대조되었다. 나는 자부심과 적대감으로 가득 찬 암갈색의 두 눈이 마음에 들었다.

나는 아무 말 없이 그의 맞은편에 앉았다. 술집에는 우리 외에는 아무도 없었다. 그는 나를 쫓아내기라도 하려는 듯 날카롭게 쏘아보았다. 하지만 나는 그대로 버티며 굴하지 않고 그를 빤히 바라보았다. 마침내 그가 기분 나쁜 듯 퉁명스럽게 말했다. "대체 왜 그렇게 뚫어지게 보는 거죠? 내게 용건이라도 있나요?"

"용건은 없습니다." 내가 말했다. "하지만 저는 이미 당신에 대해 많은 것을 알고 있습니다."

그는 이맛살을 찌푸렸다.

"그러니까, 당신은 음악광인가요? 음악에 열광하는 건 구역질 나는 일이죠."

나는 그 말에도 물러서지 않았다.

"저는 이미 당신의 연주를 여러 차례 들었습니다. 저기 교회에서 말입니다." 내가 말했다. "어쨌든 당신을 귀찮게 할 생각은 없습니다. 어쩌면 당신에게서 무언가 특별한 것을 찾게 될지도 모른다고 생각했어요. 그것이 무엇인지는 정확히 모르겠어요. 하지만 제 말에 전혀 신경 쓸 필요 없습니다! 저는 당신의 연주를 교회에서 들을 수 있으니까요."

"난 항상 문을 잠그는데요."

"얼마 전에 문 잠그는 걸 잊으셨어요. 그래서 저는 교회 안에 앉아 있었죠. 그렇지 않을 때는 밖에 서 있거나 경계석 위에 앉아 있곤 합니다."

"그래요? 다음번에는 안으로 들어와도 됩니다. 안이 더 따뜻하니까요. 그때는 그냥 문을 두드리도록 해요. 하지만 세게 두드려야 하고, 내가 연주할 때 두드리면 안 돼요. 이제 말해봐요. 무슨 말을 하려고 했죠? 아주 젊은 사람인데, 아마도 김나지움 학생이거나 대학생이겠군요. 음악가인가요?"

"아닙니다. 저는 음악 듣는 것을 좋아합니다. 하지만 당신이 연주하는 것 같은 음악만 듣습니다. 아주 절대적인 음악이죠. 연주를 듣고 있으면 저기서 한 인간이 하늘과 지옥을 뒤흔들고 있다고 느끼게 되는 그런 음악 말입니다. 저는 음악을 매우 좋아합니다. 그 이유는 아마도 음악에 도덕적인 면이 거의 없어서인 것 같아요. 다른 것들은 모두 도덕적이죠. 저는 도덕적이지 않은 것을 찾고 있어요. 도덕적인 것 때문에 항상 고통받으며 살아왔거든요. 제 생각을 제대로 표현하기가 어렵네요. 혹시 신인 동시에 악마인 신이 존재하는 게 분명하다는 사실을 알고 계시는지요? 과거에 그런 신이 존재했다는 얘길 들었어요."

음악가는 챙이 넓은 모자를 살짝 뒤로 젖히더니 고개를 흔들어 넓은 이마 위의 검은 머리를 흐트러뜨렸다. 그러면서 나를 뚫어질 듯 바라보며 탁자 위로 얼굴을 기울였다.

조용하면서도 긴장된 목소리로 그가 물었다. "당신이 말하는 그 신의 이름이 무엇이죠?"

"아쉽게도 저는 그 신에 대해서 아는 것이 거의 없습니다. 사실은 이름만 알고 있죠. 그의 이름은 아브락사스입니다."

음악가는 마치 누군가가 우리의 얘기를 엿들을 수도 있다는 듯이 의심스럽게 주변을 둘러보았다. 그러고는 내 쪽으로 가까이 당겨 앉더니 속삭이듯 말했다. "그럴 거라고 생각했어요. 당신은 누구인가요?"

"저는 김나지움에 다니는 학생입니다."

"아브락사스에 대해서는 어떻게 알게 되었죠?"

"우연히 알게 됐어요."

그가 탁자를 내리치는 바람에 그의 잔에서 와인이 넘쳤다.

"우연이라고! 그런 말 같지도 않은 소리는 집어치워요, 젊은 친구! 아브락사스에 대해 우연히 알게 되는 일은 없다는 걸 당신도 느끼고 있을 거요. 내가 당신에게 그 신에 대해 좀 더 많은 얘기를 해주겠소. 난 그 신에 대해서 조금은 알고 있으니까."

그는 입을 다물고는 자신의 의자를 뒤로 밀었다. 내가 기대에 가득 차서 그를 바라보자 그는 얼굴을 찌푸렸다.

"여기서 말고! 다음번에 합시다. 자, 받아요!"

그는 벗지 않고 계속 입고 있던 외투 주머니에 손을 집어넣더니 몇 개의 군밤을 꺼내 내게 던져줬다.

나는 아무 말도 하지 않고 그것을 받아서 먹었는데, 굉장히 만족스러웠다.

"자!" 잠시 후 그가 속삭였다. "그 신에 대해서 어디서 알게 된 거죠?"

나는 주저하지 않고 그에게 말했다.

"저는 혼자였고 어찌할 바를 모르고 있었어요." 설명을 시작했다. "그때 예전의 친구 한 명이 떠올랐어요. 저는 그 애가 아는 게 정말 많다고 생각하거든요. 그때 저는 무언가를 그렸는데, 지구에서 빠져나오는 새 한 마리였어요. 그것을 그 친구에게 보냈죠. 얼마 후 더는 답장을 기대하지 않게 되었을 때쯤 쪽지 하나를 받았는데, 거기 이렇게 적혀 있었어요. '새는 몸부림치며 알을 깨고 나온다. 알은 세계다. 태어나고 싶은 사람은 하나의 세계를 깨뜨려야 한다. 새는 신에게로 날아간다. 그 신의 이름은 아브락사스다.'

그는 아무런 대꾸도 하지 않았다. 우리는 밤을 까서 와인에 곁들여 먹었다.

"우리 한 잔씩 더 할까요?" 그가 물었다.

"아뇨, 됐습니다. 술 마시는 걸 좋아하지 않아서요."

그는 약간 실망한 듯 웃었다.

"원하시는 대로! 나와는 다르군요. 나는 여기 좀 더 있을 테니 이제 가봐요!"

그다음 번에 오르간 연주가 끝난 후 나는 그와 함께 걸었다. 그는 그다지 말을 많이 하지 않았다. 그는 오래된 골목 안에 있는 오래되고 웅장한 저택의 위층으로 나를 데려갔다. 그리고 약간 어두침침하고 정리되지 않은 커다란 방으로 안내했는데, 방 안에는 피아노 한 대 말고는 음악과 관련된 것은 보이지 않았다. 반면에 커다란 책꽂이와 책상이 있어서 학자의 방 같은 느낌을 풍겼다.

"책이 정말 많네요!" 나는 감탄하며 말했다.

"일부는 함께 사는 내 아버지의 책들이오. 그래요. 젊은 친구, 난 부모님의 집에 살고 있어요. 하지만 당신을 부모님에게 소개할 수는 없어요. 이 집에서 나의 교우 관계는 그다지 존중받지 못하거든요. 보다시피 난 타락한 아들이니까요. 나의 아버지는 굉장히 존경받는 분입니다. 이 도시에서 저명한 목사이자 설교자입니다. 그리고 나에 대해 곧바로 설명하자면, 나는 재능 있고 장래가 촉망되던, 하지만 이미 궤도에서 벗어났고 약간은 미쳐버린 그의 아들입니다. 신학도였지만 국가고시를 보기 직전에 멀쩡한 신학대학에서 나와버렸죠. 하지만 개인적으로 공부하고 있는 내용들을 보자면, 사실 난 지금도 여전히 신학 전공자라고 할 수 있습니다. 사람들이 시대마다 어떤 신을 고안해냈는가 하는 게 내겐 여전히 굉장히 중요하고 흥미로운 문제입니다. 그 외에 난 현재 음악가이고, 곧 작은 오르간 연주자 자리를 얻을 것 같아요. 그렇게 되면 난 다시 교회에 속하게 되는 거죠."

나는 꽂혀 있는 책들을 살펴보았다. 책상 위 작은 램프의 희미한 불빛 속에 그리스어, 라틴어, 히브리어 제목들을 알아볼 수 있었다. 그사이 나의 친구는 어둠 속에서 벽 근처 바닥에 누워 무언가를 하고 있었다.

"이리 와요." 잠시 후 그가 나를 불렀다. "우리 이제 잠시 철학을 합시다. 어떻게 하는 거냐면 주둥이 닥치고 배 깔고 엎드려서 생각하는 겁니다."

그는 성냥을 그어 앞에 있는 벽난로 안의 종이와 장작에 불을 붙였다. 불꽃이 솟아올랐다. 그는 굉장히 신중하게 불씨를 쑤시며 돋우어 불길을 살려냈다. 나는 닳아서 해진 양탄자 위 그의 옆자리에 엎드렸다. 그는 불을 응시했고, 나의 시선도 그 불에 이끌렸다. 그렇게 우리는 아무 말 없이 한 시간가량을 흔들리며 타오르는 장작불 앞에 엎드려 있었다. 우리는 불길이 활활 타오르며 타닥타닥 소리를 내는 모습, 이내 푹 내려앉으며 휘어지는 모습, 불꽃이 가물거리며 꺼지다가 반짝 하며 타오르는 모습, 그러다 마침내 조용한 불덩이로 사그라들어 바닥에 내려앉는 모습을 바라보았다.

"불을 숭배하는 일은 인간이 고안해낸 것 중에서 가장 멍청한 짓은 아니었어." 한번은 그가 혼잣말로 그렇게 중얼거렸다. 그 외에는 우리 두 사람 모두 한마디도 하지 않았다. 나는 두 눈을 불에 고정한 채 꿈과 고요함 속으로 빠져들었고, 연기 속의 여러 형체와 재 속에 그려진 형상들을 바라보았다. 어느 순간 나는 소스라치게 놀랐다. 함께 불을 보던 그가 송진 한 조각을 불덩이 속에 던져 넣었던 것이다. 작고 가느다란 불꽃이 높이 솟아올랐다. 나는 그 불꽃 속에서 노란 매의 머리를 한 그 새를 보았다. 서서히 소멸해가던 벽난로 불덩이 속에서 금빛을 발하는 실들이 모여 그물처럼 이어졌고, 철자와 형상 들이 나타났다. 여러 사람의 얼굴과 동물, 식물, 벌레, 뱀에 대한 기억이 떠올랐다. 정신을 차리고 옆을 보니 그가 두 주먹 위에 턱을 괴고 완전히 몰입해서 열광적으로 재를 들여다보고 있었다.

"난 이제 가야겠어요." 내가 조용히 말했다.

"그래요. 그럼 가봐요. 잘 가요!"

그는 일어서지 않았다. 램프가 꺼져 있어서 나는 힘겹게 더듬어가며 어둑한 방과 깜깜한 복도와 계단을 지나 마법에 걸린 그 집을 겨우 빠져나왔다. 거리에 멈춰 서서 그 오래된 집을 올려다보았다. 불빛이 보이는 창문은 없었다. 문 앞의 가스등 불빛 속에 놋쇠로 만든 작은 문패가 번쩍이고 있었다.

"피스토리우스, 주임 목사." 문패 위에는 그렇게 적혀 있었다.

집에 돌아와 저녁 식사를 마친 후 나의 작은 방에 혼자 앉았을 때에야 비로소 피스토리우스에게서 아브락사스나 그 밖에 다른 무엇에 대해서도 들은 바가 없으며, 우리가 서로 나눈 대화가 열 마디조차 안 됐다는 사실이 떠올랐다. 하지만 나는 그의 집을 방문했던 것이 아주 만족스러웠다. 게다가 그는 다음번에 오래된 오르간 연주곡 중에서 아주 뛰어난 곡인 북스테후데의 〈파사칼리아〉를 연주해주기로 약속했다.

나는 깨닫지 못했지만, 오르간 연주자 피스토리우스는 내가 그의 어둑한 은둔자의 방에서 그와 함께 벽난로 앞 바닥에 엎드려 있을 때 내게 첫 번째 수업을 해주었다. 불을 바라본 것이 내게 좋은 영향을 미쳤다. 내가 언제나 가지고 있었지만, 사실상 제대로 돌본 적이 없었던 내 안의 성향들을 북돋워주고 확인시켜줬다. 점차 나는 그러한 사실을 부분적으로나마 깨닫게 되었다.

어린아이일 때부터 나는 가끔 자연의 기이한 형태를 바라보기를 좋아했다. 관찰하는 것이 아니라 그 고유한 매력에, 그 혼란스럽고 깊이 있는 언어에 빠져든 채 바라보았다. 뻣뻣하게 굳은 기다란 나무뿌리, 돌에 새겨진 색색의 줄무늬, 물

위에서 맴도는 기름 얼룩, 유리 속의 갈라진 틈, 이와 비슷한 모든 것에 나는 깊이 사로잡히곤 했다. 특히 물과 불, 연기, 구름, 먼지, 무엇보다도 눈을 감았을 때 빙글빙글 돌아가는 색색의 반점에 빠져들었다. 처음으로 피스토리우스를 방문하고 난 후 며칠 동안 그런 것들이 다시 생각나기 시작했다. 내가 어느 정도 힘과 기쁨을 얻고, 그 방문 이후 나의 감정이 고양된 것을 느낀 건 전적으로 활활 타는 불을 오랫동안 응시한 덕분임을 깨달았기 때문이다. 불을 바라보는 것은 기이할 정도로 편안하고 충만하게 해주는 일이었다!

이제까지 내가 진정한 삶의 목표를 찾아가는 길에서 발견했던 몇 안 되는 체험에 이 새로운 체험을 더했다. 그러한 모양들을 들여다보고 있으면, 자연의 비이성적이고 혼란스럽고 기이한 형태에 몰두하다보면 우리의 내면이 이러한 모양들을 만들어낸 의지와 일치한다는 것을 느끼게 된다. 우리는 금세 그러한 모양들이 우리 자신의 기분이며, 우리가 직접 창조한 것이라고 여기고 싶은 유혹을 느낀다. 우리와 자연 사이의 경계가 흔들리고 점점 희미해지는 것을 보게 된다. 또한 우리의 망막에 비친 형상들이 외부에서 받은 인상에 의한 것인지 아니면 내면의 인상에서 온 것인지 모르겠다는 기분을 느끼게 된다. 우리가 대단한 창조자이며, 세계가 지속해서 새롭게 창조되는 데 우리의 영혼이 언제나 적극적으로 참여한다는 사실을 이렇게 간단하고 쉽게 발견할 수 있는 방법은 이 연습 외에는 어디에도 없다. 심지어 우리의 내면과 자연 속에서 활동하고 있는 존재는 분리될 수 없는 동일한 신성이다. 만약 외부 세계가 멸망한다면 우리 중의 한 사람이 세계를 다시 건설할 수 있을 것이다. 왜냐하면 산과 강, 나무와 이파리, 뿌리와 꽃, 자연 속의 모든 형성물이 우리의 내면 안에 원형을 가지고 있고, 영혼에서 기원하기 때문이다. 영혼의 본질은 영원이다. 우리는 그 본질을 제대로 알지 못하지만, 대개는 사랑의 힘과 창조의 힘으로 느끼게 된다.

몇 년이 지난 후에야 나는 어느 책 속에서 이러한 관찰이 옳았다는 것을 확인했다. 바로 레오나르도 다빈치의 발언이었다. 거기에 그는 많은 사람이 침을 뱉어놓은 담장을 바라보는 것이 얼마나 기분 좋고 흥분되는 일인지에 대해 적었다. 침으로 젖은 담장의 저 얼룩들 앞에서 그는 피스토리우스와 내가 불 앞에서 느꼈던 것과 똑같은 기분을 느꼈던 것이다.

우리가 그다음 번에 만났을 때 오르간 연주자는 내게 설명해주었다.

"우리는 우리 개성의 경계를 언제나 너무 좁게 설정하고 있어요! 항상 개인적으로 남과 다르고 구별되는 것만이 우리 자신에게 속한다고 생각하죠. 하지만 우리는 세계의 온갖 구성물로 이루어져 있습니다. 우리 각자가 말입니다. 또한 우리의 육체가 물고기나 그보다 훨씬 이전까지 가닿는 진화의 계보를 안에 품고 있는 것과 마찬가지로, 우리는 이제까지 인간의 영혼 속에 존재했던 모든 것을 영혼 안에 가지고 있습니다. 그리스인과 중국인의 신이든 줄루 원주민의 신이든 여태껏 존재했던 모든 신과 악마가 다 우리 안에 함께 있습니다. 가능성으로서, 소망으로서, 탈출구로서 말입니다. 만약에 인류가 멸종하고 아무런 교육도 받지 못한 그저 그런 정도의 재능을 가진 아이 한 명만 살아남는다면, 이 아이가 세상의 존재들이 거쳤던 모든 과정을 다시 발견하게 될 겁니다. 그 아이는 신과 데몬, 낙원, 계율과 금기, 구약과 신약, 이러한 모든 것을 다시 만들어낼 수 있을 겁니다."

"그렇다고 쳐요." 내가 반박했다. "하지만 그렇다면 개인의 가치는 어디에 존재하는 겁니까? 모든 것을 이미 완성된 형태로 우리의 내면에 갖고 있다면, 우리가 죽는 이유는 무엇입니까?"

"잠깐!" 피스토리우스가 다급하게 외쳤다. "당신이 세계를 그저 자신 안에 품고만 있는 건지, 아니면 당신이 그 사실에 대해 알고 있기도 한 건지, 그 사이엔 엄청난 차이가 있어요! 어느 미친 사람이 플라톤을 떠올리게 하는 사상을 창시할 수도 있고, 헤른후트 학교를 다니는 작고 경건한 학생이 그노시스파•나 조로아스터교•• 사람들이 다룰 법한 심오한 신화적

• 헬레니즘 시대에 유행했던 종파. 유대교, 동방의 종교, 그리스와 이집트의 철학 등이 혼합되어 만들어졌다.

연관성에 대해 창의적으로 성찰하기도 합니다. 하지만 그 아이는 그 내용에 대해서는 아무것도 모르는 거죠! 그가 제대로 알지 못하는 한 그는 그저 나무나 돌, 기껏해야 동물에 지나지 않습니다. 하지만 이러한 인식의 첫 불꽃이 빛나고 나면, 그는 인간이 되는 겁니다. 당신은 설마 저기 거리를 오가는 모든 이족 보행인이 단지 똑바로 걸을 수 있고, 자식을 9개월 동안 품는다는 이유만으로 그들 모두를 인간이라고 생각하지는 않겠지요? 그중 얼마나 많은 사람이 실제로는 생선이나 양, 벌레 혹은 거머리인지, 아니면 개미나 벌인지 당신도 알잖아요! 글쎄, 그들 모두 내면에는 인간이 될 가능성이 있죠. 하지만 그들 각자가 그 가능성을 알아차려야 합니다. 그들 각자가 부분적으로 그 가능성을 의식하는 법까지 배워야 비로소 이러한 가능성이 자신의 것이 되는 겁니다."

우리의 대화는 대략 이런 식이었다. 이러한 대화를 통해 내가 완전히 새로운 것, 굉장히 놀라운 것을 알게 된 적은 별로 없었다. 하지만 그 모든 대화가, 가장 진부한 대화조차도 조용하고 꾸준한 망치질이 되어 내 안의 같은 지점을 두드렸다. 모든 대화는 나를 형성하는 데 도움을 주었다. 나의 허물을 벗기고, 알껍데기를 깨는 데 도움을 주었다. 그리하여 나는 대화를 마칠 때마다 좀 더 높이, 좀 더 자유롭게 고개를 들어

●● 이란의 민족종교. 배화교, 즉 불을 숭배하는 종교라고 불린다.

올렸고, 마침내 나의 노란 새는 그렇게 깨부숴진 세계의 껍질을 뚫고 아름다운 맹금의 머리를 내밀었다.

우리는 서로가 꾼 꿈에 대해서도 자주 이야기했다. 피스토리우스는 꿈을 해석할 줄 알았다. 놀라운 예 하나가 지금 기억난다. 한번은 꿈을 꾸었는데, 그 꿈속에서 나는 날 수 있었다. 그렇지만 내가 조종할 수 없는 어떤 세찬 힘에 의해 대기 중으로 내던져진 것과 같은 상태였다. 이렇게 공중을 나는 느낌은 정말 감격스러웠지만, 나의 의지와 상관없이 위험한 높이까지 휩쓸려가게 되자 그 느낌은 두려움으로 바뀌었다. 그 순간 나는 천만다행으로 숨을 멈추고 내뱉는 동작을 통해 나의 상승과 하강을 조절할 수 있다는 사실을 발견했다.

이 꿈에 대해 피스토리우스는 이렇게 말했다. "당신을 날 수 있게 만드는 그 힘은 모든 사람이 가진 인류의 위대한 재산입니다. 자신이 모든 힘의 뿌리와 연결되어 있다는 느낌입니다. 하지만 그것을 느낀 사람은 곧 불안해지지요! 그것은 지독하게 위험한 일이니까요! 그래서 사람들 대부분은 기꺼이 날기를 포기하고, 법 규정에 근거해서 인도 위로 걷기를 선택하지요. 하지만 당신은 그러지 않죠. 당신은 건실한 청년답게 계속해서 날아갑니다. 자, 보세요. 당신은 거기서 놀라운 사실을 발견합니다. 당신이 점점 그것을 조절할 수 있다는 것을, 당신을 잡아챈 그 거대하고 보편적인 힘에 섬세하고 미약한 당신 자신의 힘이 더해지고 있다는 것을 말이죠. 하나의 신체 기관, 하나의 조종간 말입니다! 멋진 일입니다. 그것이 없으면 사람은 자신의 의지와 상관없이 공중으로 날아가버립니다. 예를 들자면 미친 사람들이 그렇게 되죠. 그들은 인도 위를 걷는 사람들보다는 더 심오한 예감을 부여받았어요. 하지만 그들에겐 거기에 맞는 열쇠와 조종간이 없기에 그들은 심연으로 날아가버리는 겁니다. 하지만 당신은요. 싱클레어, 당신은 그 일을 해내고 있어요! 어떻게 하는 걸까요? 혹시 아직 전혀 모르고 있나요? 당신은 새로운 기관, 바로 호흡 조절기를 통해 그 일을 해내고 있어요. 이제 당신의 영혼 깊은 곳을 보면 '개인적'이지 않다는 것을 알 수 있을 겁니다. 왜냐하면 당신의 영혼이 이 조절기를 발명한 게 아니거든요! 그것은 새로운 것이 아닙니다! 빌려 온 겁니다. 그것은 수천 년 전부터 존재해왔으니까요. 그것은 물고기의 평형기관인 부레입니다. 그리고 정말로 과거 형태를 보존하고 있는 몇몇 기이한 어종이 오늘날에도 여전히 남아 있는데, 그 물고기들의 부레는 일종의 허파 역할도 동시에 하고 있어서 상황에 따라서는 정말로 호흡을 가능하게 합니다. 그러니까 당신이 꿈속에서 비행용 부레로 사용하는 허파와 정확히 같은 거죠!"

그는 내게 동물학 서적 한 권을 가져와서 과거의 형태를 보존한 물고기들의 이름과 그림을 보여주기까지 했다. 나는 기이한 전율과 함께 내 안에 진화 단계의 초기에 존재했던 기능이 살아 있음을 느꼈다.

제6장 야곱의 씨름

내가 독특한 음악가 피스토리우스에게서 아브락사스에 대해 들었던 내용을 간략하게 다시 설명하기는 어렵다. 하지만 내가 그에게 배웠던 가장 중요한 것은 나 자신에게 이르는 길에서 한 걸음을 더 내딛는 것이었다. 당시 대략 열여덟 살이었던 나는 평범하지 않은 젊은이였다. 많은 면에서 조숙했고, 또 다른 많은 면에서는 굉장히 뒤처지고 무능했다. 나 자신을 다른 사람들과 비교해보면 자랑스럽고 우쭐할 때가 많았지만, 기가 죽고 굴욕감을 느낄 때도 그만큼 많았다. 어떤 날에는 내가 천재라는 생각이 들었고, 때때로 반쯤 미친 사람이라고 생각하기도 했다. 나는 또래 친구들이 누리는 즐거움과 삶에 동참하지 못했다. 마치 내가 아무 가망도 없이 그들에게서 격리된 것 같고, 나의 삶이 꽉 막혀버린 듯해서 자책과 근심에 시달리며 지냈다.

괴짜 어른이었던 피스토리우스는 내게 용기와 자존감을 유지하는 법을 가르쳤다. 그는 나의 말, 나의 꿈, 나의 상상과 생각 속에서 항상 가치 있는 것을 찾아냈다. 그것들을 늘 진지하게 받아들이고 진심으로 논평함으로써 내게 모범을 보였다.

그가 말했다. "당신이 음악을 사랑하는 이유는 그것이 도덕적이지 않기 때문이라고 말한 적이 있죠. 그렇다고 칩시다. 그러면 당신 또한 도덕주의자가 되어서는 안 되는 겁니다! 자신을 다른 사람들과 비교해서는 안 됩니다. 만약 자연이 당신을 박쥐로 창조했다면 당신은 타조가 되고 싶어 해서는 안 됩니다. 당신은 때때로 자신이 괴짜라고 생각하죠. 대다수 사람과는 다른 길을 가고 있다고 자책합니다. 이제 그런 건 버려야 합니다. 불을 들여다봐요. 구름을 바라봐요. 그러다가 예감이 떠오르거나 당신의 영혼이 말하기 시작하거든 곧바로 거기에 집중하도록 해요. 그것이 선생님이나 아버지 혹은 어떤 신의 뜻에 맞는지, 그들이 좋아할지를 먼저 묻지 말라는 말입니다! 그러면 사람이 망가집니다. 그렇게 되면 사람은 인도 위로 올라서게 되고 화석이 되는 겁니다. 이봐요, 싱클레어. 우리가 섬기는 신의 이름은 아브락사스이고 그는 신이자 사탄입니다. 그는 자신 안에 밝은 세계와 어두운 세계를 품고 있습니다. 아브락사스는 당신의 어떤 생각에 대해서도, 어떤 꿈에 대해서도 반대하지 않습니다. 그 사실을 절대 잊지 말아요. 하지만 언젠가 당신이 완벽해지고 정상적인 상태가 되면 그는 당신을 떠날 겁니다. 그때가 되면 그는 당신을 떠나 자신의 생각을 담아서 끓일 새로운 냄비를 찾을 겁니다."

내 모든 꿈 중에서 가장 꾸준했던 건 저 음울한 사랑의 꿈이었다. 나는 그 꿈을 아주 여러 번 꾸었다. 나는 새가 그려진 문장 아래를 지나 오래된 우리 집에 들어가서 어머니를 내게 끌어당기려고 했지만, 어머니 대신 키가 크고 반은 남성적이고 반은 어머니 같은 여인을 품에 안고는 했다. 나는 그 여인을 무서워했지만, 이글거리는 욕망이 나를 그녀에게로 이끌었다. 그런데 나의 친구에게 이 꿈에 대해서는 결코 이야기할 수 없었다. 그에게 다른 모든 것에 대해 털어놓으면서도 이 꿈에 대해서는 말하지 않고 남겨두었다. 이 꿈은 나의 외딴 곳, 나의 비밀, 나의 도피처였다.

마음이 울적할 때면 피스토리우스에게 옛 작곡가 북스테후데의 〈파사칼리아〉를 연주해달라고 요청하곤 했다. 그렇게 저녁 무렵의 어두운 교회 안에 앉아 스스로에게 몰두하고 자신의 소리에 귀 기울이는 이 기이하고도 내밀한 음악에 빠져들었다. 이 음악은 들을 때마다 내게 좋은 영향을 미쳤고, 내가 영혼의 음성을 인정할 수 있도록 좀 더 준비시켜주었다.

가끔 우리는 오르간 연주의 울림이 다 사라진 후에도 교회 안에 조금 더 앉아 있었다. 그리고 흐릿한 빛이 첨두아치형의 높은 창문을 통해 비치다가 사라지는 것을 바라보았다.

"이상하게 들리겠죠." 피스토리우스가 말했다. "내가 한때 신학을 전공했고, 거의 목사가 될 뻔했다는 게 말이에요. 하지만 난 형식의 문제에서 오류를 범했던 것뿐이에요. 목사라는 존재는 나의 소명이고 나의 목표예요. 단지 난 아브락사스를 알기 전에 너무 일찍 만족해버리고 여호와에게 나를 바쳤던 거요. 아, 모든 종교는 훌륭합니다. 종교는 영혼입니다. 기독교의 성찬식을 하든 메카로 성지순례를 떠나든 상관없이 말입니다."

"그렇다면 당신은 그대로 목사가 될 수도 있었을 텐데요." 내가 말했다.

"아닙니다, 싱클레어. 아니에요. 그랬다면 난 거짓말을 해야만 했을 겁니다. 우리의 종교는 마치 종교가 아닌 것처럼 행해지고 있어요. 이성의 행위인 듯 굴고 있죠. 정말 부득이할 경우 난 가톨릭은 가능할 수도 있겠지만, 개신교 목사라니, 안 되죠! 나도 몇 명 알고 있지만, 독실한 신도들은 성경의 문구 자체에 매달립니다. 그래서 그들에게 예수 그리스도가 내게는 인간이 아니라 신과 인간의 중간에 위치한 영웅이며 신화라고, 인류가 영원의 벽에 자신이 그려진 것을 볼 수 있도록 하는 거대한 그림자 상이라고 말할 수는 없을 겁니다. 그리고 여러 가지 이유로 교회에 오는 또 다른 사람들에게 나는 뭐라고 말해야 할까요? 그러니까 그럴듯한 말을 듣기 위해, 의무를 이행하기 위해, 아무것도 놓치지 않기 위해 교회에 오는 사람들 말입니다. 그래요. 내가 그들을 교화시켜야 한다고 생각하나요? 하지만 난 그렇게 하고 싶은 생각이 전혀 없어요. 목사는 교화시키고 싶어 하지 않아요. 목사는 그저 신도들 사이에서, 자신과 비슷한 사람들 사이에서 살고 싶어 할 뿐입니다. 그리고 우리가 우리의 신들을 만들어낼 때 바탕이 되는 그런 감정을 지니고 표현하는 사람이 되고 싶은 겁니다."

그가 말을 멈췄다. 그러더니 다시 말을 이어갔다. "이봐요, 친구. 지금 우리가 아브락사스라는 이름을 부여한 우리의 새로운 신앙은 훌륭합니다. 이 신앙은 우리가 소유한 최고의 것입니다. 하지만 아직은 젖먹이죠! 이 신앙엔 아직 날개가 자라나지 않았어요. 아, 고독한 종교라니, 그것은 아직 진실한 것이 아닙니다. 종교는 공동의 것이 되어야 합니다. 공동체적 제식과 도취, 축제와 비밀 의식이 있어야 해요."

그는 깊은 생각에 빠져들었다.

"비밀 의식을 혼자서 혹은 아주 작은 모임으로도 거행할 수 있는 걸까요?" 내가 머뭇거리며 질문했다.

"해도 되죠." 그가 고개를 끄덕였다. "나는 이미 오랫동안 그렇게 하고 있어요. 예배 의식을 거행해왔는데, 만약 사람들이 그것에 대해 알게 된다면 몇 년을 감옥에 갇혀 있어야 할 정도입니다. 하지만 난 이것이 아직은 제대로 되지 않았다는 걸 알고 있습니다."

그가 갑자기 내 어깨를 치는 바람에 나는 흠칫 놀랐다. "젊은 친구." 그가 강한 어조로 말했다. "당신도 비밀 의식을 갖고 있잖아요. 당신이 분명 내게는 말하지 않는 꿈을 꾸고 있다는 걸 알아요. 그 꿈에 대해 알고 싶지는 않아요. 하지만 당신에게 이 말은 하고 싶어요. 그 꿈을 삶 속에서 실현하세요. 꿈대로 해봐요. 꿈을 위한 제단을 쌓도록 해요! 아직 완전하지는 않지만, 하나의 길이니까요. 언젠가 우리가, 그러니까 당신과 나와 몇몇 다른 사람이 세상을 개혁하게 될지는 두고 보면 알겠죠. 하지만 우리의 내면에서 우리는 날마다 세상을 개혁해야 합니다. 그러지 않으면 우리는 아무것도 아닌 게 됩니다. 한번 생각해봐요! 싱클레어, 당신은 열여덟 살입니다. 당신은 창녀들을 찾아가지 않죠. 당신은 틀림없이 사랑에 대한 꿈을 꾸고 사랑에 대한 욕구를 품고 있을 겁니다. 어쩌면 당신이 두려움을 느낄 정도의 꿈일지도 모릅니다. 두려워하지 말아요! 그런 꿈들이 당신이 가지고 있는 최고의 것이니까요! 날 믿어도 됩니다. 당신 나이 때 나는 사랑의 꿈들을 억압하는 바람에 많은 걸 잃었어요. 그래서는 안 됩니다. 아브락사스에 대해 알게 된 사람은 더는 그래서는 안 됩니다. 우리 안의 영혼이 소망하는 것은 무엇이든 두려워해서도 안 되고, 금지된 것으로 여겨서도 안 됩니다."

나는 깜짝 놀라 반박했다. "하지만 마음속에 떠오른 것들을 뭐든지 다 할 수 있는 건 아니잖아요! 어떤 사람이 싫다고 해서 그 사람을 죽여도 되는 것은 아니니까요."

그는 내게 좀 더 가까이 다가왔다.

"어떤 상황에서는 그렇게 해도 됩니다. 다만 대다수 상황이 오류일 뿐입니다. 당신에게 떠오른 생각들을 그냥 다 실행해야 한다고 말하려는 게 아닙니다. 그렇지 않아요. 하지만 좋은 의미를 지닌 생각들을 그냥 몰아내버리거나 도덕적으로 따지고 들어서 해롭게 만들어서는 안 된다는 겁니다. 자기 자신이나 다른 사람들을 십자가에 못 박는 대신 장엄한 사상으로 가득 찬 잔을 들어 마시면서 희생의 신비에 대해 생각해 볼 수도 있습니다. 그런 행동을 하지 않고서도 자신의 충동과 이른바 유혹을 존중과 사랑으로 대할 수 있습니다. 그렇게 하면 충동과 유혹이 그 의미를 드러냅니다. 그 모든 것엔 의미가 있으니까요. 싱클레어, 언젠가 또다시 정말로 미친 생각이나 죄 많은 생각이 떠오르거든, 누군가를 죽이고 싶거나 무지막지하게 음란한 짓을 하고 싶은 생각이 들거든 잠시 이것을 떠올리도록 해요. 당신의 내면에서 그런 상상을 하도록 한 것이 아브락사스라는 사실 말입니다! 당신이 죽이고 싶은 인간은 절대 그냥 아무개가 아닙니다. 그 사람은 분명 위장에 불과합니다. 우리가 어떤 인간을 증오할 때, 우리는 그의 형상 속에서 우리 자신 안에 자리 잡은 무언가를 증오하는 겁니다. 우리 자신의 내면에 존재하지 않는 것은 우리를 자극하지 않습니다."

이제껏 피스토리우스가 내게 해줬던 말 중에서 이처럼 나의 가장 내밀한 곳에 깊이 들어와 박힌 말은 없었다. 나는 대답할 수 없었다. 하지만 내가 가장 강렬하고도 기이한 감동을 받았던 것은 이러한 충고가 몇 년 전부터 꾸준히 마음속에 품고 다니던 데미안의 말과 일치한다는 사실 때문이었다. 그들은 서로 전혀 알지 못했지만, 두 사람이 내게 같은 이야기를 해주었던 것이다.

피스토리우스가 나지막하게 말했다. "우리가 보는 것들은 우리의 내면에 있는 것과 같습니다. 우리가 내면에 지닌 것들 이외의 현실은 존재하지 않아요. 그래서 사람들은 대부분 그렇게 비현실적으로 사는 겁니다. 그들은 외부의 형상들을 현실이라고 여기고, 자기 내면의 고유한 세계가 발언할 기회를 주지 않죠. 그렇게 살아도 행복할 수는 있습니다. 하지만 또 다른 방법이 있다는 것을 한번 알게 되면, 사람들 대부분이 가는 길을 더는 선택하지 않게 됩니다. 싱클레어, 사람들 대부분이 가는 길은 쉽고, 우리의 길은 어렵습니다. 그 길을 가봅시다."

두 번이나 그를 기다렸지만 만나지 못하고 며칠이 지난 어느 날 저녁 늦게 거리에서 그와 마주쳤다. 그는 차가운 밤바람에 나부끼듯 외롭게 모퉁이를 돌아 나왔는데, 완전히 취한 상태로 비틀거렸다. 나는 그를 부르고 싶지 않았다. 그는 나를 보지 못한 채 내 옆을 지나갔다. 마치 미지의 것으로부터 부름을 받아 따라가기라도 하는 듯 이글거리는 고독한 눈길로 자신의 앞을 응시하고 있었다. 나는 그 길이 끝날 때까지 그를 뒤따라갔다. 그는 마치 유령처럼 걸어갔다. 보이지 않는 철선에 이끌려 가듯 열정적이면서도 흐트러진 걸음걸이였다. 나는 슬픔에 잠긴 채 집으로, 구원받지 못한 나의 꿈들로 돌아왔다.

"그러니까 그는 저런 식으로 자기 내면의 세계를 개혁하고 있다는 건가!" 그렇게 생각하던 그 순간 내 생각이 저열하고 도덕적이라고 느꼈다. 내가 그의 꿈에 대해서 무엇을 알겠는가? 그렇게 취했어도 그는 불안에 떨고 있는 나보다 아마도 더 안전한 길을 가고 있을 것이었다.

수업 시간 사이의 쉬는 시간에 내가 그동안 한 번도 관심을 기울인 적 없는 동급생 한 명이 나에게 접근하려고 애쓰는 모습이 가끔 눈에 띄었다. 그는 작고 허약해 보이는 마른 체구의 소년으로 붉은빛이 도는 금발은 숱이 적었다. 그런데 그의 시선과 태도에는 뭔가 특이한 데가 있었다. 어느 날 저녁, 집에 가는데 그가 골목에 숨어서 나를 기다리다가 내가 지나가는데도 가만히 있더니, 다시 내 뒤를 따라와서는 우리 집 문 앞에 멈춰 섰다.

"내게 할 말이라도 있는 거야?" 내가 물었다.

"그냥 너와 한번 이야기하고 싶어." 그가 수줍게 말했다.

"부탁인데 나와 함께 잠깐 걸어줘."

나는 그를 뒤따라가면서 그가 굉장히 흥분하고 기대에 가득 차 있다는 것을 느꼈다. 그는 두 손을 떨고 있었다.

"너 심령론자야?" 그가 아주 갑작스럽게 물었다.

"아냐, 크나우어." 내가 웃으면서 말했다. "전혀 그렇지 않아. 어떻게 그런 생각을 하게 된 거야?"

"하지만 접신론자는 맞지?"

"그것도 아닌데."

"아, 그렇게 감추지 마! 네가 뭔가 특별하다는 걸 분명히 느낄 수 있단 말이야. 네 눈에 그게 담겨 있어. 난 네가 영들과 교류한다고 확신해. 싱클레어, 난 호기심에서 묻는 게 아냐. 아니라고! 나도 구도자란 말이야. 알겠지? 그리고 난 너무 외로워."

"더 얘기해봐!" 나는 그를 격려해줬다. "영들에 대해서는 아무것도 모르지만, 난 나의 꿈속에서 살고 있어. 그걸 네가 느낀 거야. 다른 사람들도 꿈속에 살지. 하지만 자기 자신의 꿈속이 아니야. 그게 차이점이야."

"그래, 아마 그럴 거야." 그가 속삭였다. "다만 어떤 종류의 꿈속에서 사는지가 중요할 뿐이야. 넌 백색 마법에 대해 들어본 적 있어?"

난 아니라고 답할 수밖에 없었다.

"그건 자기 자신을 통제하는 법을 익히는 거야. 그러면 영원히 죽지 않을 수도 있고, 마법을 부릴 수도 있어. 넌 그런 연습을 한 번도 해본 적 없어?"

그게 어떤 연습인지 궁금해하며 묻자 처음에는 중요한 비밀이라도 되는 것처럼 굴던 그는 내가 그냥 가려고 하자 그제야 이야기를 털어놓았다.

"예를 들어 잠들고 싶거나 집중하고 싶을 때 난 그런 연습을 하곤 해. 무언가를 떠올려보는 거야. 이를테면 어떤 단어나 이름이나 기하학 도형 같은 것 말이야. 그리고 있는 힘을 다해 그것을 내 안으로 집어넣는 거지. 그것이 내 머릿속에 들어 있는 것을 상상하려고 노력해. 그것이 머릿속에 들어 있다고 느끼게 될 때까지 말이야. 그다음엔 생각을 통해 그것을 목 안으로 집어넣지. 그렇게 내 온몸이 그것으로 가득 찰 때까지 계속하는 거야. 그러면 난 완전히 단단해져서 그 무엇도 나의 평온을 방해할 수 없게 되지."

나는 그게 무슨 의미인지 어느 정도는 이해했다. 하지만 그가 뭔가 다른 얘기를 하고 싶어 한다고 느꼈다. 그는 이상하게 흥분했고 조급하게 굴었다. 나는 그가 쉽게 질문을 꺼낼 수 있도록 도왔고, 그러자 그는 곧 자신의 원래 관심사를 끄집어냈다.

"너도 금욕을 하지?" 그가 소심하게 물었다.

"그게 무슨 말이야? 성적인 금욕 말이야?"

"그래, 맞아. 그 가르침을 알게 된 이후 난 지금까지 2년째 금욕 생활을 하고 있어. 그전에는 죄악을 저질렀지. 무슨 말인지 알 거야. 넌 그럼 여자랑 자본 적이 한 번도 없는 거야?"

"없어." 내가 말했다. "내게 맞는 여자를 찾지 못했거든."

"하지만 만일 네게 맞는다고 생각되는 여자를 찾게 되면, 그 여자와 잘 거야?"

"그럼, 당연하지. 그 여자가 반대하지 않는다면 말이야." 나는 약간 비꼬듯 말했다.

"오, 그렇게 되면 넌 잘못된 길을 가는 거야! 내면의 힘을 갈고닦으려면 완전한 금욕 생활을 유지해야만 해. 난 2년 동안 그렇게 해왔어. 2년하고도 한 달이 조금 넘게 말이야! 정말 어려운 일이야! 가끔 더는 참을 수가 없을 지경이야."

"이것 봐, 크나우어. 난 금욕이 그토록 엄청나게 중요하다고는 생각하지 않아."

그가 반박했다. "나도 알아. 다들 그렇게 말하지. 하지만 네가 그렇게 말할 거라고는 생각 못 했어. 더 높은 정신적인 길을 가려는 사람은 정결을 유지해야 해. 무조건!"

"그래, 그럼 그렇게 해! 하지만 자신의 성을 억압한 사람이 왜 다른 사람보다 '더 정결하다'는 건지 난 이해할 수 없어. 아니면 넌 성적인 것을 모든 생각과 꿈에서까지도 배제할 수 있는 거야?"

그는 절망적인 시선으로 나를 바라보았다.

"아니, 그게 안 돼! 젠장, 하지만 그래도 정결해야 해. 난 밤에 꿈을 꾸는데, 그 꿈에 대해서는 나 자신에게조차 이야기할 수 없을 정도야! 정말 끔찍한 꿈을 꾼다고!"

나는 피스토리우스가 내게 해줬던 말을 떠올렸다. 하지만 내가 아무리 그의 말이 옳다고 생각해도 그 말을 그대로 전해줄 수는 없었다. 나 자신의 경험에서 나온 것이 아니고, 또한 아직은 나 스스로도 따를 자신이 없는 조언을 할 수는 없는 일이었다. 나는 침묵했고, 누군가가 내게 조언을 구하는데 아무런 조언도 해줄 수 없는 상황에 자존심이 상했다.

"난 모든 방법을 다 시도해봤어!" 크나우어가 내 옆에서 한탄을 늘어놓았다. "냉수, 눈, 체조, 달리기, 할 수 있는 건 다 해봤다고. 하지만 그 모든 게 아무런 도움이 되지 않았어. 매일 밤 나는 생각도 해서는 안 될 내용의 꿈을 꾸다가 깨어나곤 해. 정말 끔찍한 게 뭐냐면, 그로 인해서 내가 정신적으로 배웠던 모든 것이 서서히 사라진다는 거야. 난 이제 집중하거나 잠드는 걸 거의 할 수 없게 되었어. 밤새 잠들지 못하고 깨어 있는 일이 자주 있어. 이런 상황을 오래 견딜 수는 없을 것 같아. 내가 결국 이 싸움을 완수하지 못한다면, 내가 포기하고 다시 자신을 더럽히게 된다면, 난 전혀 싸워보지도 않았던 다른 모든 사람보다 더 나쁜 거야. 무슨 말인지 이해하지?"

나는 고개를 끄덕였지만, 그에 대해 아무런 말도 할 수 없었다. 그가 지루해지기 시작했다. 나는 그가 위기에 처해 있고 절망하고 있는 게 분명한데도 깊은 인상을 받지 못하는 나 자신에게 경악했다. 난 그저 이렇게 느꼈을 뿐이다. 난 널 도울 수가 없어.

"그러니까 넌 나에게 해줄 말이 전혀 없어?" 마침내 그가 기진맥진하여 슬픈 어조로 말했다. "전혀 없어? 하지만 분명히 길이 있을 거 아냐! 넌 대체 어떻게 하고 있는 거야?"

"난 네게 아무 말도 해줄 수가 없어, 크나우어. 이건 서로 도울 수 없는 문제야. 나 역시 아무의 도움도 받지 않았어. 자기 자신에 대해 깨달아야 해. 그리고 정말로 너의 본성에서 나오는 대로 행동해야 해. 다른 방법은 없어. 너 자신을 발견할 수 없다면, 영들도 발견하지 못할 거라고 생각해."

그 자그마한 녀석은 갑자기 말이 없어지더니 실망한 채 나를 바라보았다. 그러다가 그의 시선이 갑작스러운 증오로 이글거렸다. 그는 일그러진 표정으로 분노에 차서 소리쳤다. "아, 넌 정말 훌륭한 성인이로구나! 하지만 너도 죄악을 범하고 있다는 걸 난 알지! 마치 현자인 듯 굴지만, 남몰래 나나 다른 사람들 모두와 똑같이 더러운 짓에 매달려 있잖아! 넌 돼지야. 나랑 다를 바 없는 돼지 새끼. 우리는 모두 돼지라고!"

나는 그를 세워둔 채 그 자리를 떠났다. 그는 두세 걸음 따라오다가 멈춰 서더니 돌아서서 달아나버렸다. 동정과 혐오의 감정이 동시에 몰려와 불쾌해졌다. 집에 돌아와 나의 작은 방에서 몇 장의 그림을 내 주위에 세워두고 마음을 다해 나 자신의 꿈속에 깊이 잠기고 나서야 그 감정에서 벗어날 수 있었다. 그러자 곧바로 현관문과 문장, 어머니와 낯선 여자에 관한 나의 꿈이 다시 돌아왔다. 그 여자의 표정이 너무나 뚜렷하게 보여서 바로 그날 저녁에 나는 그녀의 그림을 그리기 시작했다.

마치 꿈속에서처럼 거의 무의식 상태로 십오 분씩 그려낸 이 그림이 며칠 후 완성되었다. 나는 저녁 무렵 그 그림을 방벽에 걸고, 독서용 램프를 그 앞으로 끌어와서 마치 끝장이 날 때까지 나와 씨름을 벌여야만 하는 영 앞에 서듯이 그 그림 앞에 서 있었다. 그 얼굴은 이전에 그린 얼굴과 비슷했고, 나의 친구 데미안과 비슷했으며, 몇 가지 특징은 나 자신과도 비슷했다. 한쪽 눈이 다른 한쪽 눈보다 눈에 띄게 위쪽에 있었고, 운명으로 가득 찬 그 시선은 내 위를 지나 어딘가를 뚫어지게 응시하고 있었다.

그 그림 앞에 서 있던 나는 내면이 긴장되어 가슴속까지 차가워졌다. 나는 그 그림을 향해 질문을 던졌고, 그 그림을 비난했으며, 애무하고, 기도했다. 난 그 그림을 어머니라고 불렀고, 연인이라고 불렀으며, 창녀와 하녀라고 부르기도 했다. 또한 아브락사스라고도 불렀다. 그 사이로 피스토리우스의 말이 떠올랐다. 아니면 데미안의 말이었던가? 그 말을 언제 했는지 기억나지는 않았지만, 지금 그 말을 다시 듣고 있는 것만 같았다. 그것은 야곱이 하느님이 보낸 천사와 벌인 씨름과 관련된 말이었다. "당신이 나를 축복하지 않으면 내가 당신을 놓아주지 않겠습니다."

램프 불빛에 비친 그림 속의 얼굴은 내가 부를 때마다 모습이 계속 바뀌었다. 그 얼굴은 환하게 빛나기도 했고, 검게 어두워지기도 했다. 생기를 잃은 두 눈 위로 창백한 눈꺼풀을 닫았다가 다시 눈을 뜨고 이글거리는 시선으로 쏘아보기도 했다. 그 얼굴은 여자였다가, 남자였다가, 소녀가 되었다. 작은 아이거나 동물이기도 했다. 점점 희미해져서 얼룩이 되었다가 다시 커지고 뚜렷해졌다. 결국 나는 강력한 내면의 부름에 따라 눈을 감았고, 나의 내면에 있는 그 그림을 바라보았다. 더 강하고 힘 있게 보였다. 나는 그 그림 앞에 무릎을 꿇고자 했으나, 그것이 나의 내면에 너무나 깊이 들어와 있어서 마치 그 그림이 온전히 내가 되기라도 한 듯 나 자신과 그림을 분리할 수 없었다.

그때 마치 초봄의 태풍 소리처럼 둔중하고 묵직하게 윙윙거리는 소리가 들려왔고, 나는 두려움과 함께 무언가를 체험하고 있다는 형용할 수 없는 새로운 감정에 휩싸여 몸을 떨었다. 별들이 내 앞에서 반짝거리다가 사라졌다. 이미 까맣게 잊어버렸던 최초의 어린 시절까지 거슬러 올라간 기억들, 심지어 존재 이전의 시기와 생성의 초기 단계까지에 이르는 기억들이 물밀듯이 내 곁을 지나 흘렀다. 하지만 나의 전 생애를 가장 은밀한 부분까지 반복하는 듯한 그 기억은 과거와 현재에서 멈추지 않았다. 계속 나아가서 미래를 비춰 보이고,

나를 현재로부터 잡아채서 새로운 삶의 형식 속으로 밀어 넣었다. 그 형상은 엄청나게 환하고 눈부셨지만, 나중에는 그중 어느 것도 제대로 기억나지 않았다.

밤중에 깊은 잠에서 깨어나보니 나는 옷을 다 입은 채로 침대 위에 비스듬하게 누워 있었다. 나는 등불을 밝혔다. 나는 뭔가 중요한 것을 기억해내야 한다고 느꼈지만, 그 이전의 몇 시간 동안 무슨 일이 있었는지 전혀 생각나지 않았다. 등불을 밝히고 나니 점차 기억이 났다. 그림이 어디에 있나 찾았는데, 이제는 벽에 걸려 있지 않았고 책상 위에도 없었다. 그러자 그 그림을 불태워버린 기억이 어렴풋이 나는 것 같았다. 내가 그것을 내 손으로 태운 후 재를 먹어버린 건 혹시 꿈이었을까?

몸에 경련을 일으킬 만큼 커다란 불안이 나를 몰아댔다. 나는 무언가를 강요받기라도 한 것처럼 모자를 쓰고 집에서 나와 골목길을 통과했고, 마치 폭풍에 휩쓸려 다니듯 여러 거리와 광장을 계속해서 떠돌아다녔다. 내 친구의 컴컴한 교회 앞에서 귀를 기울이기도 했다. 어두운 충동에 사로잡혀 무엇을 찾는지도 알지 못한 채 찾고 또 찾았다. 교외의 사창가를 지나쳤는데, 그곳에는 여기저기 아직 불이 밝혀져 있었다. 더 멀리 나가니 신축 중인 건물들과 벽돌 무더기가 보였다. 군데군데 잿빛 눈이 덮여 있었다. 낯선 압력에 떠밀려 마치 몽유병자처럼 이런 황량한 곳을 헤매게 되니 과거에 나를 괴롭히던 크로머가 내게서 처음으로 돈을 받아내려고 끌고 갔던 내 고향 도시의 신축 공사장이 생각났다. 그와 비슷한 건물이 이 음울한 밤에 내 앞에 서 있었고, 시커먼 문구멍이 나를 향해 열려 있었다. 그것이 나를 끌어당겼다. 나는 피하려다가 모래와 쓰레기 더미 위로 비틀거렸다. 하지만 충동이 더 강해서 안으로 들어갈 수밖에 없었다. 나는 비틀거리며 널빤지와 깨진 벽돌을 넘어 황량한 공간으로 들어섰다. 축축한 냉기와 돌들에서 음침한 냄새가 풍겼다. 모래 더미가 쌓여 있어서 회백색 얼룩처럼 보였고, 그 밖에는 완전히 어두웠다.

그때 깜짝 놀란 듯한 목소리로 누군가가 나를 불렀다. "세상에, 싱클레어. 어디서 오는 거야?"

어둠 속에서 한 사람이 몸을 일으켰다. 작고 마른 소년이었는데, 마치 유령 같았다. 나는 머리카락이 쭈뼛 곤두섰지만, 그가 나의 동급생 크나우어인 것을 알아보았다.

"어떻게 여길 온 거야?" 그가 흥분해서 어쩔 줄 모르며 물었다. "어떻게 날 찾을 수 있었지?"

나는 그의 말을 이해하지 못했다.

"난 너를 찾아다니지 않았어." 내가 얼이 빠진 채로 대답했다. 얼어붙은 듯 무감각해진 무거운 입술 사이로 한마디 한마디가 힘겹게 흘러나왔다.

그는 나를 빤히 바라보았다.

"찾아다니지 않았다고?"

"응, 나는 이곳으로 이끌려 온 거야. 네가 날 불렀어? 네가 날 부른 게 분명해. 대체 여기서 뭘 하는 거야? 지금 밤중이잖아."

그는 앙상한 두 팔로 온 힘을 다해 나를 얼싸안았다.

"그래, 밤중이지. 조금 있으면 분명히 아침이 될 테고. 오, 싱클레어, 네가 날 잊지 않았다니! 날 용서해줄 수 있겠어?"

"대체 뭘 용서해?"

"아, 내가 너무 못되게 굴었잖아!"

이제야 우리가 나눴던 대화가 기억났다. 그게 네댓새 전의 일이었던가? 그때 이후로 한평생이 지난 듯한 느낌이 들었다. 하지만 이제 갑자기 모든 것이 분명해졌다. 우리 사이에 있었던 일뿐만 아니라 내가 왜 이곳에 왔으며, 크나우어가 여기 교외에서 무엇을 하려고 했는지까지.

"그러니까 넌 자살을 하려고 했던 거지, 크나우어?"

그는 추위와 두려움으로 몸을 덜덜 떨었다.

"맞아, 그러려고 했어. 정말 할 수 있었을지는 나도 모르겠어. 아침이 될 때까지 기다릴 생각이었어."

나는 그를 이끌고 건물 바깥으로 나왔다. 잿빛 대기 속에서 아침의 첫 햇살이 지평선을 따라 빛을 발하고 있었다. 말할 수 없이 차갑게, 소리도 없이 희미하게.

나는 크나우어의 팔을 잡고 얼마간 더 걸어갔다. 내 안에서 이런 말이 흘러나왔다. "이제 집으로 돌아가. 그리고 아무에게도 이야기하지 마! 넌 잘못된 길에 들어섰던 거야. 잘못된 길이라고! 그리고 우리는 네가 생각하는 것처럼 돼지도 아니야. 우리는 인간이야. 우리는 신들을 만들고 그 신들과 씨름해. 그리고 그 신들은 우리를 축복하지."

우리는 아무 말 없이 계속 걷다가 헤어졌다. 집에 도착하니 날이 환히 밝아 있었다.

S시에서 지냈던 그 시기에 내가 겪은 일 중에서 가장 좋았던 것은 피스토리우스의 오르간 연주를 듣거나 벽난로의 불 앞에서 그와 함께 보낸 시간이었다. 우리는 아브락사스에 대한 그리스어 문헌을 함께 읽었다. 그는 베다 경전의 번역본 중에서 일부를 내게 읽어주었고, 신성한 음절 '옴'•을 말하는 법을 가르쳐주었다. 그러나 나의 내면을 성장시켜준 것은 이런 식의 학식이 아니라 오히려 그 반대의 것이었다. 내게 도움이 되었던 것은 나의 내면이 성장하고 있다는 자각이었다. 나의 꿈과 생각과 예감에 대한 신뢰가 점점 커지고, 나의 내면에 자리한 힘에 대한 지식이 점점 늘어간다는 사실이었다.

피스토리우스와 나는 어떤 방식으로든 잘 통했다. 그저 강력하게 그를 생각하기만 하면 그가 오거나 그의 안부 인사가 올 거라고 나는 확신했다. 그가 그 자리에 없더라도 나는 데

• 브라만교, 불교, 힌두교에서 모든 소리 가운데 가장 신성한 것으로 여긴다.

미안에게 하듯 그에게 무언가를 물어볼 수 있었다. 그저 그를 확실하게 떠올리고, 나의 질문을 집약된 생각의 형태로 그에게 향하도록만 하면 됐다. 그러면 질문 속에 담았던 모든 영혼의 힘이 대답이 되어 나의 내면으로 되돌아왔다. 하지만 그때 내가 떠올렸던 것은 피스토리우스도 아니었고 데미안도 아니었다. 나는 내가 꿈꾸고 그림으로 그렸던 형상을 떠올렸다. 내가 불러야 하는 건 남자면서 여자인 내 데몬의 꿈속의 형상이었다. 그 형상은 이제 내 꿈속이나 종이 위에 그려진 상태로만 존재하지 않았다. 그것은 내 안에 나 자신의 이상이자 고양된 이미지로서 존재했다.

실패한 자살 시도자 크나우어와 나와의 관계는 독특하면서도 가끔은 우스꽝스러웠다. 내가 그에게로 보내졌던 그날 밤 이후로 그는 마치 충실한 하인이나 개처럼 내게 매달렸고, 자기 삶을 나의 삶과 연결하려 했으며, 맹목적으로 나를 따랐다. 그는 아주 이상한 질문과 소망을 가지고 왔다. 영들을 보고 싶어 하고, 카발라•를 배우고 싶어 했다. 내가 그 모든 것에 대해 아무것도 모른다고 분명하게 말해도 믿으려 들지 않았다. 그는 내게 모든 능력이 있다고 믿었다. 그런데 기이하게도 그가 이상하고 바보 같은 질문들을 가지고 내게 올 때는 마침 나도 내 안의 어떤 매듭을 풀어야 할 상황일 때가 많

• 유대교 신비주의 사상.

았고, 그의 변덕스러운 발상과 관심사를 통해 그 매듭을 풀 수 있는 단서와 계기를 얻게 될 때가 많았다. 그가 귀찮아서 위압적으로 쫓아내버릴 때도 많았지만, 그래도 나는 그 역시 내게 보내진 존재라는 것, 내가 그에게 주었던 것이 그에게서 두 배가 되어 내 안으로 돌아온다는 것, 그 역시 나의 인도자 혹은 길이라는 것을 느꼈다. 그가 구원을 얻기 위해 읽었다며 내게 가져다준 엉뚱한 책과 문헌 들은 내가 당장 이해할 수 있는 것 이상을 가르쳐주었다.

크나우어는 훗날 내가 알아채지도 못하는 사이에 나의 길에서 사라져버렸다. 그와는 대결할 필요가 없었다. 하지만 피스토리우스는 달랐다. S시에서의 학창 시절이 끝날 무렵 나는 그와 또 한 번 독특한 체험을 했다.

아무리 악의 없는 사람이라도 살면서 한 번 혹은 몇 번 정도는 경건함과 감사라는 아름다운 미덕을 반드시 어기게 된다. 누구나 한 번은 자신의 아버지에게서, 자신의 스승들에게서 분리되는 한 걸음을 내디뎌야 한다. 누구든 고독의 혹독함을 조금은 느껴봐야만 한다. 비록 사람들 대부분은 그걸 제대로 견뎌내지 못하고 곧바로 다시 어딘가로 숨어들기 마련이지만 말이다. 나는 부모님과 그들의 세계에서, 내 아름다웠던 어린 시절의 '밝은' 세계에서 격렬한 씨름을 벌이며 분리된 것이 아니라 천천히 거의 눈에 띄지 않게 멀어졌고 낯선 존재가 되어갔다. 속상했다. 그래서 고향을 방문하면 씁쓸한 시간을 보낼 때가 많았다. 하지만 그것이 가슴 깊이 파고들 정도는 아니었고 견딜 만했다.

하지만 습관에 따라서가 아니라 온전한 자신의 의지로 사랑과 경외를 바쳤던 곳, 진정한 마음으로 제자이자 친구였던 곳, 바로 그곳에서 우리 내면의 주도적인 흐름이 사랑하는 사람에게서 멀어지려는 것을 갑자기 알아차리게 될 때, 이는 비통하고 고통스러운 순간이 된다. 그 순간 친구이자 스승을 거부하는 생각 하나하나가 독침으로 자기 심장을 겨누고, 방어하려고 내두르는 주먹은 모두 자기 얼굴을 때린다. 그리하여 마음속에 올바른 도덕을 품고 있다고 믿는 사람에게 '배신'과 '배은망덕'이라는 이름이 수치스러운 외침과 낙인처럼 갑자기 떠오르게 된다. 깜짝 놀란 가슴은 겁에 질려 어린 시절의 미덕이 존재하는 평온한 골짜기로 도망친다. 그리고 이 관계 또한 단절되어야만 한다는 사실, 이러한 인연 역시 끊어져야만 한다는 사실을 믿지 못한다.

시간이 흐르면서 서서히 내 안의 어떤 감정이 나의 친구 피스토리우스를 무조건 인도자로 인정하는 것에 저항했다. 나의 청소년기 중 가장 중요한 몇 달 동안 내가 체험했던 것은 그와의 우정이었고, 그의 충고, 그의 위로, 그와의 친밀감이었다. 그를 통해 신은 내게 말했다. 그의 입을 통해 나의 꿈들이 내게 되돌아왔으며 해명되고 해석되었다. 그는 나 자신에게로 갈 수 있는 용기를 내게 선물해주었다. 아, 그런데 이제 나는 서서히 그에 대한 저항이 커져가는 것을 느꼈다. 그의 말에서 너무 많은 훈계가 들렸고, 그가 나의 일부분만 제대로 이해한다고 생각하게 되었다.

우리 사이에 다툼이나 요란한 사건은 없었다. 절교한 적도 없었고 담판을 벌인 일조차 없었다. 나는 그에게 사실상 악의 없는 단 한마디 말을 했을 뿐이다. 하지만 바로 그 순간 우리 사이에 있던 환상이 색색의 조각으로 산산이 부서져버렸다.

이런 예감은 얼마 전부터 이미 나를 짓누르고 있었다. 그것이 뚜렷한 감정으로 바뀐 것은 어느 일요일 그의 낡은 서재에서였다. 우리는 불 앞쪽 바닥에 엎드려 있었고, 그는 자신이 연구하는 비밀 의식과 종교의 형태에 대해 이야기하고 있었다. 그는 그것들을 꾸준히 탐구했고, 그 미래가 어떻게 될 것인가 하는 문제에 몰두해 있었다. 하지만 내게는 이 모든 것이 생사를 결정할 만큼 중요한 문제라기보다는 진기하고 흥미로운 문제처럼 보였다. 그의 이야기에서 박학다식함이 느껴졌고, 과거 세계의 폐허 속에 파묻혀 힘겨운 수색 작업을 벌이고 있는 듯이 보이기도 했다. 그러다가 갑자기 이 모든 방식, 비밀 의식에 대한 숭배, 전승된 종교 형태들을 모자이크처럼 짜 맞추는 유희에 대해 거부감이 들었다.

"피스토리우스." 내가 불쑥 말했다. 스스로도 경악할 만큼 악의를 품은 말투였다. "꿈 이야기나 다시 해줘요. 당신이 밤에 꾸었던 진짜 꿈 이야기 말이에요. 지금 얘기하고 있는 건,

뭐랄까, 너무나 지겹도록 고리타분하네요!"

그는 내가 그런 식으로 말하는 걸 들어본 적이 한 번도 없었다. 그 말을 뱉는 순간 내가 그에게 쏜 화살, 심장에 명중시킨 그 화살이 그의 무기고에서 꺼내 온 것이라는 사실이 번개처럼 뇌리를 스쳐 나 스스로도 수치심과 당혹감을 느꼈다. 그러니까 가끔 반어적인 어투로 쏟아내곤 했던 그의 자기 비난을 이제 내가 사악하게도 더 날카롭게 벼려서 그에게 쏜 것이었다.

그는 순간적으로 그것을 알아차렸고, 곧바로 입을 다물었다. 나는 마음속으로 두려워하며 그를 바라봤는데, 그가 무섭도록 창백해지는 게 보였다.

한참 동안 무거운 침묵이 흐른 후 그가 새 장작을 불 위에 얹으면서 조용히 말했다. "당신 말이 전적으로 옳아요, 싱클레어. 당신은 영리한 사람이에요. 이제 고리타분한 얘기로 당신을 귀찮게 하지 않을게요."

그는 굉장히 평온하게 말했지만, 그가 상처받고 고통스러워하는 것을 분명히 느낄 수 있었다. 대체 내가 무슨 짓을 한 것인가!

눈물이 날 것만 같았다. 진심으로 그에게 다가가 용서를 빌고 싶었고, 나의 사랑과 애정 어린 감사를 그에게 확인시켜주고 싶었다. 감동적인 말들이 떠올랐다. 하지만 나는 그 말들을 할 수 없었다. 나는 그냥 엎드린 채 불을 들여다보며 침묵했다. 그 역시 침묵했다. 그래서 우리는 그냥 그렇게 엎드려 있었고, 그사이 불은 다 타서 사그라들었다. 불꽃이 튀는 소리가 날 때마다 다시 돌아올 수 없는, 무언가 아름답고 친밀한 것이 다 타서 사라져버리는 듯한 느낌이 들었다.

"제 말을 오해할까봐 걱정이 되네요." 마침내 내가 굉장히 위축된 채 건조하고 잠긴 목소리로 말했다. 그 어리석고 의미 없는 말들은 마치 신문소설을 낭독하듯 기계적으로 내 입술 사이로 흘러나왔다.

"당신의 말은 아주 잘 이해했어요." 피스토리우스가 조용히 말했다. "그리고 당신이 옳아요." 그는 기다렸다가 다시 천천히 말을 이어갔다. "한 인간이 타인에 대해 옳을 수 있는 만큼 옳아요."

아뇨, 아니에요. 내 안에서 외침이 터져 나왔다. 제가 틀렸어요! 하지만 아무 말도 할 수 없었다. 내가 단 한마디의 말로 그의 본질적인 약점, 그의 고민과 상처를 지적했음을 알았던 것이다. 나는 그가 스스로를 의심할 수밖에 없는 바로 그 지점을 건드렸다. 그의 이상은 '고리타분'했으며, 그는 과거로 역행하는 구도자이자 낭만주의자였다. 불현듯 나는 깊이 깨달았다. 피스토리우스가 내게 해주었던 바로 그 역할과 내게 주었던 바로 그것을 정작 자기 자신에게는 할 수도 없고 줄 수도 없었다는 것을. 그는 나를 어떤 길로 이끌었지만, 인도자였던 자신마저도 그 길에서 추월당하고 버림받아야만 했다.

대체 어쩌다가 그런 단어가 튀어나왔는지 알다가도 모를 일이었다! 절대로 나쁜 의도로 한 말은 아니었으며, 그것이 파국을 불러올 거라고는 상상도 하지 못했다. 그 말을 뱉는 순간조차도 내가 무슨 말을 하는지 전혀 의식하지 못하고 있었다. 조금은 재치 있고, 조금은 악의적인, 그저 사소한 생각이 떠올라 그대로 내뱉은 것 뿐이었는데, 그것이 운명이 되어버렸다. 부주의로 사소한 무례를 범했는데, 그것이 그에게는 심판이 되어버렸다.

오, 그때 그가 화를 내고, 변명하고, 내게 소리 지르기를 나는 얼마나 간절히 바랐던가! 그는 아무런 행동도 하지 않았다. 나는 그 모든 짓을 나의 내면에서 스스로 해야만 했다. 할 수 있다면 그는 미소를 지었을 것이다. 하지만 미소조차 짓지 못하는 것을 보면서 내가 그에게 얼마나 큰 타격을 주었는지 똑똑히 알 수 있었다.

피스토리우스가 주제넘고 배은망덕한 자기 제자의 공격을 그렇게 소리도 없이 받아들임으로써, 침묵하면서 내가 옳다고 해줌으로써, 나의 말을 운명으로 인정함으로써 그는 내가 스스로를 혐오하게 했고, 나의 경솔함을 천배나 더 확대했다. 내가 공격했을 때, 나는 내가 강하고 방어할 힘이 충분한 사람을 쳤다고 생각했다. 그런데 인제 보니 그는 조용하고 인내심 있는 사람이었다. 말없이 항복해버리는 무방비한 사람이었다.

우리는 오랫동안 꺼져가는 불 앞에 그대로 엎드려 있었다. 불꽃이 이글거리며 그려내는 형상 하나하나, 재가 되어 구부러지는 장작 하나하나가 행복하고 아름답고 풍요로웠던 시간을 떠오르게 했다. 피스토리우스에 대해 내가 떠안아야 할 빚을 점점 더 크게 쌓아 올렸다. 결국 더는 견딜 수 없었다. 나는 자리에서 일어나 나왔다. 혹시 그가 내 뒤를 따라 나오지 않을까 기다리며 나는 오랫동안 그의 방문 앞에 서 있었다. 오랫동안 컴컴한 계단 위에 서 있었다. 밖으로 나온 후에도 한참 동안 그 집 앞에 서 있었다. 그다음에 난 계속 걸었다. 저녁이 될 때까지 몇 시간이나 시내와 교외, 공원과 숲 사이를 걸어 다녔다. 그리고 그때 처음으로 내 이마 위에 찍힌 카인의 표식을 느꼈다.

아주 서서히 나는 깊은 생각에 빠져들었다. 내 생각의 의도는 오로지 나 자신을 비난하고 피스토리우스를 변호하겠다는 것이었다. 하지만 그 끝은 언제나 정반대였다. 나는 천 번이라도 나의 경솔한 말을 후회하고 철회할 용의가 있었다. 하지만 그래도 그 말은 사실이었다. 이제야 나는 피스토리우스를 이해하고, 그의 꿈 전체를 내 앞에 그려볼 수 있었다. 그의 꿈은 성직자가 되어 새로운 종교를 선포하는 것이었다. 찬양과 사랑과 예배의 새로운 형식을 제시하고 새로운 상징을 세우는 것이었다. 하지만 이것은 그의 능력이 아니었고, 그의 직분이 아니었다. 그는 기존의 것들 속에 너무 편안하게 머물렸고, 과거의 것들을 너무 정확하게 알았다. 그는 이집트, 인도, 미트라, 아브락사스에 대해 너무 많은 것을 알았다. 그의 사랑은 지구가 이미 보았던 형상들에 매여 있었다. 그러면서 마음속 가장 깊은 곳에서는 스스로도 잘 알고 있었다. 새로운 것은 새롭고 달라야 한다는 것, 그것은 신선한 토양에서 솟아나야지 박물관과 도서관에서 얻어내서는 안 된다는 것을. 그의 직분은 아마도 그가 내게 해주었던 것처럼 사람들이 자기 자신에게 이르도록 돕는 일이었을 것이다. 그들에게 한 번도 들어본 적이 없는 것을 주는 일, 새로운 신들을 주는 일은 그의 직분이 아니었다.

생각이 이 대목에 이르자 나는 갑자기 예리한 불꽃 같은 깨달음으로 불타올랐다. 누구에게나 하나의 '직분'이 있지만, 누구도 그것을 직접 선택하고 범위를 정하고 마음대로 관리해서는 안 된다는 것이었다. 새로운 신들을 원하는 것은 잘못된 일이었다. 세상에 무언가를 주려는 것은 완전히 잘못된 일이었다! 각성한 인간에게는 오직 하나의 의무만 존재할 뿐 다른 의무는 결단코, 전혀 없었다. 그것은 자기 자신을 찾는 것, 자신의 내면에서 단단해지는 것, 어디로 가게 되든 상관없이 자신의 길을 더듬으며 앞으로 나아가는 것이었다. 이 깨달음이 내게 깊은 감동을 주었다. 또한 그것은 내가 이때의 체험에서 얻은 열매였다. 나는 종종 미래의 모습을 이리저리 떠올려보곤 했다. 나는 내게 부여되었을 법한 역할들을 꿈꾸었다. 어쩌면 시인이나 설교자 혹은 화가나 또 다른 어떤 역할을. 그 모든 게 아무런 의미가 없었다. 나는 시를 짓기 위해, 설교하기 위해, 그림을 그리기 위해 존재하지 않았다. 나뿐만 아니라 다른 어떤 인간도 그런 일을 위해 존재하지 않았다. 그 모든 일은 그저 부수적으로 발생할 뿐이었다. 각각의 사람들에게 부여된 진정한 소명은 단 한 가지뿐이었다. 그것은 자기 자신에게 도달하는 것이었다. 한 사람의 삶이 시인이나 광인, 예언자 혹은 범죄자로 끝날 수도 있을 것이다. 하지만 그것은 그가 책임질 일이 아니다. 정말이지 그런 것은 결국에는 무의미하다. 그가 해야 할 일은 그냥 아무렇게나 골라잡은 운명이 아니라 자기 자신의 고유한 운명을 발견하는 것이다. 그리고 그 운명을 자신의 내면에서 온전하게, 굴하지 않고 제대로 살아내는 것이다. 그 외의 다른 것들은 모두가 어설픈 짓이고, 도피하려는 시도이며, 대중의 이상 속으로 뒤돌아 도망치는 행위일 뿐이다. 그것은 순응이었으며 자기 자신의 내면에 대한 불안이었다. 내 앞에 새로운 형상이 무시무시하면서도 성스러운 모습으로 솟아올랐다. 수백 번 예감했던 것이고, 어쩌면 이미 자주 발설했을 수도 있지만, 이제야 직접 체험한 것이었다. 나는 자연이 던진 존재, 불확실함 속으로 던져 넣은 존재였다. 어쩌면 새로운 것이 될 수도 있고, 어쩌면 아무것도 되지 못할 존재였다. 가장 깊은 근원으로부터의 이러한 던져짐이 제대로 효력을 발생하도록 하는 것, 그

의지를 내 안에서 느끼고 그것을 완전히 나의 것으로 만드는 것, 오직 그것만이 나의 소명이었다. 오직 그것만이!

나는 이미 많은 외로움을 맛보았다. 이제 나는 더 깊은 외로움이 있으며, 그것을 피할 수 없으리라는 것을 예감했다.

나는 피스토리우스와 화해하려고 시도하지 않았다. 우리는 여전히 친구였지만, 관계는 변했다. 우리는 단 한 번 그 일을 이야기했다. 아니, 사실 이야기했던 것은 피스토리우스 혼자였다. 그는 이렇게 말했다. "당신도 알다시피 내 소망은 성직자가 되는 거예요. 그중에서도 우리가 여러모로 예감하고 있는 새로운 종교의 성직자가 제일 되고 싶었어요. 난 결코 그런 성직자가 될 수 없을 겁니다. 난 그걸 알아요. 스스로 그 사실을 완전히 인정하지는 않았지만, 이미 오래전부터 알고 있었어요. 난 그저 다른 방식의 성직자 업무를 수행하게 되겠죠. 어쩌면 오르간 연주를 할 수도 있고, 어쩌면 또 다른 방식으로 말이죠. 하지만 난 그게 무엇이든 언제나 아름답고 성스러운 느낌을 주는 것에 둘러싸여 있어야만 해요. 오르간 음악과 비밀 의식, 상징과 신화 같은 것 말입니다. 난 그런 것들이 필요하고, 그런 것들을 포기하고 싶지 않아요. 그게 나의 약점이지요. 사실 나도 가끔 깨닫곤 합니다. 싱클레어, 내가 그런 소망을 품어서는 안 된다는 것, 그런 것들이 사치이자 약점이라는 것을 나도 가끔 깨닫곤 해요. 내가 아무런 요구도 내세우지 않고 운명에 전적으로 순응한다면, 그게 더 위대하고 올바른 일일 겁니다. 하지만 난 그렇게 할 수 없어요. 내가 유일하게 할 수 없는 일이 바로 그것이에요. 아마 당신은 언젠가 할 수 있을 겁니다. 그것은 어려운 일이에요. 이 세상에 있는 것 중에서 유일하게 정말로 어려운 일이랍니다, 젊은 친구. 나도 그렇게 할 수 있기를 자주 꿈꿨지만, 나는 할 수 없어요. 두려움에 소름이 끼칠 정도예요. 난 그렇게 완전히 벌거벗은 채 외롭게 서 있을 수 없거든요. 나 역시 가련하고 연약한 개입니다. 약간의 온기와 먹이가 필요하고, 가끔은 자신과 같은 무리와 어울리고 싶어 하지요. 정말로 오직 자신의 운명만 원하는 사람 주위엔 자신과 같은 존재가 더는 없습니다. 그는 완전히 홀로 서 있으며, 차가운 우주 공간만이 그를 둘러싸고 있지요. 당신도 알다시피 겟세마네 동산의 예수가 그렇습니다. 기꺼이 십자가에 못 박혔던 순교자들이 있었어요. 하지만 그들 역시 영웅은 아니었고, 완전한 자유를 얻지도 못했어요. 그들도 자신들에게 익숙하고 편안한 무언가를 원했어요. 그들에겐 모범이 존재하고 이상이 존재했어요. 운명만 원하는 사람에겐 모범도 이상도 더는 없지요, 사랑스러운 것도, 위로를 주는 것도 없습니다! 그런데 사실은 바로 이런 길을 가야 할 겁니다. 물론 나와 당신 같은 사람들은 정말 외롭지요. 하지만 그래도 우리에겐 서로가 있어요. 우리가 남과 다르고, 반항하고 있고, 비범한 것을 원한다는 은밀한 만족감을 느끼죠. 그 길을 온전하게 가려면 이러한 만족도 버려야 합니다. 혁명가가 되고 싶어 해도 안 되고, 모범이 되거나 순교자가 되고 싶어 해도 안 됩니다. 그것은 상상할 수 있는 일이 아닙니다."

그렇다. 상상할 수 있는 일이 아니었다. 하지만 꿈꿀 수 있었고, 조심스럽게 느껴볼 수 있었고, 예감할 수도 있었다. 몇 번인가 아주 고요한 시간을 갖게 됐을 때, 나는 그것을 조금은 느껴봤다. 그럴 때 나는 나의 내면을 들여다보고, 내 운명의 형상의 부릅뜬 두 눈을 바라보았다. 그 두 눈은 지혜로 가득 찬 것일 수도, 광기로 가득 찬 것일 수도 있었다. 사랑을 내뿜거나 깊은 악의를 내뿜는 것일 수도 있었다. 하지만 아무래도 상관없었다. 그중의 어떤 것도 선택해서는 안 되었고, 어떤 것도 원해서는 안 되었다. 오직 자신만, 오직 자신의 운명만 원할 수 있었다. 그곳으로 가는 도중에 피스토리우스는 한동안 나의 인도자 역할을 해주었던 것이다.

그 시기에 나는 눈먼 사람처럼 이리저리 헤매고 다녔다. 내면에서는 폭풍이 휘몰아쳤고, 한 걸음 한 걸음이 위험했다. 나는 내 앞에 놓인 깊이를 알 수 없는 어둠만 보았다. 지금까지 걸어왔던 모든 길이 그 어둠으로 향했고, 그 속으로 가라앉아버렸다. 그리고 나의 내면에서는 데미안과 비슷한 인도자의 형상이 보였다. 그의 눈 속에는 나의 운명이 담겨 있었다. 나는 종이에 이렇게 적었다. "인도자가 나를 떠났어. 난 완전한 어둠 속에 서 있어. 혼자서는 한 걸음도 뗄 수가 없어.

도와줘!"

난 그 종이를 데미안에게 보내려고 했다. 하지만 단념했다. 내가 그것을 보내려고 할 때마다 어리석고 무의미한 일처럼 여겨졌기 때문이다. 하지만 나는 그 짧은 기도문을 외워서 자주 마음속으로 중얼거렸다. 그 기도문은 언제나 나와 함께했다. 나는 기도가 무엇인지 어렴풋이 알아가기 시작했다.

나의 학창 시절이 끝났다. 방학 동안 여행을 하게 되었는데, 아버지가 계획한 일이었다. 그다음에는 대학에 가기로 되어 있었다. 어떤 전공을 공부하게 될지는 나도 몰랐다. 한 학기 동안 철학과 수강을 승인받았다. 다른 전공이라도 나는 똑같이 만족했을 것이다.

제7장 에바 부인

방학 중에 나는 막스 데미안이 몇 년 전 어머니와 함께 살았던 집에 한번 가보았다. 나이 든 부인이 정원에서 이리저리 걷고 있었다. 나는 그녀에게 말을 걸었고, 그녀가 그 집의 주인이란 것을 알게 되었다. 나는 데미안 가족에 관해 물었다. 그녀는 그들에 대해 잘 기억했다. 하지만 그들이 지금 어디에 사는지는 알지 못했다. 내가 관심이 있다는 것을 알아챈 그녀는 나를 집 안으로 들어오게 했고, 가죽 앨범 한 권을 찾아내더니 내게 데미안 어머니의 사진을 보여주었다. 그때 나는 그녀의 모습을 거의 기억하지 못했다. 하지만 그 작은 사진을 보는 순간, 심장이 멈춘 듯했다. 그것은 내 꿈속의 형상이었다! 바로 그녀였다. 키가 크고, 거의 남자 같은 여성의 모습. 얼굴은 자기 아들과 비슷한데, 어머니와 같은 느낌을 풍겼고, 강인함과 깊은 열정을 담고 있었다. 아름다우면서 유혹적인,

아름다우면서 가까이하기 어려운 데몬이자 어머니, 운명이자 연인이었다. 바로 그녀였다!

내 꿈속의 형상이 지상에 살아 있음을 알게 되었을 때 엄청난 기적이 나를 덮친 것 같았다! 실제로 그렇게 생긴 여인이, 내 운명의 용모를 가진 여인이 존재하다니! 그녀는 어디에 있을까? 어디에? 게다가 그 여인은 데미안의 어머니였다.

그 직후 나는 여행을 떠났다. 기이한 여행이었다! 그때그때 생각나는 대로 쉬지 않고 이곳저곳을 돌아다녔는데, 항상 그 여인을 찾고 있었다. 어떤 날에는 온통 그녀를 생각나게 하는 인물들, 그녀와 느낌이 비슷하거나 용모가 비슷한 인물들만 만나기도 했다. 마치 얽히고설킨 꿈속에서처럼 그들은 나를 낯선 도시의 골목길로, 기차역으로, 열차 안으로 유인했다. 또 어떤 날에는 이렇게 찾아다니는 것이 아무 쓸모가 없음을 깨닫고 공원이나 호텔 정원, 대합실 어딘가에서 아무것도 하지 않은 채 앉아 있기도 했다. 그러고는 나의 내면을 들여다보며 그 형상을 내 안에서 살려내려고 애썼다. 하지만 이제 그 형상은 수줍어하며 도망쳐버렸다. 나는 잠을 이루지 못했다. 열차를 타고 낯선 풍경 속을 달릴 때 십오 분 정도 조는 게 고작이었다. 한번은 취리히에서 어느 여인이 나를 따라왔다. 예쁘고, 약간 뻰뻰한 여자였다. 나는 그녀가 공기라도 되는 것처럼 시선도 거의 주지 않은 채 계속해서 걸어갔다. 다른 여자에게 단 한 시간이라도 관심을 주느니 차라리 그 자리에서 죽는 게 나았다.

나는 내 운명이 나를 끌어당기고 있음을 느꼈다. 그것이 실현될 날이 머지않았음을 느꼈다. 내가 그것을 위해 아무것도 할 수 없다는 사실 때문에 조바심이 나서 미칠 것 같았다. 한번은, 아마도 인스브루크였던 것 같은데, 어느 역에서 막 출발하는 기차의 창가에서 그녀를 연상케 하는 사람 형상을 보았고, 그 이후 며칠 동안 불행했다. 그런데 그 모습이 갑자기 꿈속에서 다시 나타났다. 나는 나의 추적이 무의미할 뿐이라는 수치스럽고 공허한 감정과 함께 잠에서 깨어났고, 곧장 집으로 돌아왔다.

몇 주 후 H대학교에 입학했다. 모든 것이 실망스러웠다. 철학의 역사에 관한 강의를 들었는데, 젊은 대학생이 하고 다니는 짓과 마찬가지로 알맹이가 없고 공장 제품처럼 특색이 없었다. 모든 것이 틀에 박힌 듯하고, 모두의 행동이 똑같았다. 앳된 얼굴 위에 어린 뜨거운 희열은 우울할 정도로 공허하고 기성품 같아 보였다! 하지만 나는 자유로웠다. 하루를 온전히 나를 위해 쓸 수 있었다. 교외의 낡은 집에서 조용하고 쾌적하게 살았고, 책상 위에는 니체의 책 몇 권을 놓아두었다. 나는 니체와 함께 살았고, 그의 영혼의 고독을 느꼈다. 쉴 새 없이 그를 몰아댔던 운명을 감지했고, 그와 함께 고통받았으며, 그토록 가차 없이 자신의 길을 갔던 사람이 존재했다는 사실에 너무나도 행복했다.

어느 날 저녁 늦게 불어오는 가을바람을 맞으며 시내를 어슬렁거리는데, 여러 술집에서 대학생 동아리들의 노랫소리가 들려왔다. 열린 창문에서는 담배 연기가 구름처럼 뿜어져 나왔고, 노랫소리는 거대한 파도처럼 큰 소리를 내며 결연하게 흘러나왔다. 하지만 감흥도 없고 생동감 없이 단조로웠다.

나는 어느 길모퉁이에 서서 귀를 기울였다. 두 술집에서 정확한 박자에 맞춰 질러대는 청춘의 쾌활함이 밤의 어둠 속으로 울려 퍼졌다. 어디서나 공동체를 이루고, 어디서나 함께 둘러앉았다. 곳곳에서 운명을 내팽개치고, 따뜻한 무리 속으로 도망치고 있었다!

내 뒤쪽으로 두 남자가 천천히 지나갔다. 그들의 대화 일부가 들렸다.

"흑인 마을에 있는 청년 집단 숙소와 똑같지 않은가요?" 한 남자가 말했다. "모든 게 일치해요. 심지어 문신도 아직 유행이잖아요. 보세요, 이것이 최근의 유럽이랍니다."

그 목소리는 기이하게도 무언가를 상기시키듯 낯익게 들렸다. 나는 그 두 사람을 따라 어두운 골목길을 걸었다. 한 사람은 키가 작고 세련된 일본인이었다. 미소를 짓고 있는 그의 황색 얼굴이 가로등 아래에서 빛났다.

그때 다른 남자가 말을 이어갔다.

"물론 당신네 일본에서도 별반 다르지 않을 겁니다. 무리를 따라다니지 않는 사람은 어디든 별로 없거든요. 이곳에도 그런 사람이 몇몇 있긴 하죠."

단어 하나하나가 즐거운 놀라움으로 내 마음을 가득 채웠다. 말하는 이는 내가 아는 사람이었다. 바로 데미안이었다.

바람이 불어대는 밤에 나는 그와 그 일본인을 따라 어두운 골목길을 지났고, 그들의 대화에 귀 기울이며 데미안의 목소리의 울림을 만끽했다. 예전의 어조 그대로였고, 예전의 아름다운 안정감과 평안을 담고 있었다. 그리고 그 목소리는 나를 지배하는 힘을 갖고 있었다. 이제 모든 것이 제대로 되었다. 그를 찾아낸 것이다.

교외의 어느 거리가 끝나는 지점에서 일본인은 작별을 고하고는 집의 현관문을 열었다. 데미안은 길을 되돌아왔고, 나는 길 한가운데에 멈추어 선 채로 그를 기다렸다. 그가 반듯한 자세로 경쾌하게, 밤색 우비를 걸치고 가느다란 지팡이를 팔에 건 채로 맞은편에서 걸어오는 모습을 두근거리며 바라보았다. 그는 반듯한 걸음걸이를 유지한 채 내 바로 앞까지 와서는 모자를 벗고 예의 그 환한 얼굴을 보여주었다. 입매는 단호하고 넓은 이마에는 독특한 광채가 어린 모습이었다.

"데미안!" 내가 외쳤다.

그가 나를 향해 손을 내밀었다.

"그래, 너구나, 싱클레어! 널 만나길 기다렸어."

"내가 이곳에 있다는 걸 알고 있었어?"

"확실하게 알고 있었던 건 아니지만 그걸 기대한 건 분명해. 널 본 건 오늘 저녁이 처음이야. 네가 계속해서 우리 뒤를 따라왔잖아."

"그럼 날 금세 알아봤던 거야?"

"물론이지. 네 모습이 변하긴 했어. 하지만 넌 표식이 있으니까."

"표식이라고? 어떤 표식을 말하는 거야?"

"네가 아직도 기억하는지 모르겠는데, 우린 예전에 그걸 카인의 표식이라고 불렀지. 그게 우리의 표식이야. 넌 항상 그것을 가지고 있었어. 그래서 내가 너의 친구가 되었던 거야. 그런데 지금은 표식이 더 뚜렷해졌구나."

"난 몰랐어. 아니, 어쩌면 알고 있었는지도 모르겠다. 언젠가 너의 초상을 그렸던 적이 있어, 데미안. 그런데 그 그림이 나와 비슷해서 놀랐어. 그것이 표식이었을까?"

"그래, 맞아. 이제 네가 이곳에 있으니 좋다! 어머니도 기뻐하실 거야."

나는 깜짝 놀랐다.

"너의 어머니? 어머니가 여기 계셔? 너희 어머니는 날 전혀 모르실 텐데."

"오, 어머니는 널 잘 알고 계셔. 어머니에게 네가 누구인지 이야기하지 않아도 어머니는 널 알아보실걸. 그런데 넌 오랫동안 아무 소식도 없더라."

"오, 여러 번 편지를 쓰려고 했지만, 잘 안 됐어. 얼마 전부터 널 곧 찾게 될 거라는 확신이 들었거든. 그렇게 되길 날마다 기다렸어."

그는 나의 팔짱을 끼고 계속 함께 걸었다. 그에게서 흘러나온 평온함이 내 안으로 스며들었다. 우리는 곧 예전처럼 이런저런 이야기를 나누었다. 우리는 학생 때와 입교식 수업에 대해 추억했고, 방학 중에 있었던 불편했던 만남에 대해서도 함께 떠올렸다. 다만 우리 두 사람을 연결해준 최초의 긴밀한 인연에 대해서는, 그러니까 프란츠 크로머와의 일에 대해서는 이번에도 한마디도 하지 않았다.

어느새 우리는 기이하고 불길한 내용의 대화에 빠져들었다. 데미안과 일본인이 나눴던 대화와 비슷하게 우리는 대학생활을 이야기했고, 거기에서 시작해 아주 멀리 떨어진 것처럼 보이는 다른 주제로 옮아갔다. 하지만 아주 먼 주제조차도 데미안의 말 속에서 앞선 주제와 긴밀하게 연결되었다. 그는 유럽의 정신과 이 시대의 징표에 대해 말했다. 곳곳에서 연합을 결성하고 무리를 짓는 일이 만연하지만, 자유와 사랑은 그 어디에도 없다고 말했다. 대학생 연맹과 합창단, 국가에 이르기까지 이 모든 공동체는 강제로 이루어졌고, 두려움과 공포와 곤경에서 비롯되었으며, 그 내부는 썩고 낡아빠져서 무너지기 직전이라고 했다.

데미안이 말했다. "공동체는 멋진 거지. 하지만 지금 사방에서 번창하는 것은 공동체가 전혀 아니야. 공동체는 개개인이 서로를 알게 될 때 새롭게 생겨날 테고, 한동안 세계를 바꿀 거야. 지금의 공동체는 그저 무리 짓기일 뿐이야. 사람들은 서로에 대한 두려움 때문에 서로에게로 도피하고 있어. 소유주는 소유주끼리, 노동자는 노동자끼리, 학자는 학자끼리 말이야! 그렇다면 그들은 왜 두려워할까? 사람들은 자기 자신과 하나가 되지 못할 때만 두려워하지. 자기 자신을 한 번도 인정해본 적이 없으니까 두려워하는 거야. 자신 안에 있는 미지의 것을 두려워하는 사람들로만 이루어진 공동체라니! 그들은 모두 자신들의 삶의 법칙이 더는 들어맞지 않음을, 자신들이 낡은 계율을 따르며 살고 있음을 느끼지. 그들의 종교도, 도덕도, 그 어떤 것도 지금 우리에게 필요한 것과는 어울리지 않아. 100년이 넘도록 유럽은 그저 학문을 연구하고 공장을 건설했을 뿐이야! 한 사람을 죽이려면 몇 그램의 화약이 필요한지는 정확하게 알지만, 신에게 어떻게 기도해야 하는지는 알지 못해. 한 시간을 즐겁게 보낼 방법조차도 모르지. 대학생 술집 같은 곳을 한번 봐! 아니면 부유한 사람들이 찾는 유흥장이나! 희망이 없어! 이봐, 싱클레어. 이런 곳들 어디에서도 즐거움은 나올 수 없어. 그렇게 겁을 먹고 서로 뭉치는 사람들은 두려움과 악의로 가득 차 있지. 아무도 남을 믿지 못해. 그런 사람들은 더는 유효하지 않은 이상에 매달리고, 새로운 이상을 제시하는 사람은 누구든 돌로 쳐 죽이지. 충돌이 일어날 거라는 게 느껴져. 충돌이 일어날 거야. 내가 장담하는데, 곧 충돌이 일어날 거라고! 물론 그러한 충돌을 통해 세상이 '개선'되지는 않을 거야. 노동자가 그들의 공장주를 때려죽이든, 아니면 러시아와 독일이 서로 총질하든 결국 소유자만 바뀌게 되는 거지. 그렇다고 해서 아무런 소득도 없지는 않을 거야. 오늘날의 이상들이 아무 가치가 없다는 것이 밝혀질 테고, 석기시대의 신들이 완전히 제거되겠지. 지금의 이 세계는 죽으려고 하고 있어. 멸망하려고 해. 그리고 실제로 그렇게 될 거야."

"그러면 우리는 어떻게 될까?" 내가 물었다.

"우리? 오, 어쩌면 우리도 함께 멸망하겠지. 사람들이 우리 같은 사람도 때려죽일 수 있으니까. 다만 그렇게 한다고 해도 우리가 완전히 끝장나는 건 아닐 거야. 우리가 남긴 것들, 혹은 우리 중에서 살아남은 사람들 주위로 미래의 의지가 집결될 거야. 우리 유럽이 한동안 기술과 학문의 장터를 펼쳐놓고 소리를 질러대는 통에 들을 수 없었던 인류의 의지가 드러나게 될 거야. 그렇게 되면 인류의 의지는 오늘날의 공동체, 국가와 민족, 단체와 교회의 의지와는 결단코 같지 않다는 것이 드러나겠지. 자연이 인간에게 원하는 것은 각 개인의 내면에, 너와 내 안에 새겨져 있어. 그것은 예수 안에 새겨져 있고, 니체 안에 새겨져 있어. 이런 흐름만이 중요해. 물론 이 흐름은 날마다 다른 모습으로 나타날 수도 있어. 오늘날의 공동체들이 붕괴하면 이런 흐름을 위한 공간이 생기게 될 거야."

우리는 늦은 시간에 강가의 어느 정원 앞에서 멈춰 섰다.

"여기가 우리 집이야." 데미안이 말했다. "곧 한번 와! 우리는 네가 오기를 몹시 기다리고 있어."

나는 즐거운 마음으로 서늘해진 밤공기를 뚫고 한참을 걸어서 집으로 왔다. 시내 이곳저곳에서 귀가하는 대학생들이 요란하게 떠들며 휘청거렸다. 나는 그들의 우스꽝스러운 흥겨움과 나의 고독한 삶이 대조되는 것을 자주 실감했다. 그러면서 결핍감을 느낄 때가 많았는가 하면, 그들을 비웃을 때도 많았다. 하지만 그런 문제가 나와 얼마나 상관없는 일인지, 이러한 세계가 나에게서 얼마나 멀리 사라져버렸는지를 이날처럼 평온하게, 은밀한 힘과 함께 느껴본 적은 이제까지 단 한 번도 없었다. 나는 고향 도시의 공무원들을 떠올렸다. 늙고 품위 있는 그 신사들은 마치 황홀한 낙원에 대한 기억이라도 되는 듯 술집에서 흥청망청 지냈던 대학 시절의 추억에 집착했고, 예컨대 시인이나 다른 낭만주의자들이 어린 시절을 예찬할 때 할 법한 방식으로 이제는 사라져버린 '자유'를, 그들의 대학 시절을 한껏 찬양했다. 어느 곳이나 다 똑같았다! 그들은 지나간 시간 어딘가에서 '자유'와 '행복'을 찾았다. 그것은 오로지 자신이 져야 할 책임이 생각나고 자신이 걸었어야 할 본래의 길을 떠올리게 될 수도 있다는 두려움 때문이었다. 몇 년 동안 술을 퍼마시고 흥겹게 소리 지르고 나서 어딘가로 기어 들어가 공직을 수행하는 위엄 있는 신사가 되었다. 그렇다. 썩었다. 우리가 사는 이곳은 썩어 있었다. 그리고 이러한 대학생들의 어리석음보다 더 어리석고 더 나쁜 것들이 허다했다.

하지만 멀리 떨어진 내 집에 도착해서 침대에 누웠을 때 이런 생각들은 전부 사라져버렸다. 나의 온 정신은 이날 내가 받은 엄청난 약속에 기대하며 매달렸다. 내가 원한다면 내일이라도 당장 데미안의 어머니를 만나게 될 것이다. 학생들이 술을 퍼마시고 얼굴에 문신을 하든지 말든지 세계가 썩어 있고 몰락을 기다리든지 말든지 그게 나와 무슨 상관이란 말인가! 나는 오로지 나의 운명이 새로운 모습으로 나와 마주치게 될 것만 고대했다.

나는 아침 늦게까지 푹 잤다. 새로운 날이 밝아오는 게 내게는 장엄한 축제일처럼 여겨졌다. 어린 시절의 크리스마스 축하 행사 이후로는 그런 날을 경험해보지 못했다. 나의 마음 깊은 곳이 심하게 요동쳤지만 두렵지는 않았다. 나는 내게 중요한 날이 밝았음을 느꼈고, 나를 둘러싼 세계가 변했음을 감지했다. 그 세계는 기대감과 암시로 가득찼고 장엄했다. 조용하게 내리는 가을비 역시 아름답고 고요했으며 축제일답게 진지하면서도 즐거운 음악으로 가득 차 있었다. 처음으로 외부 세계와 나의 내면세계가 어울려 온전한 화음을 냈다. 그런 날은 영혼의 축제일이며, 살아볼 만하다. 골목 안의 어떤 집도, 어떤 진열창도, 어떤 얼굴도 내 마음에 거슬리지 않았다.

모든 것이 있어야 할 상태 그대로 존재하면서도 일상적이고 익숙한 것의 공허한 얼굴이 아니었다. 오히려 모든 것은 기대에 가득 차 있었고, 경외심을 품고 운명을 맞이할 준비가 되어 있었다. 어린아이였을 때 나는 크리스마스나 부활절 같은 중요한 축제일 아침이면 세계를 그런 식으로 보았다. 이 세계가 여전히 그렇게 아름다울 수 있다는 것을 나는 모르고 있었다. 나는 자신의 내면에 몰두하는 삶을 살면서 외부 세계에 대한 감각이 내게서 사라졌음을, 빛나는 색채를 잃어버린 것은 어린 시절의 상실과 밀접하게 연결되어 있음을, 또한 영혼의 자유와 성숙함을 얻으려면 이런 아름다운 광채를 포기하는 대가를 치러야 함을 받아들이는 데 익숙해져 있었다. 그런데 이제 이 모든 것이 그저 감춰져 있었고 어둡게 보였을 뿐이며, 자유를 얻은 사람과 유년의 행복을 포기한 사람도 세계가 빛을 발하는 모습을 볼 수 있고, 어린아이가 바라볼 때 느끼는 내밀한 전율을 맛볼 수 있음을 깨닫고 나는 황홀해했다.

전날 밤 막스 데미안과 작별했던 그 교외의 정원을 다시 보게 되는 순간이 왔다. 비에 젖은 잿빛의 키 큰 나무들 뒤로 작은 집 한 채가 숨어 있었다. 환하고 아늑해 보였는데, 커다란 유리 벽 뒤에는 높이 자란 꽃나무들이 자리 잡았고, 투명한 유리창 뒤로 거실의 어두운 벽에 걸린 그림들과 줄 맞춰 꽂혀 있는 책들이 보였다. 현관문을 열면 곧장 따뜻하게 난방이 된 작은 홀로 이어졌다. 검은 옷에 흰 앞치마를 두른 나이 든 하녀가 말없이 나를 집 안으로 들이고 외투를 받아 들었다.

그녀는 나를 홀에 혼자 남겨두었다. 나는 주위를 둘러보았다. 그 순간 나는 내 꿈의 한가운데에 있었다. 문 위쪽의 짙은색 나무 벽에는 내가 잘 아는 그림이 걸려 있었다. 검은색 테두리의 유리 액자에 담긴 그림은 바로 지구의 껍질에서 솟구쳐 나오는 금빛 매의 머리를 한 나의 새였다. 나는 깊이 감동해서 그 자리에 꼼짝하지 않고 서 있었다. 마음이 무척 기쁘기도 하고 아프기도 했다. 이 순간 내가 지금까지 해왔고 경험했던 모든 일이 대답과 성취가 되어 내게 다시 돌아오는 것 같았다. 수많은 장면이 번개처럼 나의 영혼을 스쳤다. 현관문 아치 위에 오래된 석재 문장이 새겨져 있던 고향 집. 그 문장을 그리던 소년 데미안. 나의 적 크로머의 사악한 마수에 걸려들어 두려움에 떠는 어린아이였던 나 자신. 학생 기숙사의 작은 방 안 조용한 책상에서 동경하는 새를 그리는 소년이었던 나 자신. 자신의 실로 엮은 그물 속으로 얽혀 들어간 영혼이 보였다. 그리고 모든 것, 이 순간까지의 모든 것이 내 안에서 메아리쳤고, 내 안에서 긍정되고, 대답받고, 승인되었다.

눈물이 고인 채 나는 나의 그림을 응시했고, 나의 내면을 읽었다. 그때 나의 시선이 아래쪽을 향했다. 새 그림 아래 열려 있는 문에 어두운색 옷을 입은 키가 큰 여인이 서 있었다. 그녀였다.

나는 한마디도 할 수 없었다. 자기 아들과 마찬가지로 시간과 나이를 초월한, 영적인 의지가 가득한 얼굴로, 그 아름답고 기품 있는 부인이 나를 향해 다정하게 미소 지었다. 내게 그녀의 시선은 성취였고, 그녀의 인사는 귀향을 의미했다. 나는 말없이 그녀에게 두 손을 내밀었다. 그녀가 단단하고 따뜻한 두 손으로 나의 두 손을 잡았다.

"당신이 싱클레어군요. 금세 알아봤어요. 반가워요!"

그녀의 목소리는 깊고 따뜻했다. 나는 달콤한 와인을 마시듯 그 목소리를 들이마셨다. 그리고 눈을 들어 그녀의 고요한 얼굴, 깊이를 알 수 없는 검은 눈, 생기 있고 성숙한 입술, 표식을 지닌 환하고 품위 있는 이마를 바라보았다.

"너무나 기쁩니다!" 나는 그녀에게 말하고 그녀의 두 손에 키스했다. "저는 평생을 떠돌아다니다가 이제야 집에 돌아온 느낌입니다."

그녀는 어머니 같은 미소를 지었다.

"누구도 집에 돌아오지는 못해요." 그녀가 다정하게 말했다. "하지만 친구들의 길이 서로 만나는 곳에서는 온 세상이 한 시간 정도는 고향처럼 보이는 법이죠."

그녀에게 오는 동안 내가 느꼈던 것을 그녀가 말했다. 그녀의 목소리와 말은 아들과 매우 비슷하면서도 아주 달랐다. 모든 것이 더 성숙하고, 더 따뜻하고, 더 분명했다. 하지만 예전에 막스가 누구에게도 소년이라는 인상을 주지 않았던 것처럼 그의 어머니 역시 다 큰 아들을 둔 어머니로 보이지 않았다. 그녀의 얼굴과 머릿결 위로 감도는 기운은 너무나 젊고 달콤했으며, 금빛을 띤 피부는 팽팽하고 주름 하나 없었다. 입술은 꽃 피듯 화사했다. 그녀는 나의 꿈속에서보다 더 위풍당당하게 내 앞에 서 있었다. 그녀 가까이에 있으면 사랑의 행복을 느꼈고, 그녀의 시선은 나를 충만하게 했다.

이 새로운 형상 속에서 나의 운명이 내 앞에 모습을 드러냈다. 운명은 이제 엄격하지 않았고, 더는 나를 외롭게 하지 않았다. 오히려 성숙하고 유쾌했다! 내가 결단을 내린 것도 아니고, 어떤 서약을 한 것도 아니었다. 나는 하나의 목표 지점, 높은 곳에 자리한 길 위의 한 지점에 도착해 있었다. 그곳으로부터 더 가야 할 길이 약속의 땅을 향해 넓고 근사하게 펼쳐져 있었다. 가까이에 있는 행복의 나무들이 그 위로 그림자를 드리웠으며, 가까이에 있는 온갖 즐거움의 정원들이 그 길을 선선하게 만들어주었다. 내가 어떻게 되든 상관없었다. 세상에서 이 부인을 알게 되고, 그녀의 목소리를 마시고, 그녀의 곁에서 숨 쉴 수 있어서 너무나 행복했다. 그녀가 나의 어머니이든, 연인이든, 여신이든 상관없었다. 그저 그녀가 그곳에 있기만 하다면! 나의 길이 그녀의 길에서 가깝기만 하다면!

그녀는 나의 매 그림을 가리켰다.

"당신이 이 그림을 보냈을 때만큼 우리 막스가 기뻐한 적이 없어요." 그녀가 생각에 잠겨 말했다. "그건 나도 마찬가지예요. 우리는 당신을 기다렸어요. 그리고 이 그림이 왔을 때, 당신이 우리에게 오는 중이라는 것을 알았죠. 싱클레어, 당신이 어린 소년이었을 때, 하루는 내 아들이 학교에서 돌아와 말하더군요. 이마에 표식을 가진 아이가 있다고, 그 애는 분명히 자기 친구가 될 거라고 말이죠. 그게 당신이었죠. 당신의 상황은 순탄치 않았지만, 우리는 당신을 믿고 있었어요. 언젠가 당신이 방학 동안 고향 집에 머물렀을 때 막스와 다시 만난 적이 있었죠. 그때 당신은 열여섯 살쯤이었어요. 막스가 내게 그 얘기를 해줬는데……."

나는 그녀의 말을 끊었다. "아니, 그 얘기를 했다고요! 그때는 제가 가장 비참했던 시절이었는걸요!"

"그래요. 막스가 내게 말했죠. 지금 싱클레어는 가장 힘겨운 일을 앞두고 있다고. 그 애는 또다시 공동체 속으로 도피하려고 한다고, 심지어 술집을 뻔질나게 드나들고 있다고요. 하지만 그 애는 도피에 성공하지 못할 거라고 하더군요. 그의 표식은 감추어져 있지만, 은밀하게 그를 불태우고 있다고 말이죠. 그렇지 않았나요?"

"네, 맞아요. 정말로 그랬어요. 그 후 전 베아트리체를 발견했고, 그다음엔 마침내 인도자가 다시 내게로 왔죠. 그의 이름은 피스토리우스였어요. 그제야 비로소 제 소년 시절이 왜 그렇게 긴밀하게 막스와 연결되어 있었는지, 제가 왜 그에게서 벗어날 수 없었는지를 분명하게 알게 됐어요. 친애하는 부인, 사랑하는 어머니, 그때 전 자살해야겠다는 생각을 자주 했어요. 그 길은 누구에게나 그토록 힘든가요?"

그녀는 손으로 내 머리를 쓰다듬었다. 공기처럼 가벼운 손길이었다.

"태어나는 것은 언제나 힘든 일이죠. 당신도 알고 있듯이 새는 알에서 빠져나오느라 애쓰잖아요. 돌이켜 생각해보고 자신에게 물어봐요. 그 길이 그렇게나 힘들었나요? 그저 힘들기만 했나요? 아름답기도 하진 않았나요? 혹시 그보다 더 아름답고, 더 쉬운 길을 알 수도 있었을까요?"

나는 고개를 저었다.

"힘들었어요." 나는 잠결에서처럼 말했다. "그 꿈이 찾아올 때까지는 힘들었어요."

그녀는 고개를 끄덕이고 뚫어질 듯이 나를 바라보았다.

"그래요. 사람은 자신의 꿈을 찾아야만 해요. 그러면 그 길이 쉬워지죠. 하지만 영원히 지속되는 꿈은 없어요. 어떤 꿈이든지 새로운 꿈으로 대체되죠. 어떤 꿈도 붙잡아두려고 해서는 안 됩니다."

나는 몹시 놀랐다. 이것은 벌써 경고하는 것일까? 벌써 거부하는 것일까? 하지만 어떻든 상관없었다. 나는 그녀가 이끄는 대로 따르고 목적지에 관해 묻지 않을 준비가 되어 있었다.

내가 말했다. "제 꿈이 얼마나 지속될지는 모르겠어요. 영원하면 좋겠어요. 새 그림 아래에서 제 운명이 저를 마치 어머니처럼, 마치 연인처럼 맞아주었어요. 저는 제 운명 외에는 다른 누구에게도 속하지 않습니다."

"그 꿈이 당신의 운명인 동안에는 그 꿈에 충실해야 해요." 그녀가 진지하게 동의해줬다.

슬픔이 몰려왔다. 동시에 이 황홀한 순간에 죽고 싶다는 간절한 소망이 나를 사로잡았다. 나의 내면에서 눈물이 끊임없이 솟아올라 주체할 수 없을 정도였다. 더는 눈물을 흘리지 않게 된 지 얼마나 오래되었던가! 나는 황급히 그녀에게서 몸을 돌려 창가로 갔다. 흐릿해진 눈으로 화분의 꽃들 너머를 바라보았다. 뒤편에서 그녀의 목소리가 들렸다. 차분하면서도 가장자리까지 가득 찬 와인 잔처럼 애정이 가득 담긴 목소리였다.

"싱클레어, 당신은 아이로군요! 당신의 운명은 당신을 사랑하고 있답니다. 당신이 계속 충실하다면, 언젠가 그 운명은 당신이 꿈꿨던 모습 그대로 당신에게 온전히 속하게 될 거예요."

나는 감정을 억누르고 그녀를 향해 다시 얼굴을 돌렸다. 그녀는 내게 손을 내밀었다.

"내겐 친구가 몇 명 있어요." 그녀가 미소를 지으며 말했다. "아주 소수의, 아주 가까운 친구들이죠. 그 친구들은 나를 에바 부인이라고 불러요. 원한다면 당신도 날 그렇게 부르도록 해요."

그녀는 나를 문 쪽으로 데려가더니 문을 열고는 정원 방향을 가리켰다. "저기 바깥에 막스가 있어요."

나는 감동에 휩싸인 채 키 큰 나무들 아래에 멍하게 서 있었다. 여느 때보다 더 맑은 정신인 건지 더 몽롱한 상태인 건지 알 수 없었다. 나뭇가지에서 빗방울이 가볍게 떨어졌다. 나는 강가를 따라 길게 이어진 정원으로 천천히 걸어 들어갔다. 마침내 데미안을 발견했다. 그는 훤히 뚫린 정자 안에서 웃통을 벗고 선 채 거기 매달린 샌드백 앞에서 권투 연습을 하고 있었다.

나는 깜짝 놀라 멈춰 섰다. 데미안은 근사했다. 넓은 가슴, 단단하고 남성적인 머리, 들어 올린 두 팔은 근육이 팽팽했으며 강하고 튼실했다. 마치 샘물이 흘러나오듯 허리, 어깨, 팔의 관절에서부터 동작이 솟아 나왔다.

"데미안!" 내가 불렀다. "거기서 도대체 뭘 하는 거야?"

그는 유쾌하게 웃었다.

"연습하는 거야. 그 작은 일본인하고 격투를 벌이기로 약속했거든. 그 친구는 고양이처럼 날쌔. 또 당연히 술수에도 능하지. 하지만 나를 이기지는 못할 거야. 그 친구에게 작은 굴욕을 당한 게 있는데 반드시 되돌려줄 생각이야."

그는 셔츠와 재킷을 입었다.

"어머니는 벌써 만났어?" 그가 물었다.

"응, 데미안. 너의 어머니는 정말 멋진 분이야! 에바 부인!

완전히 잘 어울리는 이름이야. 네 어머니는 모든 존재의 어머니 같아."

그는 한순간 생각에 잠겨 내 얼굴을 들여다보았다.

"벌써 그 이름을 알고 있네? 자랑스러워해도 돼, 친구! 어머니가 만나자마자 그 이름을 말해준 건 네가 처음이야."

그날부터 나는 마치 아들이자 형제처럼, 하지만 또한 애인이기도 한 것처럼 그 집에 자주 드나들었다. 등 뒤로 문을 닫을 때면, 아니 멀리서부터 정원의 키 큰 나무들이 시야에 들어오기만 해도 벌써 나는 풍요롭고 행복해졌다. 바깥에는 '현실'이 있었다. 바깥에는 거리와 집, 사람과 기관, 도서관과 강의실 들이 있었다. 하지만 여기 안쪽에는 사랑과 영혼이 있었다. 이곳에서는 동화와 꿈이 살았다. 그렇다고 해서 우리가 세상에서 차단된 채 사는 것은 결코 아니었다. 우리는 생각과 대화 속에서 세상의 한가운데에 살고 있을 때가 많았다. 다만 다른 영역에 살 뿐이었다. 많은 사람과 우리를 갈라놓은 것은 경계선이 아니라 단지 바라보는 방식의 차이였다. 우리의 과제는 세상 속에서 하나의 섬이 되는 것이었다. 어쩌면 모범이 되는 것이었을 수도 있다. 하지만 어쨌든 세상을 살아가는 다른 가능성이 있다는 것을 알려야 했다. 오랫동안 외롭게 지냈던 나는 완전한 고독을 맛본 적이 있는 사람들 사이에 존재할 수 있는 공동체를 알게 되었다. 이제 다시는 행복한 자들의 식탁으로, 유쾌한 자들의 축제로 되돌아가기를 열망하지 않았다. 이제 다시는 다른 사람들의 유대 관계를 보아도 시기심이나 그런 것이 그립다는 생각에 휩싸이지 않았다. 그리고 나는 서서히 '표식'을 지닌 사람들의 비밀을 이어받았다.

우리, 표식을 지닌 자들은 세상의 눈으로 볼 때 당연히 기이한 사람들, 심지어는 미쳐 있고 위험한 사람들로 여겨질 수도 있었다. 우리는 각성한 자들 혹은 깨어나는 자들이었다. 또한 우리는 점점 더 완벽한 각성 상태에 이르기 위해 노력했다. 반면에 다른 사람들은 자신들의 의견, 자신들의 이상과 의무, 자신들의 삶과 행복을 점점 더 무리의 것에 가깝게 일치시키려고 노력하며 거기서 행복을 찾았다. 그들도 노력했고, 그들에게도 힘과 위대함이 있었다. 하지만 우리가 보기에 표식을 지닌 우리는 새롭고 개별적이며 미래적인 것을 얻으려는 자연의 의지를 구현하고 있는 데 반해, 다른 사람들은 기존의 것을 고수하려는 의지 속에서 살았다. 그들도 우리처럼 인류를 사랑했지만, 그들에게 인류는 이미 완성되었고 유지하고 보존해야만 하는 것이었다. 반면에 우리에게 인류는 머나먼 미래였다. 우리는 모두 그곳을 향해 가는 중이었다. 그 형상은 아무도 알지 못했고, 그곳의 법칙은 어디에도 적혀 있지 않았다.

에바 부인과 막스, 나 외에도 우리 무리에는 좀 더 가깝기도 하고 멀기도 했지만 굉장히 다양한 종류의 구도자들이 있었다. 그들 중 몇몇은 특별한 길을 걸었다. 별난 목표를 향해 매진했고, 특이한 견해와 의무에 매달렸다. 점성술사와 카발라 교도도 있었고, 톨스토이 백작의 추종자도 있었다. 또한 온갖 종류의 예민하고 소심하며 상처받기 쉬운 사람들이 있었고, 신흥 종파의 추종자, 요가 수행의 열렬한 애호가, 채식주의자 들이 있었다. 사실 이 모든 사람과 우리는 각자가 다른 이의 은밀한 삶의 꿈을 존중해준다는 점 외에는 정신적으로 공유하는 것이 전혀 없었다. 우리는 과거에 인류가 신들과 새로운 이상을 추구해온 과정을 추적하는 사람들과 좀 더 가까이 지냈는데, 그들의 연구는 내게 종종 피스토리우스를 떠올리게 했다. 그들은 책을 가져와서 우리에게 고대 언어로 쓰인 문헌을 해석해주고, 옛 상징과 의식을 모사한 그림들을 보여주었으며, 지금까지 인류가 품어왔던 모든 이상이 무의식적인 영혼의 꿈들로 이루어져 있음을, 그 꿈속에서 인류는 더듬거리며 미래의 가능성에 대한 예감을 좇아가고 있음을 가르쳐주었다. 그렇게 우리는 기독교 개종의 시대가 시작되기 전까지 고대 세계의 다종다양한 신을 섭렵했다. 우리는 고독하고 경건한 사람들의 신앙고백을 알게 되었고, 종교들이 민족에서 민족으로 전해지며 겪은 변화도 알게 되었다. 그런데 이렇게 우리가 수집한 모든 것은 우리의 시대와 오늘날 유럽에 대한 비판으로 이어졌다. 유럽은 엄청난 노력을 기울여 인류의 막강한 신무기를 만들어냈지만, 결국에는 아비규환과도 같은 정신의 황폐함 속으로 깊이 빠져버렸다. 유럽은 온 세상을 얻은 대신 자신의 영혼을 잃어버렸다.

이곳에도 특정한 희망과 구원의 가르침을 믿고 받드는 사람들이 있었다. 유럽을 개종시키려는 불교도가 있었고, 톨스토이 추종자와 그 밖에 다른 종파도 있었다. 좀 더 가까운 관계의 무리에 속한 우리는 이러한 가르침들을 귀 기울여 들었지만, 그중 어떤 것도 상징 이상의 의미로 받아들이지는 않았다. 미래를 설계하는 것에 대한 고민은 우리 표식을 가진 사람들의 책임이 아니었다. 우리에게는 모든 종파와 구원의 가르침이 애초에 이미 죽어 있고 쓸모없는 것으로 보였다. 그리고 우리가 의무이자 운명으로 느꼈던 것은 단 한 가지였다. 바로 우리 각자가 온전히 자기 자신이 되고, 자기 안에서 활동하는 자연의 싹을 아주 적절하게 돌보고, 그 뜻에 따라 살아야 한다는 것이었다. 불확실한 미래가 무엇을 가져오든 우리가 모든 것에 대해 준비된 상태여야 한다는 것이었다.

왜냐하면 우리는 모두 말을 하든 하지 않든 새로운 탄생과 현존하는 것들의 붕괴가 가까워졌음을, 이는 이미 감지되고 있음을 분명하게 느꼈기 때문이다. 때때로 데미안은 내게 이렇게 말했다. "앞으로 어떤 일이 일어날지는 예측할 수 없어. 유럽의 영혼은 한없이 오랫동안 묶여 있던 동물이야. 그 동물이 풀려나면, 그 첫 번째 움직임은 그다지 사랑스럽지 않겠지. 하지만 사람들이 그렇게 오랫동안 거듭해서 존재하지 않는다고 거짓말하며 마비시켜온 영혼의 진정한 위기가 드러나기만 한다면, 어떤 길이나 우회로를 택할지는 중요하지 않아. 그렇게 되면 우리의 날이 될 거야. 그때가 되면 사람들은 우리를 필요로 할 거야. 지도자나 새로운 입법자로서는 아니야. 우리는 이제 새로운 법을 체험하지는 못할 테니까. 그보다는 뜻이 있는 자, 운명이 가라는 곳으로 함께 가고 그곳에서 있을 준비가 된 사람으로서지. 이것 봐, 사람은 누구나 자신의 이상이 위협당하면 믿을 수 없는 일까지 저지를 준비가 되어 있어. 하지만 새로운 이상, 어쩌면 위험하고 무시무시할지도 모르는 새로운 성장의 움직임이 신호를 보낼 때 그곳엔 아무도 없지. 그럴 때 거기에 서 있고 함께 가는 소수의 사람이 우리가 될 거야. 그 일을 위해 우리에게 표식이 새겨진 거야. 두려움과 증오를 불러일으키고, 당시 인류를 편협한 목가적 삶에서 끌어내어 위험하고 넓은 세상으로 몰아내도록 카인에게 표식이 새겨졌던 것처럼 말이야. 인류의 변천에 영향을 미쳤던 사람들은 모두 한결같이 운명을 받아들일 준비가 되어 있었기 때문에 효과적으로 능력을 발휘할 수 있었어. 모세와 부처가 그랬고, 나폴레옹과 비스마르크도 그랬어. 어떤 흐름을 위해 일하게 되고, 어느 쪽 극에 지배받을지는 스스로 선택할 수 있는 일이 아니야. 만약 비스마르크가 사회민주주의자들을 이해하고 그들에게 동조했더라면, 그는 현명한 신사였을지는 몰라도 운명의 인간은 아니었을 거야. 나폴레옹도 그랬고 카이사르와 로욜라도 그랬지. 다들 그랬어! 항상 생물학적으로, 그리고 진화론적으로 생각해야 해! 지구 표면에서 큰 변화가 일어나 수생동물이 땅 위로, 육상동물이 물속으로 던져졌을 때, 이제까지 들어본 적 없는 새로운 일을 이뤄내고 그 상황에 새롭게 적응해서 자신의 종을 구원할 수 있었던 건 운명을 맞이할 준비가 되어 있던 개체들이었지. 그 개체들이 과거에 자신들의 종 안에서 두드러진 보수주의자이고 현상 유지자였는지, 아니면 오히려 별종이고 혁명가였는지는 우리가 알 수 없어. 그 개체들은 준비가 되어 있었어. 그래서 자신들의 종이 새롭게 진화해가도록 구해낼 수 있었던 거야. 그게 우리가 알고 있는 바야. 그래서 우리는 준비되어 있으려는 거지."

에바 부인도 이런 대화 자리에 자주 함께 있었지만, 직접 이야기를 나누지는 않았다. 우리 중 누구든 자기 생각을 말하는 사람에게 그녀는 신뢰가 가득하고 이해심으로 충만한 경청자이자 메아리였다. 마치 모든 생각이 그녀에게서 나와 다시 그녀에게 되돌아가는 듯했다. 그녀 가까이에 앉아서 때때로 그녀의 목소리를 듣고 그녀를 둘러싼 성숙함과 영혼의 분위기를 함께 누리는 것이 내게는 행복이었다.

내 안에서 어떤 변화가 일어나면, 내 마음이 점점 우울해지거나 새로워질 때면 그녀는 곧바로 그것을 감지했다. 내가 잠잘 때 꾸는 꿈들도 그녀가 불어넣어준 듯한 느낌이 들었다. 나는 그녀에게 자주 내 꿈에 대해 들려주었는데, 그녀는 내 꿈을 이해하고 자연스럽게 받아들였다. 그녀의 명료한 감각으로 따라올 수 없는 이상한 부분은 없었다. 한동안 나는 우리가 낮에 나눴던 대화를 그대로 재현한 듯한 꿈을 꾸었다. 온 세상이 혼란에 빠지고 나 혼자서 혹은 데미안과 함께 긴장한 채로 위대한 운명을 기다리는 꿈을 꾸었다. 운명은 여전히 가리어져 있었지만 어쩐지 에바 부인 같은 용모를 지니고 있었다. 그녀에 의해 선택되거나 버림받는 것, 그것이 운명이었다.

가끔 그녀는 미소 지으며 말했다. "싱클레어, 당신의 꿈은 그게 전부가 아니에요. 가장 좋은 부분을 잊었네요." 그 말을 들으면 잊었던 부분이 다시 기억나고, 내가 어떻게 그것을 잊어먹을 수 있었는지 이해할 수 없는 때도 있었다.

때때로 나는 만족하지 못하고 욕망에 시달렸다. 내 옆에 있는 그녀를 품 안에 안지 않고 바라보기만 하는 것을 더는 참을 수 없다는 생각이 들었다. 그녀는 그런 생각도 곧바로 알아챘다. 한번은 며칠 동안 그 집에 가지 않다가 혼란스러운 마음으로 다시 갔더니 그녀가 나를 따로 불러서 이렇게 말했다. "자신이 믿지 않는 소망들에 빠져들어서는 안 됩니다. 당신이 무엇을 원하는지 알아요. 당신은 이러한 소망들을 포기할 줄 알아야만 합니다. 아니면 완전하고 진실하게 원해야 합니다. 언젠가 당신이 그것이 이루어질 것을 완전히 확신할 정도로 간절하게 요청할 수 있게 된다면, 그때는 그 소망 또한 이루어지게 될 거예요. 하지만 당신은 소망하면서도 다시 후회하고, 그러면서 두려워하고 있어요. 그 모든 것을 극복해야만 해요. 당신에게 동화를 하나 들려줄게요."

그리고 그녀는 별을 사랑하게 된 소년의 이야기를 들려줬다. 소년은 바닷가에 서서 두 손을 펼쳐서 별을 숭배했다. 별에 대한 꿈을 꾸었으며 그의 생각은 온통 별에 관한 것이었다. 하지만 그는 인간이 별을 포옹할 수 없음을 알고 있었다. 혹은 안다고 믿었다. 그는 이루어질 거라는 희망도 없이 별을 사랑하는 것이 자신의 운명이라고 여겼고, 이러한 생각에서 비롯된 말 못 할 충실한 고통과 포기 상태로 이루어진 온전한 인생의 시를 지었다. 그 고통은 자신을 개선하고 정화할 것이었다. 하지만 그의 꿈은 모두 그 별을 향했다. 어느 날 밤 그는 다시 바닷가의 높은 절벽 위에 서서 별을 바라보며 그 별에 대한 사랑으로 불타올랐다. 그리고 그리움이 최고조에 달한 순간 그는 별을 향하여 뛰어올라 허공에 몸을 던졌다. 하지만 몸을 던진 바로 그 순간 번개처럼 그의 뇌리를 스친 생각이 있었다. 이건 불가능한 일이야! 그리하여 그는 온몸이 으깨진 채 아래쪽 해안가에 너부러졌다. 그는 사랑하는 법을 알지 못했다. 그가 뛰어오르는 순간 사랑의 성취를 확고하고 분명하게 믿을 수 있는 영혼의 힘을 가졌더라면 그는 위로 날아올라 별과 하나가 되었을 것이다.

"사랑은 간청해서는 안 돼요." 그녀가 말했다. "강요해서도 안 되고요. 사랑은 자신의 내면에서 확신에 이를 힘을 가지고 있어야 해요. 그러면 사랑은 더는 끌려다니지 않고 끌어당기게 됩니다. 싱클레어, 당신의 사랑은 내게 끌려다니고 있어요. 언젠가 그 사랑이 나를 끌어당기면 내가 갈 거예요. 나는 선물을 주고 싶지 않아요. 나는 쟁취되고 싶어요."

하지만 다음번에 그녀는 내게 다른 동화를 들려주었다. 가망 없는 사랑에 빠진 한 남자가 있었다. 그는 자신의 영혼 속으로 완전히 침잠한 채 자신이 사랑 때문에 타 죽어간다고 생각했다. 그에게 세상은 사라져버렸다. 그는 이제 파란 하늘도 초록 숲도 보지 못했다. 시냇물이 졸졸거리는 소리도 그에게는 들리지 않았고, 하프의 울림도 들리지 않았다. 모든 것이 가라앉아버렸다. 그는 가련하고 비참해졌다. 하지만 그의 사랑은 계속 커졌고, 사랑하는 아름다운 여인을 갖지 못하느니 차라리 죽어서 썩어버리는 게 훨씬 더 낫다고 생각하게 되었다. 그때 그는 자신의 사랑이 자기 내면의 다른 모든 것을 불태워버렸음을 느꼈다. 이제 그의 사랑은 강력해져서 끌어당기고 또 끌어당겼으며, 그 아름다운 여인은 따라올 수밖에 없었다. 그녀가 왔고, 그는 그녀를 끌어안기 위해 두 팔을 활짝 편 채 서 있었다. 그런데 그녀가 그 앞에 섰을 때 그녀의 모습은 완전히 바뀌어 있었다. 그는 전율을 느끼며 자신이 잃어버렸던 세상 전부를 그녀가 끌어온 것을 보았다. 세계가 그의 앞에 서 있었고 그에게 자신을 내맡겼다. 하늘과 숲과 시냇물, 모든 것이 새로운 색을 입고 신선하고 찬란하게 그에게 다가왔다. 모든 것이 그의 것이었고, 그의 언어로 말했다. 그는 단지 한 명의 여자가 아니라 온 세상을 가슴에 품었다. 하늘의 별 하나하나가 그의 안에서 빛을 발하고, 그의 영혼을 관통하는 즐거움으로 반짝거렸다. 그는 사랑했고, 그러면서 자기 자신을 발견했다. 하지만 사람들은 대부분 사랑하면서 자기 자신을 잃어버린다.

내게는 에바 부인에 대한 나의 사랑이 내 인생의 유일한 내용처럼 여겨졌다. 하지만 그 사랑은 날마다 다르게 보였다. 때때로 나의 본성이 매혹당해 도달하려 애쓰는 대상이 그녀 자체가 아니라고 여겨지기도 했다. 그녀는 그저 나의 내면의 상징일 뿐이며 나를 나 자신 속으로 더 깊이 이끌려고 할 뿐이라는 것을 분명하게 느끼기도 했다. 그녀가 하는 말을 듣고 있으면, 그 말이 사실은 나를 사로잡은 다급한 질문들에 대한 내 무의식의 대답처럼 들릴 때가 많았다. 그다음에는 다시 그녀 곁에서 감각적인 욕망으로 타올라 그녀가 만졌던 물건들에 키스하는 순간들이 찾아왔다. 그러면서 점차 감각적인 사랑과 정신적인 사랑, 현실과 상징이 서로 겹쳐졌다. 그러자 우리 집의 내 방 안에서, 차분하고 마음을 다해 그녀를 생각하면서 그녀의 손이 내 손 안에 있고, 그녀의 입술이 내 입술 위에 있다고 느끼곤 했다. 혹은 그녀 곁에서 그녀의 얼굴을 바라보고 그녀와 이야기하며 그녀의 음성을 들으면서도 그녀가 실제로 있는 것인지, 혹시 꿈은 아닌지 알 수 없기도 했다. 나는 어떻게 하면 사랑을 지속적으로 영원히 소유할 수 있는지 어렴풋이 느끼기 시작했다. 책을 읽고 있다가 새로운 깨달음을 얻은 적이 있는데, 그 느낌은 마치 에바 부인의 키스 같았다. 그녀가 나의 머리를 쓰다듬고 나를 향해 미소 지으며 성숙하고 향기로운 온기를 전하면, 나는 내 내면에서 성장을 이루었을 때와 똑같은 느낌을 받았다. 나에게 중요하고 운명을 의미하는 모든 것이 그녀의 모습을 띨 수 있었다. 그녀는 나의 생각 하나하나로 변모할 수도 있었고, 나의 생각 하나하나가 그녀로 변할 수도 있었다.

부모님의 집에서 보내는 크리스마스 연휴가 두렵게 느껴졌다. 이 주 동안 에바 부인과 떨어져 지내는 건 분명 고통스러우리라는 생각이 들었기 때문이다. 하지만 고통스럽지 않았다. 집에 있으면서 그녀를 생각하는 것은 근사한 일이었다. H시로 돌아온 뒤에도 나는 이틀 동안 그녀의 집에 가지 않았다. 이러한 안정감과 그녀의 육체적 존재에서 벗어난 자유를 만끽하기 위해서였다. 또한 나는 그녀와의 합일을 새롭고 비유적인 방식으로 이루는 꿈도 꾸었다. 그녀는 바다였고, 나는 그 안으로 거세게 흘러 들어가 합류했다. 그녀는 별이었고, 나 역시 별이 되어 그녀를 향해 갔다. 결국 우리는 만났고, 서로에게 이끌림을 느꼈으며, 계속해서 함께 머물며 기쁨에 넘쳐 작고 소리 나는 원을 그리면서 서로의 주위를 영원토록 맴돌았다.

다시 그녀를 방문했을 때 그녀에게 이 꿈 이야기를 먼저 들려줬다.

"꿈이 아름답네요." 그녀가 조용히 말했다. "그 꿈을 실현시켜요!"

이른 봄의 어느 날을 나는 결코 잊을 수 없다. 나는 홀 안으로 들어섰다. 창문 하나가 열려 있었다. 온화한 바람이 히아신스의 짙은 향기를 온 실내에 퍼뜨렸다. 아무도 보이지 않기에 나는 계단을 올라 막스 데미안의 서재로 갔다. 방문을 가볍게 두드린 후, 평소 하던 대로 대답을 기다리지 않고 안으로 들어섰다.

커튼이 모두 쳐져 있어서 방은 어두웠다. 막스가 화학 실험실로 꾸며둔 작은 옆방으로 통하는 문이 열려 있었고, 비구름 사이를 뚫고 나온 환하고 새하얀 봄날의 햇살이 그곳에서부터 비쳤다. 나는 방 안에 아무도 없다고 생각하고 커튼 하나를 젖혔다.

그러자 커튼이 드리워진 창문 가까이에 막스 데미안이 스툴 위에 웅크린 채 기이하게 변한 모습으로 앉아 있는 것이 보였다. 그때 어떤 감정이 번개처럼 나를 스쳤다. 넌 언젠가 이것을 본 적이 있어! 그는 두 팔을 미동도 없이 늘어뜨리고 있었고, 두 손은 무릎 위에 있었다. 두 눈을 뜬 채 약간 앞으로 숙인 얼굴은 멍했고 생기가 없었다. 동공에서는 작고 강렬한 반사광이 마치 유리 조각처럼 활기 없이 번득였다. 창백한 얼굴은 내면으로 깊이 가라앉아 있었다. 엄청나게 경직된 것 말고는 아무런 표정도 담고 있지 않았다. 마치 신전의 입구에 놓인 태고의 동물 가면처럼 보였다. 그는 숨을 쉬지 않는 듯했다.

몰려오는 기억에 나는 전율했다. 저렇게, 정확히 저렇게 하고 있는 그를 이미 한 번 본 적이 있다. 여러 해 전, 내가 아직 어린 소년이었을 때였다. 두 눈은 저렇게 내면을 향해 굳어져 있었고, 두 손은 저렇게 생기 없이 나란히 놓여 있었다. 파리 한 마리가 그의 얼굴 위를 돌아다녔다. 아마도 6년 전이었을 당시에도 그는 바로 저만큼 나이 들어 있었고, 바로 저렇게 시간을 초월한 모습이었다. 지금도 얼굴의 주름 하나 달라지지 않았다.

두려움에 사로잡힌 나는 조용히 방에서 나와 계단을 내려갔다. 홀에서 에바 부인을 만났다. 그녀는 창백했고 피곤해 보였는데, 그녀에게서 본 적 없는 모습이었다. 창문을 통해 그림자가 드리워졌고, 눈부신 새하얀 햇살도 갑자기 사라져 버렸다.

"막스에게 갔다 왔어요." 내가 재빨리 속삭였다. "무슨 일이 있었나요? 그는 자고 있어요. 아니면 깊은 생각에 빠진 것 같기도 하고, 잘 모르겠어요. 전에도 그런 모습으로 있는 걸 본 적이 있어요."

“그를 깨운 건 아니겠죠?” 그녀가 다급히 물었다.

“네, 그는 제 소리를 듣지 못했어요. 저는 곧바로 다시 나왔어요. 에바 부인, 말해주세요. 막스에게 무슨 일이 있나요?”

그녀는 손등으로 자기 이마를 훔쳤다.

“안심해요, 싱클레어. 그에겐 아무 일도 없어요. 그는 내면으로 침잠해 있는 중이에요. 오래 걸리지 않을 거예요.”

그녀는 일어서더니 막 비가 내리기 시작했는데도 정원으로 나갔다. 나는 따라 나가서는 안 된다는 걸 느꼈다. 홀 안에서 서성거리며 정신을 혼미하게 하는 히아신스의 향기를 맡고, 문 위에 걸린 나의 새 그림을 응시했으며, 이날 아침 집 안을 가득 채운 기이한 그림자를 가슴 졸이며 호흡했다. 이게 무슨 일이지? 무슨 일이 일어난 걸까?

에바 부인이 곧 돌아왔다. 그녀의 짙은 색 머리카락에 빗방울이 맺혀 있었다. 그녀는 자신의 안락의자에 앉았다. 피로가 그녀 위에 드리워져 있었다. 나는 그녀 곁으로 다가가 그녀 위로 몸을 숙이고 그녀의 머리카락에 맺힌 물방울에 키스했다. 그녀의 두 눈은 환하고 고요했지만, 그 물방울에서는 눈물의 맛이 났다.

“그가 어떤지 살펴볼까요?” 내가 속삭이듯 물었다.

그녀는 옅은 미소를 띠었다.

“어린아이처럼 굴지 말아요, 싱클레어!” 그녀가 자기 내면의 어떤 마력을 깨뜨리기라도 하려는 듯 큰 소리로 경고했다.

"이제 가도록 해요. 그리고 이따가 다시 와요. 지금은 당신과 이야기할 수 없어요."

나는 그 집에서 나왔고, 도시를 벗어나 산을 향해 달렸다. 나는 비스듬히 흩뿌리는 가랑비를 맞았고, 구름은 무겁게 짓눌린 채 불안한 듯 낮게 흘러갔다. 아래쪽에는 바람이 거의 불지 않았는데 위쪽에서는 폭풍이 부는 것 같았다. 강철 같은 회색빛 구름 사이를 뚫고 햇살이 잠깐잠깐 창백하고 눈부시게 비치곤 했다.

그때 하늘 위로 노란색을 띤 옅은 구름이 몰려오더니 회색 벽에 막혀서 덩어리를 이루었다. 그러자 바람이 불어와 몇 초 만에 노란색과 파란색으로 형상 하나를 만들어냈다. 그것은 파란색 혼돈을 떨쳐내고 커다란 날갯짓을 하며 하늘 속으로 사라지는 거대한 새였다. 그다음에는 폭풍이 몰아치는 소리가 들렸다. 비와 우박이 뒤섞여 후드득거리며 쏟아졌다. 빗줄기가 휘두들기는 풍경 위로 믿을 수 없을 정도로 무시무시한 천둥소리가 짧게 으르렁댔다. 그러고는 곧바로 다시 햇빛이 났다. 갈색 숲 너머 가까운 산 위에서는 창백한 눈이 희미하고도 비현실적으로 빛나고 있었다.

몇 시간 후 내가 비바람에 흠뻑 젖은 채로 다시 돌아왔을 때 데미안이 직접 현관문을 열어주었다.

그는 나를 데리고 자기 방으로 올라갔다. 실험실 안에는 가스 불꽃이 타고 있고, 종이가 여기저기 널려 있었다. 작업 중인 모양이었다.

"앉아." 그가 권했다. "피곤하겠는걸. 지독한 날씨였잖아. 실컷 밖을 쏘다녔나보네. 곧 차를 가져올 거야."

"오늘 무슨 일인가가 일어나고 있어." 내가 주저하며 말을 꺼냈다. "조금 궂은 날씨에 그치는 문제가 아니야."

그는 탐색하듯 나를 바라보았다.

"뭔가를 본 거야?"

"응, 구름 속에서 한순간 어떤 형상을 분명하게 봤어."

"어떤 형상을?"

"새였어."

"매 말이야? 그 매였어? 네 꿈에 나타났던 새?"

"맞아, 나의 매였어. 노란색이었고 엄청나게 컸어. 그리고 검푸른 하늘 속으로 날아갔어."

데미안은 깊게 한숨을 내쉬었다.

방문을 두드리는 소리가 났다. 늙은 하녀가 차를 가져왔다.

"자, 마셔, 싱클레어. 내 생각엔 네가 그 새를 우연히 본 게 아닌 것 같은데?"

"우연히? 그런 걸 우연히 보기도 해?"

"물론 아니지. 그 새는 무언가를 의미하고 있어. 그게 뭔지 알아?"

"아니, 그것이 충격을 의미한다는 것, 운명 속의 한 걸음을 의미한다는 것을 느낄 뿐이야. 내 생각엔 그것이 우리 모두와 관련이 있는 것 같아."

그는 급한 걸음으로 서성거렸다.

"운명 속의 한 걸음이라고!" 그가 크게 외쳤다. "지난밤에 나도 똑같은 꿈을 꾸었어. 그리고 우리 어머니도 어제 어떤 예감을 가졌는데, 내용이 똑같아. 꿈에서 나는 나무줄기인지 탑인지에 걸쳐져 있는 사다리를 타고 올라갔어. 위에 올라가자 드넓은 평지 위의 온 나라가 도시고 마을이고 할 것 없이 다 불타고 있는 게 보였어. 아직 모든 걸 다 이야기할 수는 없어. 나도 아직 다 분명하지는 않거든."

"넌 그 꿈을 너와 관련지어서 해석해?" 내가 물었다.

"나와 관련짓느냐고? 물론이지. 자신과 상관없는 꿈을 꾸는 사람은 없어. 하지만 나 혼자만 관련된 것은 아니지. 그 점에서는 네가 옳아. 나는 꿈들을 상당히 정확하게 구분하는 편이야. 나 자신의 영혼 속에서 일어나는 움직임을 보여주는 꿈들과 굉장히 드물기는 하지만 온 인류의 운명이 암시되는 꿈들로 말이야. 그런 유형의 꿈을 꾼 적은 별로 없어. 더구나 그것이 예언이었고, 나중에 실현되었다고 말할 만한 꿈은 단 한 번도 꾼 적이 없었어. 해석이란 건 너무 불분명해. 하지만 내가 확실히 아는 건, 내가 나에게만 관련된 게 아닌 꿈을 꿨다는 거야. 그 꿈이 내가 이전에 꿨던 꿈들과 같은 종류의 꿈이고, 그 꿈들의 후속편이거든. 싱클레어, 내가 전에 말했던 예감들을 나는 이 꿈에서 얻곤 했어. 우리의 세계가 심하게 썩었다는 사실을 우린 알고 있어. 그렇다고 해서 그것이 세계의 몰락이나 그 비슷한 것을 예언할 근거까지는 아닐 거야. 하지만 나는 몇 년 전부터 꿈을 꾸어왔는데, 그 꿈들에서 내가 내린 결론이랄까, 아니면 느낀 거라고 할까, 그걸 뭐라고 하든 그 꿈들에서 나는 낡은 세계의 붕괴가 가까워지고 있다는 것을 느껴. 처음엔 아주 희미하고 불분명한 예감이었지만, 점점 더 뚜렷해지고 강력해졌어. 지금 알 수 있는 건 뭔가 거대하고 무시무시한 것, 나하고도 관련된 무언가가 다가오고 있다는 것뿐이야. 싱클레어, 이제 우리는 우리가 가끔 이야기했던 것을 경험하게 될 거야! 세계는 스스로를 개혁하고자 해. 죽음의 냄새가 나. 죽음 없이는 어떤 새로운 것도 오지 않지. 내가 생각했던 것보다 더 끔찍해." 나는 깜짝 놀라 그를 뚫어지게 바라보았다.

"네 꿈의 나머지 부분에 대해 내게 이야기해줄 수는 없을까?" 내가 소심하게 요청했다.

그는 고개를 가로저었다.

"안 돼."

문이 열리고 에바 부인이 들어왔다.

"여기 같이 있었네! 얘들아, 너희들 설마 슬퍼하는 건 아니겠지?"

그녀는 활기차 보였고, 더는 피곤해 보이지 않았다. 데미안은 그녀를 향해 미소 지었고, 그녀는 마치 어머니가 겁에 질린 자녀들에게 가듯이 우리에게 다가왔다.

"우린 슬프지 않아요, 어머니. 그저 이 새로운 징조들에 대해 이런저런 추측을 해보고 있었을 뿐이에요. 하지만 의미 없는 일이에요. 일어나려는 일은 갑자기 일어날 거예요. 그렇게 되면 우리는 알아야 할 것을 경험해버리겠죠."

하지만 나는 기분이 나빴다. 작별 인사를 하고 혼자 홀을 가로지르는데, 히아신스의 향기가 시들고 맥 빠지고 시체 같은 느낌이었다. 우리 위로 그림자가 드리워져 있었다.

제8장 종말의 시작

나의 뜻을 관철시켜 여름 학기도 H시에서 보낼 수 있었다. 이제 우리는 집 안에 머물지 않고 거의 모든 시간을 강가의 정원에서 보냈다. 격투에서 보기 좋게 패한 바 있는 일본인은 떠났다. 톨스토이 추종자도 사라졌다. 데미안은 말 한 마리를 데리고 있었는데, 날마다 끈기 있게 말을 탔다. 나는 그의 어머니와 단둘이 있을 때가 많았다.

가끔 나는 내 삶이 평화로운 게 의아했다. 너무나 오랫동안 혼자 있고, 체념하고, 내 고통과 힘겹게 씨름하는 데 익숙했었기 때문에 내게는 H시에서의 이 몇 달이 꿈속의 섬처럼 느껴졌다. 나는 그 섬에서 아름답고 편안한 일과 감정에만 둘러싸여 즐겁고 황홀하게 살 수 있었다. 나는 이것이 우리가 생각했던 새롭고 더 높은 공동체의 전조임을 짐작했다. 그런데 때때로 이러한 행복 때문에 오히려 깊은 슬픔이 나를 덮치곤 했다. 이 행복이 지속될 수 없으리라는 것을 잘 알았기 때문이다. 충만함과 편안함 속에서 호흡하는 것은 나의 몫이 아니었다. 내게는 고통과 분주함이 필요했다. 나는 느끼고 있었다. 어느 날 내가 이 아름다운 사랑의 장면에서 깨어나 다시 혼자가 되리라는 걸, 고독이나 투쟁만 있을 뿐 평화도 공생도 없는 타인들의 차가운 세계 속에 완전히 혼자 있게 되리라는 걸.

그럴 때면 나는 나의 운명이 아직은 이렇게 아름답고 고요한 모습인 것이 기뻐서 두 배의 다정함으로 에바 부인 곁에 바짝 들러붙었다.

그 여름의 몇 주는 빠르고 순탄하게 흘러갔다. 벌써 학기가 끝나가고 있었다. 작별이 코앞으로 다가왔다. 나는 그 생각을 해서는 안 되었고, 실제로 하지도 않았다. 마치 나비가 꿀이 있는 꽃에 매달리듯 아름다운 날들에 매달렸다. 이것은 나의 행복이었다. 나의 삶이 처음으로 충만해지고, 내가 동맹에 받아들여진 것이었다. 그다음에는 어떤 일이 올까? 나는 또다시 힘겹게 싸워나갈 테고, 그리움을 견디고, 꿈을 꾸고, 혼자 있게 될 것이다.

이 시기의 어느 날 이런 예감이 너무도 강렬하게 엄습해서 에바 부인에 대한 나의 사랑이 갑자기 고통스럽게 타올랐다. 이럴 수가, 얼마 후면 나는 그녀를 더는 보지 못할 것이다. 집 안을 돌아다니는 그녀의 안정적이고 기분 좋은 발걸음 소리를 더는 듣지 못할 테고, 나의 책상 위에 놓인 그녀의 꽃들도 더는 보지 못하게 될 것이다! 그런데 나는 무엇을 이루었는가? 그녀를 쟁취하기는커녕, 그녀를 얻기 위해 싸우고 영원히 독차지하기는커녕 그저 꿈을 꾸고 편안함 속에 잠겨 있었다! 그동안 그녀가 진정한 사랑에 대해 말했던 모든 것이 떠올랐다. 셀 수 없이 많았던 섬세한 경고의 말들, 셀 수 없이 많았던 은근한 유혹들, 어쩌면 약속이었을 말들까지. 난 그걸로 무엇을 이루었던가? 아무것도 없다! 아무것도!

나는 방 한가운데에 서서 나의 온 의식을 집중한 채 에바를 생각했다. 그녀가 나의 사랑을 느끼도록 하기 위해, 그녀를 나에게로 끌어오기 위해 내 영혼의 힘들을 끌어모으려고 했다. 그녀가 와서 나의 포옹을 열망해야만 했다. 나는 나의 키스로 그녀의 성숙하고 사랑스러운 입술을 만족할 줄 모르고 탐해야만 했다.

그 자리에 선 채로 온몸을 팽팽하게 긴장시키니 마침내 손가락과 발끝에서부터 차가워지기 시작했다. 내게서 힘이 빠져나가는 것이 느껴졌다. 잠시 내 안에서 무언가가 단단하고 촘촘하게 응축되었다. 뭔가 환하고 서늘한 것이었다. 한순간 나는 심장 속에 수정을 품은 듯했는데, 그것이 나의 자아임을 알았다. 냉기는 나의 가슴까지 올라왔다.

그 끔찍한 긴장 상태에서 깨어났을 때 무언가가 오고 있는 것 같은 느낌이 들었다. 나는 죽도록 탈진한 상태였지만, 에바가 방 안으로 들어오는 것을 불타오르는 심정으로 황홀해하며 바라볼 준비가 되어 있었다.

이때 긴 길을 따라 달가닥거리는 말발굽 소리가 울려왔다. 그 소리는 가까이에서 거세게 들리더니 갑자기 멈췄다. 나는 창가로 뛰어갔다. 아래쪽에서 데미안이 말에서 내리고 있었다. 나는 달려 내려갔다.

"무슨 일이야, 데미안? 너희 어머니에게 무슨 일이 생긴 건 아니겠지?"

그는 내 말을 귀담아듣지 않았다. 안색은 매우 창백했고, 이마에서부터 양쪽 뺨으로 땀이 흘러내렸다. 열기를 내뿜는 말의 고삐를 정원 울타리에 묶고서 그는 나의 팔을 잡고 나와 함께 거리를 따라 걸어 내려갔다.

"벌써 알고 있어?"

나는 아무것도 알지 못했다.

데미안은 나의 팔을 잡은 손에 힘을 주고는 나를 향해 얼굴을 돌렸다. 어둡고, 동정하는 듯한 기이한 눈길이었다.

"있잖아, 친구야. 이제 일이 벌어지고 있어. 러시아와의 긴장이 높아진 것은 너도 알고 있었잖아."

"뭐라고? 전쟁이 일어나는 거야? 정말로 일어날 거라고는 생각하지 않았는데."

가까이에 아무도 없는데도 그는 나지막이 말했다.

"아직 전쟁이 선포된 건 아니야. 하지만 전쟁은 일어날 거야. 믿어도 돼. 그날 이후 그 문제로 널 더는 귀찮게 하지는 않았지만, 난 그 후에도 새로운 징조를 세 번이나 더 봤어. 그러니까 세계의 몰락도 아니고, 지진도 아니고, 혁명도 아니야. 전쟁이 일어날 거야. 넌 그것이 얼마나 큰 호응을 얻는지 보게 될 거야! 사람들은 기뻐할 거야. 벌써 모두가 싸움판이 벌어지기를 고대하고 있어. 그들에게는 인생이 그렇게나 무미건조했던 거야. 싱클레어, 하지만 이건 그저 시작일 뿐임을 알게 될 거야. 어쩌면 엄청난 규모의 전쟁이 될 수도 있어. 아주 엄청난 규모의 전쟁 말이야. 하지만 그것 또한 시작일 뿐이지. 새로운 것이 시작될 거야. 낡은 것에 매달린 사람들에게는 그 새로움이 끔찍하겠지. 넌 뭘 할 거야?"

당황스러웠다. 그 모든 이야기가 내게는 여전히 낯설고 비현실적으로 들렸다.

"모르겠어. 넌 어때?"

그는 어깨를 으쓱했다.

"동원령이 내리면 곧바로 입대할 거야. 나는 장교거든."

"네가? 전혀 몰랐어."

"그래, 그건 내가 적응하는 방식 중의 하나였어. 내가 외부적으로 남의 눈에 띄는 것을 꺼리고, 실수 없이 하기 위해 차라리 과하게 행동하는 편이라는 걸 너도 알잖아. 내 생각에 일주일 후면 난 벌써 전장에 있게 될 거야."

"맙소사."

"이봐, 친구. 이 일을 감상적으로 받아들일 필요는 없어. 물론 나도 살아 있는 사람들을 향해 발포 명령을 내리는 일이 근본적으로 즐겁지는 않을 거야. 하지만 그건 부차적인 일일 거야. 이제 우리는 누구든 거대한 바퀴 속으로 휩쓸려 들어가게 될 거거든. 너도 마찬가지야. 너도 분명히 징집될 거야."

"데미안, 그럼 너희 어머니는?"

십오 분 전에 무슨 일이 있었는지 이제야 다시 기억났다. 세상이 너무나 변해버렸다! 지극히 사랑스러운 형상을 불러오기 위해 나는 온 힘을 다 모은 참이었다. 그런데 지금은 갑자기 운명이 위협적일 정도로 섬뜩한 가면을 쓴 채 새롭게 나를 바라보았다.

"우리 어머니? 아, 우리 어머니 걱정은 할 필요 없어. 어머니는 안전해. 지금 이 세상 누구보다 더 안전해. 넌 우리 어머니를 그렇게나 사랑하는구나?"

"알고 있었던 거야, 데미안?" 그는 환하게, 아주 거침없는 웃음을 터뜨렸다.

"이 어린 친구야! 당연히 알고 있었지. 여태껏 사랑하지도 않으면서 우리 어머니를 에바 부인이라고 부른 사람은 없었어. 그건 그렇고, 그건 어떻게 된 거지? 네가 오늘 우리 어머니나 나를 불렀잖아. 안 그래?"

"맞아, 불렀어. 내가 에바 부인을 불렀어."

"어머니가 그것을 느꼈어. 어머니가 갑자기 나를 보낸 거야. 너에게 꼭 가봐야 한다고. 그때 내가 막 어머니에게 러시

아에 대한 소식을 전한 참이었거든."

우리는 돌아서서 걸으며 몇 마디 더 이야기를 나눴고, 그는 말고삐를 풀고 말 위에 올라탔다.

내 방에 올라와서야 나는 내가 굉장히 기진맥진해 있음을 느꼈다. 데미안이 전해준 소식 때문이기도 했지만, 그보다는 그전에 온몸을 긴장시켰던 것 때문에 훨씬 더 피곤했다. 하지만 에바 부인이 내가 부르는 소리를 들었다! 내 마음속의 생각을 통해 그녀에게 가닿았다. 그녀가 직접 왔을 것이다. 그 일만 아니었다면……. 이 모든 일이 얼마나 기이하며 근본적으로 얼마나 아름다운가! 이제 전쟁이 일어날 것이다. 이제 우리가 그토록 자주 이야기했던 일이 벌어질 것이다. 그런데 데미안은 그 일에 대해 아주 많은 것을 미리 알고 있었다. 참으로 기이했다. 이제 세계의 흐름은 우리 곁 어딘가를 스쳐 지나가지 않을 것이다. 이제 갑자기 세계의 흐름이 우리의 심장 한가운데를 관통하고, 모험과 거친 운명이 우리를 부르고 있다. 또한 지금 당장 혹은 머지않아 세계가 우리를 필요로 하는 순간, 세계가 스스로 변하고자 하는 순간이 올 것이다. 데미안의 말이 옳았다. 이것은 감상적으로 받아들일 일이 아니었다. 다만 그토록 고독한 사건인 '운명'을 이제는 그토록 많은 사람과 함께, 온 세계와 함께 공동으로 체험하리라는 점만은 특이했다. 그래, 좋다!

나는 준비가 되었다. 그날 저녁 시내를 지나는데, 구석구석 엄청난 흥분으로 들끓고 있었다. 여기저기서 '전쟁'이라는 단어가 들려왔다!

나는 에바 부인의 집으로 갔다. 우리는 정원의 정자에서 저녁을 먹었다. 내가 유일한 손님이었다. 누구도 전쟁 이야기는 한마디도 꺼내지 않았다. 다만 내가 그 집을 떠나기 직전, 늦게서야 에바 부인이 이렇게 말했다. "사랑하는 싱클레어, 당신이 오늘 나를 불렀죠. 내가 직접 가지 않은 이유는 알 거예요. 하지만 잊지 말아야 할 게 있어요. 이제 당신은 부르는 법을 알아요. 그러니 표식을 지닌 누군가가 필요할 때 언제든지 다시 부르도록 해요!" 그녀는 일어서더니 정원에 내려앉은 어스름 사이를 뚫고 앞장서서 걸어갔다. 신비로운 여인은 침묵하는 나무들 사이로 성큼성큼 품위 있게 발걸음을 옮겼다. 그녀의 머리 위에는 수많은 별이 작고 사랑스럽게 반짝였다.

나의 이야기가 끝나간다. 사태는 빠르게 진행되었다. 곧 전쟁이 일어났고, 데미안은 군복 위에 은회색 외투를 입은 기이하도록 낯선 모습으로 떠났다. 나는 그의 어머니를 집까지 바래다주었다. 얼마 후 나 역시 그녀와 작별했다. 그녀는 나의 입술에 키스를 하고 잠시 나를 가슴에 끌어안았다. 가까이에서 이글거리는 그녀의 커다란 두 눈이 흔들림 없이 나의 두 눈을 들여다봤다.

모든 사람이 형제가 된 것 같았다. 그들은 조국과 명예를 생각했다. 하지만 그것은 운명이었다. 그들 모두 한순간 운명의 민낯을 보았다. 젊은 남자들은 병영에서 나와 열차에 올라탔다. 나는 많은 얼굴에서 표식을 보았다. 우리의 표식과는 다르지만, 사랑과 죽음을 의미하는 아름답고 품위 있는 표식이었다. 나 역시 한 번도 본 적 없는 사람들에게서 포옹을 받았다. 그 행동을 이해했기에 나도 흔쾌히 포옹해주었다. 그들은 일종의 도취 속에서 그런 행동을 했다. 그것은 운명의 의지가 아니었다. 하지만 그 도취는 신성했다. 그들 모두가 잠깐이나마 운명의 두 눈을 일깨우며 들여다보았다는 점에서 감동적이었다.

내가 전장에 나갔을 때는 벌써 겨울이 가까워져 있었다.

총격전이 흥미진진했지만 처음에는 모든 것이 실망스러웠다. 과거에 나는 사람이 이상을 위해 사는 일이 왜 그렇게 드문지에 대해 많이 생각해봤다. 이제 나는 많은 사람, 아니 모든 사람이 이상을 위해 죽을 수 있다는 걸 알게 되었다. 다만 그것은 개인적인 이상이어서는 안 됐고, 자유로운 이상도, 자신이 선택한 이상이어서도 안 됐다. 그것은 공동의 이상, 떠맡은 이상이어야만 했다.

그러나 시간이 지나자 내가 사람들을 과소평가했음을 깨달았다. 군 직무와 공동의 위험으로 그들이 굉장히 획일화되어 있었는데도 나는 많은 사람, 살아 있는 이들과 죽어가는 이들이 운명의 의지에 훌륭하게 접근하는 것을 보았다. 아주 많은 사람이 공격할 때뿐만 아니라 모든 순간에 단호하고 아득하며 조금은 홀린 듯한 눈빛이었다. 그 눈빛은 목표에 대해서는 아무것도 알지 못한 채 거대한 것에 헌신하고 있음을 의미했다. 이들이 무엇을 믿고 생각하든 상관없었다. 이들은 준비되어 있고, 쓸모 있었다. 이들로부터 미래가 형성될 것이었다. 그리고 세상이 전쟁과 영웅주의에, 명예와 다른 낡은 이상에 점점 더 경직되게 맞추어진 것처럼 보일수록 이 모든 것은 피상적일 뿐이었다. 겉으로는 인간성처럼 보이는 것의 목소리가 모두 점점 더 낯설고 비현실적으로 들릴 때도 마찬가지였다. 마치 전쟁의 외적이고 정치적인 목적에 관한 질문이 그저 피상적인 것에 그치듯이 말이다. 심연에서는 무언가가 생성되고 있었다. 새로운 인간성 같은 무언가가 말이다. 왜냐하면 증오와 분노, 살육과 파괴가 그 대상과는 상관이 없다는 감각적인 통찰에 도달하게 된 사람들을 많이 볼 수 있었기 때문인데, 그들 중의 몇몇은 내 옆에서 죽어간 이들이다. 그렇다. 대상은 목적과 마찬가지로 완전히 우연적인 것이다. 근원적인 감정들은 가장 거친 감정들조차도 적을 향하지 않았다. 그들이 벌이는 잔혹한 행위는 단지 내면의 발산일 뿐이었다. 새로 태어나기 위해 미쳐 날뛰며 죽이고, 파괴하고 죽고 싶어 하는, 내면에서 갈가리 찢긴 영혼의 발산일 뿐이었다. 거대한 새가 몸부림치며 알에서 빠져나오고 있었다. 그 알은 세계다. 그리고 그 세계는 산산이 부서져야만 했다.

어느 이른 봄날 밤 나는 우리가 점령한 농가 앞에서 보초를

섰다. 이따금 가볍게 바람이 일었고, 플랑드르 지방의 높은 하늘 위로는 구름 떼가 몰려다녔다. 그 뒤 어딘가에는 달이 떠 있는 듯했다. 나는 이미 온종일 불안에 떨었다. 알 수 없는 근심으로 마음이 불편했다. 이제 나는 어두운 초소에 선 채 간절한 마음으로 지금까지 살아온 내 인생의 장면들, 에바 부인, 데미안을 떠올렸다. 미루나무에 기대어 서서 요동치는 하늘을 바라보았다. 하늘에서 은밀하게 번득이던 빛은 곧 거대하게 부푸는 형상들의 연속이 되었다. 나의 맥박이 기이할 정도로 희미해지고, 나의 피부가 바람과 비에 무감각해지고, 내면이 불타오르며 깨어나는 것을 보고 나는 인도자가 내 주변에 있음을 느꼈다.

구름 속에서 커다란 도시가 보였다. 그곳에서 수백만 명의 사람이 쏟아져 나와 넓게 펼쳐진 풍경 속으로 무리를 지어 흩어졌다. 그들 한가운데로 권세 있는 신의 모습이 나타났다. 머리카락에서는 별들이 반짝였고, 산맥처럼 거대했으며, 에바 부인의 모습을 하고 있었다. 마치 거대한 동굴 속으로 빨려 들어가듯 사람들의 대열이 그녀 안으로 들어가 사라져버렸다. 여신은 바닥에 웅크리고 앉았는데, 그녀 이마 위의 표식이 환하게 빛을 발했다. 어떤 꿈이 그녀를 지배하고 있는 듯했다. 그녀는 두 눈을 감았고, 그녀의 거대한 얼굴은 고통으로 일그러졌다. 갑자기 그녀가 날카롭게 비명을 질렀고, 그녀의 이마에서 별들이 튀어나왔다. 수천 개의 반짝이는 별이 검은 하늘 위로 근사한 아치와 반원을 그리며 날아올랐다.

그 별 중 하나가 날카로운 울림과 함께 곧장 나를 향해 돌진했다. 나를 찾고 있는 듯했다. 그러더니 그 별은 엄청난 굉음을 내며 수천 개의 불꽃으로 산산조각 나버렸고, 나는 공중으로 세차게 쳐올려졌다가 다시 바닥으로 내동댕이쳐졌다. 세계가 천둥소리와 함께 내 위에서 무너져 내렸다.

사람들은 미루나무 근처에서 흙에 뒤덮인 채 여러 군데 상처를 입은 나를 발견했다.

나는 어느 지하실에 누워 있었다. 내 위로는 포성이 요란했다. 나는 차에 누운 채 텅 빈 들판을 덜커덩거리며 지나갔다. 나는 대부분 잠들어 있거나 의식이 없었다. 하지만 깊이 잠들면 잠들수록 무언가가 나를 끌어당긴다는 것을, 내가 나를 지배하는 어떤 힘을 따라가고 있다는 것을 더더욱 강렬하게 느꼈다.

나는 어느 축사의 짚단 위에 누워 있었다. 주위는 캄캄했고, 누군가가 내 손을 밟았다. 하지만 나의 내면은 계속해서 가기를 원했다. 더욱 강력하게 나를 잡아끌었다. 또다시 나는 차에 누워 있었고, 나중에는 들것 아니면 사다리 같은 것에 누워 있었다. 어디인가로 오라는 명령을 받았다는 느낌이 점점 강하게 들었고, 결국에는 그곳에 도달하고야 말겠다는 열망 외에는 아무것도 느끼지 못했다.

그러고는 목적지에 도착했다. 밤이었다. 나는 의식이 또렷

했는데, 내 안에서 또다시 끌어당김과 열망을 강력하게 느끼던 참이었다. 이제 나는 넓은 홀의 바닥에 깔아둔 자리에 누워 있었다. 그리고 내가 부름을 받은 그곳에 와 있다고 느꼈다. 주위를 둘러보았는데, 내 매트리스 바로 옆에 다른 매트리스가 놓여 있고 그 위에 누군가가 있었다. 그는 몸을 기울여 나를 바라보았다. 그는 이마에 표식을 가지고 있었다. 막스 데미안이었다.

나는 말을 할 수 없었다. 그 역시 말을 할 수 없거나 할 생각이 없는 듯했다. 그는 그저 나를 바라보기만 했다. 위쪽 벽에 걸린 램프의 불빛이 그의 얼굴을 비추고 있었다. 그는 나를 향해 미소 지었다.

그는 아주 오랫동안 계속해서 나의 두 눈을 바라보았다. 서서히 그가 얼굴을 내 쪽으로 더 가까이 내미는 바람에 우리는 거의 맞닿을 지경이 되었다.

"싱클레어!" 그가 속삭이듯 말했다.

나는 눈으로 그의 말을 알아듣고 있다는 신호를 보냈다.

그가 다시 미소를 지었는데, 거의 동정하는 듯한 표정이었다.

"어린 친구!" 그가 미소를 띤 채 말했다.

그의 입은 이제 나의 입 아주 가까이에 있었다. 그는 나지막한 목소리로 말을 이어갔다.

"지금도 프란츠 크로머를 기억해?" 그가 물었다.

나는 그에게 눈을 깜박여 신호했고, 미소도 지을 수 있었다.

"꼬마 싱클레어, 잘 들어! 이제 난 떠나야만 해. 어쩌면 넌 크로머나 또 다른 일로 인해 다시 한번 내가 필요할 수도 있을 거야. 그럴 때 네가 나를 불러도 이제 난 그렇게 급히 말을 타거나 기차를 타고 올 수가 없어. 내가 필요할 때 너는 네 내면의 소리에 귀를 기울여야 해. 그러면 내가 네 안에 있음을 알게 될 거야. 무슨 말인지 알겠어? 그리고 한 가지 더 있어! 에바 부인이 언젠가 네게 안 좋은 일이 생기거든, 그녀가 내게 해주었던 키스를 너에게 해주라고 말했어……. 눈을 감아, 싱클레어!"

나는 순순히 두 눈을 감았다. 줄어들 기미 없이 계속해서 피가 조금씩 흐르는 내 입술 위로 가벼운 키스가 느껴졌다. 그리고 나는 잠이 들었다.

아침에 누군가가 나를 깨웠다. 붕대를 감아야 한다고 했다. 마침내 완전히 잠에서 깼을 때, 나는 재빨리 옆 매트리스 쪽으로 몸을 돌렸다. 거기에는 내가 한 번도 본 적 없는 낯선 사람이 누워 있었다.

붕대를 감을 때는 아팠다. 그 이후 내게 일어난 모든 일이 아팠다. 하지만 가끔 내가 열쇠를 찾아서 온전히 나 자신의 내면으로 내려가면, 어두운 거울 속 운명의 형상들이 잠들어 있는 그곳으로 내려가면 나는 검은빛 거울 위로 몸을 숙이기만 하면 된다. 그러면 나 자신의 형상이 보인다. 그 형상은 이제 **그**와 완전히 닮아 있다. 나의 친구이자 인도자인 **그**와.

겪어내야만 한다, 그것이 우리의 운명이다!

헤르만 헤세의 소설 《데미안》(1919)에서 주인공 싱클레어는 '자기 자신에게 이르는 길'을 찾아야 하며, 자신의 내면에 도달해야 한다는 과제 앞에 서 있다. 하지만 그 과정은 순탄치 않다. 익숙하고 친근했던 것들과 결별해야 하고, 자기 내면에 감춰져 있는 수수께끼들을 풀어야 하며, 수많은 길이 얽혀 있는 곳에서 자기만의 길을 찾느라 때로는 지독한 고독을 감내해야 한다. 위기를 극복하고 성장했다고 생각하는 순간, 다시 미끄러지고 실패자가 된다. 마치 반복해서 같은 임무를 수행하고 계속해서 다음 단계로 도전해야 하는 온라인 게임 속의 캐릭터 같다. 이러한 주인공의 모습은 한편으로는 유럽 교양소설의 전통에 속한 것처럼 보인다. 하지만 미성숙했던 주인공이 외부 세계와 겪는 대립과 갈등 속에서 다양한 경험을 쌓고 성장하여, 자신이 속한 공동체의 이념들을 체화한 쓸모 있는 인물로 거듭나는 교양소설의 기본 구조와 비교해볼 때, 싱클레어의 발전 과정은 그런 기대를 충족시키지 못한다. 그의 성장은 많은 부분 꿈과 내면의 탐구를 통해 이루어지며, 그 발전의 마지막 단계에서 그는 세상을 향해 나갈 준비를 하는 게 아니라 전쟁터의 중환자가 되어 자신의 내면을 들여다보고 있기 때문이다. 이 소설은 교양소설의 전통에 서 있는 듯하지만 그 기본 틀을 살짝 비틀고 있다. 또한 꿈과 환상을 통한 근원 탐구의 열망을 그린다 점에서 독일 낭만주의를 계승하는 듯하지만 현대의 심층심리학적 해석도 덧붙이고 있어서 그 성격을 한마디로 정의하기 어렵다. 하지만 유럽 예술 전통의 현대적 계승이라는 이러한 특징은 씨줄과 날줄로 이 소설을 직조하고 있는 다양한 요소 가운데 일부에 불과하다. 《데미안》에는 20세기 초 유럽의 정신세계에 혼재하던 신구 학문과 사상들이 골고루 흔적을 남기고 있다. 시민계급이 주도해온 물질적, 정신적 발전이 정점에 다다른 시기였다. 한편, 인간 이성 중심의 이기적이고 자연 파괴적인 발전의 후유증 또한 가시화되었다. 그동안 감추어지고 억눌렸던 것들에 대한 관심, 새로운 가치관과 인간상의 필요성이 대두되던 불안과 혼돈의 시기이자 가능성과 희망의 시기였다. 소설 속에는 그러한 시대상을 구성하고 있던 상이한 정신적 요소들, 즉 낡고 공허한 기독교의 가르침, 고대에서부터 끊이지 않고 이어져온 이교적 전통, 유럽의 몰락을 예감하며 지식인과 예술가들이 일으켰던 개혁 운동, 새로운 지적 토양을 제공한 다윈의 진화론과 바흐오펜의 모권 이론, 니체의 위버멘슈 사상, 그리고 인간의 무의식 탐구를 개척한 프로이트와 융의 심층심리학 등이 다양한 상징과 비유적 어법을 도구로 삼아 조밀한 지적 구조물을 이루고 있다.《데미안》이 사춘기 소년의 방황과 성장이라는 인류 공통의 기본 서사를 담고 있는 신비롭고 비유적인 소설로서 쉽게 공감을 이끌어내면서도 다가가기가 마냥 쉽지 않은 작품으로 남아 있는 것은 그 때문일 것이다.

《데미안》에서 제일 먼저 두드러지는 것은 중세 이후 유럽 문화를 정신적으로 지탱해왔던 기독교와의 대결 양상이다. 싱클레어의 멘토이자 친구로 등장하는 데미안은 구약성서에 나오는 인류 최초의 살인자 카인을 기존의 교리 수업에서와는 달리 특별한 용기와 능력을 갖추고 있어서 세상 사람들이 두려워했던 비범한 인물로 해석한다. 데미안뿐 아니라 싱클레어가 김나지움 시절에 만난 구도자 피스토리우스 역시 유럽 정신사를 지배해왔던 기독교적 이분법을 넘어서는 신적 존재인 아브락사스를 숭배한다. 선과 악, 밝음과 어둠, 남성과 여성을 포괄하는 이 일원론적 신의 세계에서는 인간의 내면에 감추어진 충동, 심지어 살인 충동까지도 금지되지 않는다. 과격하고 혁명적으로 들리는 이러한 주장들로부터 도덕화한 기독교 교리와 권력기관이 된 교회에 대한 신랄한 비판이 들려온다.

니체를 선구자로 하는 기독교 비판과 새로운 인간상에 대한 시대적 요청이 《데미안》을 통해 강렬한 형상을 얻게 된 데는 헤세의 개인사적인 배경이 영향을 미치고 있다. 헤세는 1877년 독일 서남부 뷔르템베르크 지역의 소도시 칼프에서 개신교 선교사 집안의 아들로 태어났다. 아버지 요하네스 헤세는 당시 러시아령 에스토니아에서 독일계 의사의 아들로 태어났고 인도에서의 선교 활동 후 남부 독일에 정착하여 선교 단체의 출판사에서 일했다. 헤세의 어머니 마리 군데르트는 유명한 인도어 학자이기도 한 남독일 출신 선교사의 딸로 인도에서 태어났으며, 당시의 여성으로서는 드물게 영어 교사로 일하고 자서전과 평전을 발간하는 등 적극적이고 활발한 사회 활동을 벌였다. 이러한 가족사적 배경에서 자연스럽게 접하게 된 북독일과 남독일, 동양과 서양을 아우르는 세계시민적이고 지적인 분위기가 평화주의 작가로서의 헤세를 키워냈다. 하지만 엄격한 부모에 의한 경건주의적 신앙 교육으로 인해 고통받았던 헤세는 규율과 제도로 굳어진 유럽의 기독교 문화가 개인의 자유로운 성장에 끼치는 폐해를 자신의 자전적인 작품들 속에서 주제화한다.

자신의 뜻과 상관없이 성직자의 길을 걷기 위해 마울브론 신학교에 입학했던 그는 6개월 만에 학교를 뛰쳐나온 후, 자살을 시도하고 정신병원에 입원하는 등 불안한 청소년기를 보낸다. 결국 그는 정규교육 과정을 마치지 못한 채 튀빙겐 서점의 수습직을 거쳐 스위스 바젤의 서점 직원으로 근무하다가, 1904년에 발표한 소설 《페터 카멘친트》의 성공으로 전업 작가의 길을 걷게 된다. 같은 해에 스위스의 사진작가 마리아 베르누이와 결혼한 그는 보덴 호숫가의 작은 마을 가이엔호펜에 자리 잡은 후 세 아들을 얻고 정원을 가꾸며 안정적인 시민의 삶에 정착하는 듯하지만, 자유롭고 고독한 예술가의 삶에 대한 동경도 버리지 못해 자주 여행을 떠나곤 한다. 그렇게 대중에게 사랑받는 작가로 성장해가던 그의 삶에 심각한 위기가 닥치고, 이때의 경험은 한 인간으로서, 작가로서 헤세의 삶을 크게 변화시킨다. 첫 번째 위기는 1914년에 발발한 제1차 세계대전과 함께 찾아온다. 헤세는 당시의 많은 지식인과 마찬가지로 운명적인 이 전쟁이 독일의 빠른 승리로 끝날 것이며, 유럽의 정신이 새롭게 개혁하는 계기가 될 수 있다는 희망을 품기도 했다. 다른 한편으로는 세계시민이자 책임감 있는 예술가로서 독일 내에서의 과도한 민족주의적 선동을 경계하며 반전을 주장하는 글을 발표했고, 이로 인해 독일 내 극우파와 보수 언론으로부터 증오에 가까운 비난과 멸시를 받게 된다. 또한 그는 전쟁 기간 동안 독일 전쟁 포로들이 읽을 책을 보급하는 일을 맡아 후방에서 자원 복무를 했는데 과도한 업무로 인해 정신적, 육체적으로 쇠약해지고 창작의 위기까지 맞는다.

1916년에는 심각한 가정의 위기가 더해진다. 아버지의 죽음, 아내의 정신 질환, 셋째 아들의 뇌막염 발병이 연이어 닥치자 헤세는 신경쇠약증이 심각해져 입원하게 된다. 루체른 근처 존마트 요양소에 입원한 그는 융의 제자인 요제프 베른하르트 랑 박사에게 예순 차례 이상의 정신분석 치료를 받으며, 융의 심층심리학을 접하게 된다. 치료를 위해 그는 자신의 꿈 일기를 기록하고 그림을 그리기 시작했으며, 이후 프로이트와 융의 저서를 탐독한다. 의식과 무의식을 포괄하는 진정한 자아, 모든 인간 안에 원형적인 형태로 자리 잡고 있는 집단 무의식, 선과 악을 동시에 대변하는 아브락사스 등에 대한 관심은 이때 싹튼 것이다.

《데미안》의 전반부가 고착된 기독교 윤리에 대한 문제 제기에서 출발하여 개인의 독립적인 사고와 내면의 성찰을 독려하고 있다면, 싱클레어가 대학에 진학하고, 데미안의 어머니인 에바 부인과 교류하게 된 후반부에 이르러서는 대중의 우매함을 경계하고, 에바 부인을 둘러싼 느슨한 공동체 안에서 세상의 개혁을 예감하고 준비하는 장면들이 그려진다. 개인의 철저한 자아 탐구가 거대한 세계의 자기 개혁과 맞물리면서 이야기는 좀 더 복잡하고 다채로워진다. 구심점을 이루고 있는 에바 부인은 유럽 문명의 전통 속에서 최초의 여성, 원형적인 여성상, 대지의 여신, 모든 대립적인 것을 통합한 일원론적 신과 같은 존재이자 새로운 인간상 등 다양하게 해석될 수 있는 상징적인 존재로 그려진다. 여기 등장하는 전쟁 또한 현실 정치 속의 전쟁이라기보다 동서양의 오랜 갈등이 폭발하고 새로운 세상이 탄생할 수 있다는 계시적이고 추상적인 성격의 사건으로 꿈과 환상이 뒤섞인 몽환적인 그림처럼 그려진다.

헤세 자신의 꿈과 무의식을 통한 분석 치료 경험이 싱클레어의 방황과 성장의 묘사에 반영된 것처럼 제7장에 언급된 에바 부인과 구도자들의 공동체 역시 그의 체험을 바탕으로 하고 있다. 1900년경부터 스위스의 산간 마을에 모여들어 현대문명과 기존 체제를 거부하고 대안적 삶을 실험했던 예술가들과 지식인들의 다양한 그룹을 '몬테 베리타(진실의 산)'라고 통칭하는데, 그들은 금욕주의, 나체주의, 명상과 요가, 채식, 자연 치유법 등을 실천하며 문명과 동떨어진 삶을 살고자 했고, 유사종교와도 같은 이러한 세계관을 전파하고자 했다. 헤세는 1906년 알코올중독 치료를 위해 이곳을 처음 방문했고, 몬티뇰라에 자신만의 새 보금자리를 마련하기 전인 1918년경까지 수차례에 걸쳐 이곳의 동굴에서 은둔하며 금식과 명상을 통해 자신의 질병을 치유하고 내면의 자유를 얻고자 시도했으나 성공하지는 못했다. 그럼에도 '몬테 베리타'의 개혁 실험은 세기 전환기의 시대적 분위기를 생생하게 반영하고 있는 문화사적 현상으로서《데미안》을 비롯한 헤세의 작품에 기록되어 있다. 훗날 반전과 평화, 자연 친화적이고 대안적인 삶을 추구했던 1960년대 히피 문화의 선구적 운동으로 일컬어지기도 한다.

1917년 지지부진한 전쟁으로 무고한 인명의 살상만이 반복되던 시기, 헤세는 베른에서 융을 만난 직후 9월과 10월 사이의 몇 주 동안 《데미안》을 써 내려간다. 그는 피셔 출판사에 완성된 원고를 넘기면서, 그것이 죽음을 목전에 둔 에밀 싱클레어라는 청년이 자신의 10대 시절을 회고하며 작성한 기록이라고 주장한다. 1919년에야 정식 출간된 이 '신진작가'의 청춘 이야기는 깊은 좌절과 슬픔에 빠져 있던 한 세대를 감동시키고 위로하는 베스트셀러가 된다. 이 놀라운 작품의 작가 찾기 소동이 한바탕 벌어진 후, 소설 《데미안-에밀 싱클레어의 청춘 이야기》의 작가로 헤르만 헤세가 표기되어 출판되기 시작한 것은 1920년 7월 4판 발행 이후의 일이다. 헤세는 자신이 거짓말을 한 것은 40대에 접어든 중년 작가가 아닌 같은 세대 젊은이의 이름을 빌려 젊은 세대에게 말 걸고 싶었기 때문이라고 해명한다. 개인적, 사회적으로 큰 위기를 겪고 난 후 쓰인 《데미안》은 무의식과 개인의 내면에 집중하며 헤세 문학이 이전과는 다른 시각을 보여주는 새로운 단계로 접어들었음을 분명하게 알리는 작품이다.

작가로서 헤세의 명성은 여러 차례 부침을 겪었고, 그의 대표작 《데미안》의 인기도 그와 궤적을 같이한다. 출간 직후부터 한동안 독자들의 사랑을 받았던 이 작품은 나치 정권에 의한 헤세 작품의 출판 금지 조치로 인해 독일의 독자들로부터 자연스럽게 멀어졌다. 제2차 세계대전이 끝나고 1946년에 헤세가 노벨문학상을 받으면서 다시 조명을 받았지만 전후 분단 독일의 문학 지형도 안에서 헤세의 자리는 크지 않았다. 1960년대 베트남 전쟁 발발 이후 그의 작품들이 미국 히피 문화의 성서처럼 읽히며 사랑받았고 헤세는 전 세계적인 명성을 얻는다. 흥미로운 점은 21세기 초반에 전 세계 젊은 세대의 문화적 아이콘으로 떠오른 우리나라의 아이돌 그룹 BTS가 《데미안》을 현대적으로 해석한 곡을 발표하여 이 작품의 수용사에 새로운 획을 그었다는 사실이다.

헤세 자신의 지독한 고행의 흔적인 동시에 세기 전환기 동시대인들의 고민과 열망을 담아낸 소설 《데미안》은 출간 후 100년이 지난 지금도 독일의 학계나 언론의 도움 없이 그 책을 읽고 사랑하는 전 세계의 독자들에 의해 계속해서 재발견되고 있다. 그것은 아마도 어느 시대, 어느 곳에서나 사람들이 가치의 혼란과 정체성의 위기를 맞닥뜨리고 잘못된 길에 들어설까 두려워하기 때문일 것이다. 그러한 위기를 극복하고 독립된 개인으로 성장하기 위해서는 주어지는 것들을 의심하고 자신의 내면에 감추어진 것들을 드러내며 자신의 힘으로 새로운 세상을 창조할 수 있어야 한다. 운명의 도전을 받아들이고, 그것을 직접 겪어내야만 한다. 그 곁에 데미안이 서 있다.

이노은

휴머니스트 세계문학 017

데미안

1판 1쇄 발행일 2023년 3월 6일

지은이 헤르만 헤세
옮긴이 이노은

발행인 김학원
발행처 (주)휴머니스트출판그룹
출판등록 제313-2007-000007호(2007년 1월 5일)
주소 (03991) 서울시 마포구 동교로23길 76(연남동)
전화 02-335-4422 **팩스** 02-334-3427
저자·독자 서비스 humanist@humanistbooks.com
홈페이지 www.humanistbooks.com
유튜브 youtube.com/user/humanistma **포스트** post.naver.com/hmcv
페이스북 facebook.com/hmcv2001 **인스타그램** @boooook.h

편집주간 황서현 **편집** 김대일 이성근 이은서 김선경 **디자인** 김태형
조판 이희수com. **용지** 화인페이퍼 **인쇄** 청아디앤피 **제본** 민성사

ISBN 979-11-6080-974-9 04850
979-11-6080-785-1 (세트)

휴머니스트 세계문학

시즌 1. **여성과 공포**

001 프랑켄슈타인 메리 셸리 | 박아람 옮김
002 회색 여인 엘리자베스 개스켈 | 이리나 옮김
003 석류의 씨 이디스 워튼 | 송은주 옮김
004 사악한 목소리 버넌 리 | 김선형 옮김
005 초대받지 못한 자 도러시 매카들 | 이나경 옮김

시즌 2. **이국의 사랑**

006 베네치아에서의 죽음·토니오 크뢰거 토마스 만 | 김인순 옮김
007 그녀와 그 조르주 상드 | 조재룡 옮김
008 녹색의 장원 윌리엄 허드슨 | 김선형 옮김
009 폴과 비르지니 베르나르댕 드 생피에르 | 김현준 옮김
010 도즈워스 싱클레어 루이스 | 이나경 옮김

시즌 3. **질투와 복수**

011 폭풍의 언덕 에밀리 브론테 | 황유원 옮김
012 동 카즈무후 마샤두 지 아시스 | 임소라 옮김
013 미친 장난감 로베르토 아를트 | 엄지영 옮김
014 너희들 무덤에 침을 뱉으마 보리스 비앙 | 이재형 옮김
015 밸런트레이 귀공자 로버트 루이스 스티븐슨 | 이미애 옮김